인문학 수프 시리즈 3: 고전

# 이굴위신(以屈爲伸)

지은이 **양선규**

소설가. 창작집으로『난세일기』,『칼과 그림자』, 인문학 수프 시리즈『장졸우교(藏拙
于巧)』(소설),『용회이명(用晦而明)』(영화) 등이 있고, 연구서로『한국현대소설의
무의식』,『코드와 맥락으로 문학읽기』,『풀어서 쓴 문학이야기』등이 있다.
충북대학교 인문대학 교수를 거쳐 현재 대구교육대학교 국어교육과 교수로 재직
중이다.

**인문학 수프 시리즈 3: 고전**

이굴위신 以屈爲伸

ⓒ 양선규, 2013

1판 1쇄 인쇄__2013년 07월 20일
1판 1쇄 발행__2013년 07월 30일

지은이__양선규
펴낸이__양정섭
펴낸곳__작가와비평
      등 록__제2010-000013호
      주 소__경기도 광명시 하안로 180-14 우림필유 101-212
      블로그__http://wekorea.tistory.com
      이메일__mykorea01@naver.com

공급처__(주)글로벌콘텐츠출판그룹
      대 표__홍정표
      편 집__최민지 노경민 배소정
      기획·마케팅__이용기
      디자인__김미미
      경영지원__안선영
      주 소__서울특별시 강동구 천중로 196 정일빌딩 401호
      전 화__02-488-3280
      팩 스__02-488-3281
      홈페이지__www.gcbook.co.kr

값 13,000원
ISBN 978-89-97190-60-7 03800

# 이굴위신

## 以屈爲伸

굽히지 않고는 펼 수 없다

양선규 지음

작가와비평

# 저자의 말

동양 고전을 읽을 때마다 앞서 간 선지자先知者들의 미묘한 언어의 숨결을 느낍니다. 인간이 언어의 동물이라는 것을 절감할 때가 많습니다. 제가 느낀 그 '언어의 숨결'을 '이굴위신以屈爲伸'이라는 말 속에 담고 싶었습니다. '굽힘'과 '폄'은 둘이면서 하나입니다. 어느 하나가 없으면 다른 하나도 존재할 수 없습니다. 『논어』·『맹자』·『노자』·『장자』·『사기』「열전」과 같은 불패의 고전들은 늘 삶의 굴신屈伸을 하나의 언어 속에서 포착합니다. 어설프게 둘로 나누지 않습니다. 그래서 더 매혹적입니다.

이 책은 편의상 내편內篇과 외편外篇으로 나뉘어져 있습니다. 내편은 공자와 맹자의 사상을 현대적으로 새롭게 조명하려는 의도로 쓰여진 글들로 채워져 있습니다. 새로운 관점에서 텍스트 맥락을 선제적先制的으로 파악하되 기존의 해석들을 충분히 활용하려고 노력했습니다. 외편은 노장老莊을 비롯, 국내외를 막론하고 재미있고 유익한 문사철文史哲의 세계를 두루 편력한 것들입니다. 제 나름의 해석과 평가도 없는 것은 아니지만 가급적이면 다양한 문사철 스토리텔링 그 자체를 소개하는 데 주안을 두었습니다.

『장졸우교藏拙于巧』(인문학 수프 시리즈 1: 소설), 『용회이명用晦而明』(인문학 수프 시리즈 2: 영화)에 이어 『이굴위신以屈爲伸』(인문학 수프 시리즈 3: 고전)을 출간하는 저의 소회는 문자 그대로 '감개무량感慨無量'입니다. 이제 이 글쓰기 연작들이 저의 '버킷리스트'였다는 것을 고백해도 좋을 것 같습니다. 부끄럽습니다만, '오늘 아침에 글을 쓰지 않은 자는 작가가 아니다'라는 말이 맞는 말이라면, 이 글들을 쓰기 전까지는 저는 작가가 아니었던 것입니다.

『장졸우교藏拙于巧』와 『용회이명用晦而明』에 보내주신 독자 여러분들의 성원에 감사드립니다. 특히 어려운 출판계 사정에도 불구하고 든든한 후원자로 나서주신 작가와비평 측에 심심한 감사의 뜻을 표합니다. 고맙습니다.

2013. 7. 20
양선규

# 목 차

저자의 말 ⎯⎯⎯⎯ 4


## 내편內篇

주워온 자식, 데려온 자식: 안회와 자로⎯⎯⎯11

말과 수레와 갖옷: 『논어』의 다성성⎯⎯⎯23

새와 짐승과 초목의 이름: 시를 읽는 이유⎯⎯⎯29

스승 만드는 제자: 백련자득⎯⎯⎯41

차라리 광견이: 군자, 광자, 견자, 향원⎯⎯⎯49

맥락 없는 자의 까막눈: 경전 『논어』⎯⎯⎯55

경전으로 읽으려면: 아는 것, 좋아하는 것, 즐기는 것⎯⎯⎯65

번듯한 그릇밖에는: 단목사 자공⎯⎯⎯69

아직도 비밀이: 인정투쟁⎯⎯⎯77

공간이 변하면: 이웃세계⎯⎯⎯87

치유가 되는 인문학: 확장, 맥락, 해석⎯⎯⎯95

그릇이 아닌 글쓰기: 군자불기⎯⎯⎯101

사람을 제대로 섬겨야: 미지생 언지사＿＿＿111
대국을 가지고 소국을 섬기면: 맹자의 의＿＿＿119
군자는 아들을 가르치지 않는다: 부자유친＿＿＿123
내가 사랑하여도: 애인불친＿＿＿135
길러주는 낙: 중야양부중＿＿＿141
내가 만든 재앙은: 자작얼 불가활＿＿＿149
집나간 개를 찾아야: 방심＿＿＿153
아비를 꾸준히 교화시켜: 대효＿＿＿159

**외편**外篇

읽기, 싸움의 기술: 공성이불거＿＿＿175
누가 찌꺼기를 먹나: 윤편조륜＿＿＿183
소를 보지 말아야: 포정해우＿＿＿189
한 가지 일에만: 막신일호＿＿＿195
불 속으로: 입화자소＿＿＿199
나의 운세: 『유배지에서 보낸 편지』＿＿＿203

들어가서 조용히: 뉴질랜드에서 온 편지_____211
놀부라는 이름의 사나이: 『흥부전』_____217
하나로 감싸는, 사람의 몸: 『심청전』_____223
아이들은 배운다: 「도자설」, 「관재기」_____235
불패의 진서: 「출사표」_____243
눈물을 삼키며: 읍참마속_____253
호협과 유협: 「협객행」_____259
때를 알아야: 질도 이야기_____269
망한 나라에는 반드시: 이사와 조고_____279
환상 혹은 환멸: 『산해경』_____287
천 개의 칼을 본 이후에야: 『문심조룡』_____295
따라 짖지 않으려면: 『분서』_____301
사람들이 알아주지 않더라도: 길 없는 길_____307

# 내 편 內篇

주워온 자식, 데려온 자식: 안회와 자로 | 말과 수레와 갖옷: 『논어』의 다성성 |
새와 짐승과 초목의 이름: 시를 읽는 이유 | 스승 만드는 제자: 백련자득 | 차라리
광견이: 군자, 광자, 견자, 향원 | 맥락 없는 자의 까막눈: 경전 『논어』 경전으로
읽으려면: 아는 것, 좋아하는 것, 즐기는 것 | 번듯한 그릇밖에는: 단목사 자공 | 아직
도 비밀이: 인정투쟁 | 공간이 변하면: 이웃세계 | 치유가 되는 인문학: 확장, 맥락,
해석 | 그릇이 아닌 글쓰기: 군자불기 | 사람을 제대로 섬겨야: 미지생 언지사 |
대국을 가지고 소국을 섬기면: 맹자의 의 | 군자는 아들을 가르치지 않는다:
부자유친 | 내가 사랑하여도: 애인불친 | 길러주는 낙: 중야양부중 | 내가 만든 재앙
은: 자작얼 불가활 | 집나간 개를 찾아야: 방심 | 아비를 꾸준히 교화시켜: 대효

# 주워온 자식, 데려온 자식

: 안회와 자로

『논어論語』에는 많은 사람들이 등장합니다. 지금 우리가 사는 곳도 그렇지만, 거기서도 등장인물들을 한 명씩 보다보면 인간 살이가 어디서고 그렇게 만만한 게 아니었음을 알 수 있지요. 공자부터가 그렇습니다. 곡절曲折투성이의 출생과 성장은 논외로 하더라도, 일가를 이루어 만인의 존경을 받던 시절에도 그의 삶은 결코 녹녹한 것이 아니었습니다. 오죽하면 마누라가 집을 다 나갔겠습니까? 그 '집나간 마누라'가 죽었는데 아들이 어미 잃은 슬픔에 소리 내어 울자 고함을 쳐서 못 울게 합니다. 오죽했으면 여자가 자식을 두고 집을 다 나갔을까, 그 입장에서 그냥 모른 척해주면 어디 덧나나, 엄마 잃은 아들의 애도까지 타박하는 홀애비 공자가 딱하기도 합니다. 물론 '법도에 없는 일'이라고 자신의 행동을 변호하기는 했습니다만, 하여간 공자도 '마누라다운 마누라', '군주다운 군주' 제대로 한 번 못 만나고 한평생 팍팍하게, 삶의 주변만 맴돌다 간 사람이었습니다. 그랬던 공자가 후일 문성왕文聖王으로 추존되어 천하인들의 존숭의 대상이 된다는 것은 역사의 아이러니가 아닐 수 없겠습니다. 역사는 그렇게 성인聖人들의 패자부활전이 이루어지는 변화무쌍한 공간이 되기도 하는 모양입니다.

공자와 관련된 책에는 늘 안회顔回와 자로子路가 등장합니다. 가히 '좌청룡 우백호'입니다. 공자의 제자 중 가장 '사람 같은 사람'이 바로 이 두 사람입니다(자공도 있지만 그는 그만한 대접을 받지 못합니다). 그러니 자주 출연할 수밖에 없습니다. 공자의 가르침이 바로 그 '사람 같은 사람'을 주 내용으로 하고 있기 때문입니다. 『논어』에서는 안회가 프로타고니스트로 등장합니다. 안회는 늘 본받아야 할 롤 모델로 기용됩니다. 그에 반해 자로는 안타고니스트입니다. 그에게는 상대적으로 악역이 주어집니다(반동인물이라는 뜻이지 악인이라는 뜻은 아닙니다). 주로 '넘버 쓰리' 역을 맡습니다. 한 사람은 칭찬의 대상으로, 또 한 사람은 타박의 대상으로, 그렇게 그들은 공자의 사상을 협주協奏해냅니다.


공자는 안회를 편애했다. 공자의 안회에 대한 총애의 도수는 지나치다. 그리고 안회가 죽은 후 공자가 몇 년을 못 살았다는 사실을 전제로 할 때, 『논어』 전편을 통해 죽은 안회에 대한 공자의 회상이 상당부분을 차지하고 있는 것을 보아도, 『논어』가 공자의 지극한 말년의 언행의 모음집이라는 것이 입증되는 것이다. 공자의 안회에 대한 편애에는 꽃다운 나이에 청상과부가 되어 니산의 꽃동산에서 공자를 키웠던 엄마 안씨녀의 잔상이 겹쳐있을지도 모른다. 공자 17세 때 상여가마를 어깨에 매어야만 했던 엄마에 대한 그리움이 안회의 내성적이고 소극적이고 고요한 인품 속에 잔잔히 비쳐있었을 것이다. 안회는 두 말할 나위 없이 당대 최고의 석학이었다. 안회의 죽음은 곧 공자의 인(仁)의 사상의 단절을 의미하는 것이다. 공자의 학문의 적통의 단절을 의미하는 것이다. 공자의 학문은 안회와 더불어 죽고, 공자라는 인간은 자로와 더불어 죽은 것이다. 결국 공자는 현세에 세속적으로 남긴 바가 없다. 공자와 더불어 모든 것이 단절된 것이다. 향후의 모든 출발은 새로운 시작일 뿐이었다. 그것이 곧 공자의 축복이었다. 그것이 오늘의 『논어』를 보다 잡(雜)하고 보다 생생하고 보다 여백 있게 만들어 놓은 것이다. 나는 말한다. 공자의 삶은 미완성교향곡이었다.

▶▶▶김용옥, 『도올논어 1』, 130쪽

위의 인용문에서는 안회의 요절을 지나치게 부각시키고 있습니다. 그가 일찍 죽어서(제자를 두지 못해) 공자의 적통이 끊어져 버렸다고 강변합니다. 친구처럼 허물없던 제자였으며 보디가드

역까지 맡고 있던 자로가 먼저 죽은 것이 공자의 삶을 '급急' 허전한 것으로 만들어버렸다는 것은 이해가 됩니다. 그러나 안회라는 적통이 부재하므로 공자의 사상은 '먼저 본 놈이 임자'가 되어버렸다는 식의 해석은 좀 지나친 것이 아닌가도 싶습니다.

공자는 안회에 대해 이렇게 말했습니다.

"어질다, 회여. 밥 한 그릇에 국 한 사발, 그런 조악한 식사를 하며 남루한 뒷골목에 산다. 보통 사람들은 어쩌다 불평도 하련만 회는 오히려 가난을 즐거움으로 삼는다. 나와 이야기할 때에는 바보처럼 듣고만 있는데, 물러가서 행동하는 것을 보면, 내게서 들은 바를 그대로 옮기니 어리석은 것이 아니다. 세상이 필요로 할 때면 도를 그대로 행하고 세상이 저버리면 조용히 도를 지키는 것은 오직 나와 그만이 할 수 있다(用之則行 舍之則藏 惟我與爾有是夫)."

그리고 자로에 대해서는 또 이렇게 말했습니다.

"내가 자로를 얻게 된 후부터는 나를 헐뜯는 소리를 듣지 못했다(自吾得由 惡言不聞於耳)."[1]

스승과 행장行藏을 같이 할 수 있는 안회와 자신의 몸을 던져 스승을 보호하는 자로, 이 두 제자가 있었기에 공자라는 위대한 스승이 존재할 수 있었던 것은 분명한 것같습니다.

안회와 자로, 그 두 사람을 어떻게 대비시키는가에 따라서 『논

---

1) 사마천, 권오현 역해, 『사기』「중니제자열전」, 일신서적출판사, 1991 참조.

어』의 해석이 조금씩 달라질 수가 있겠습니다(앞선 김용옥 선생의 극좌(?)적인 견해를 보면 능히 짐작할 수 있습니다). 저는 그들을 '주워온 자식'과 '데려온 자식'으로 대비시키고 싶습니다. 안회는 '주워온 자식(업둥이, 입양아)'이고 자로는 '데려온 자식(전처소생, 사생아)'이라는 것입니다. '주워온 자식', '데려온 자식'은 마르트 로베르가 '낭만주의/사실주의'를 분류할 때 사용한 개념입니다. 이를테면 안회가 낭만주의의 표상이라면 자로는 사실주의의 표상이라는 것입니다. 마르트 로베르Marthe Robert는 자신의 저서 『기원의 소설, 소설의 기원』에서 프로이트의 「신경증 환자의 가족소설(판타지)」의 중핵적인 모티프―나는 업둥이나 사생아일 것이다―를 사용한 이분법적 도식을 제시합니다. 그는 인간이라면 누구나 자신의 현실에 만족하지 못할 때 현재 자신의 삶을 현실과는 다르게 생각하고 싶어 하는데, 그 '거짓말'의 원형이 일반적으로 두 가지 타입으로 나타난다고 하였습니다. '낭만주의(주워온 자식)'와 '사실주의(데려온 자식)'가 바로 그것입니다. 전자는 완전히 현실을 벗어나고자 하는 것이며 후자는 한 발을 현실 안에 두고 바깥을 넘보는 것이라고 설명합니다. 그런 취지라면, 안회가 '낭만주의'의 사표이고, 자로가 '사실주의'를 대변하는 인물이라고 말해도 크게 사리에 어긋나는 일은 아닌 것 같습니다. 문제는 그 두 가지 사조(경향)를 대하는 스승의 태도입니다. 공자의 어록이 집중적으로 조성(채록)되는 것은 앞에서도 거론되었다시피 그의 최종 인생시기 몇 년간의 일이었습니다. 그 말년末年의 인생은

'낭만주의'를 전폭적으로 지지합니다. 그 까닭이 무엇일까요?

본디 입양아에게는 부모의 핏줄 욕심이 개입할 여지가 없습니다. 그런 관계로 부모는 비교적 평정심으로 아이를 대합니다. 투사投射(인정하고 싶지 않은 자신의 감정이나 욕망 등을 타인에게 전가시킴으로써 자신을 정당화하는 무의식적인 마음의 작용)가 없으니 그 아이는 그냥 귀엽습니다. 그런 아이는 조금만 잘 하면 부모의 사랑을 독차지 할 수도 있습니다. 핏줄 쪽에서의 지나친 기대나 염려가 없기 때문이지요. 그러나 사생아는 그렇지 않습니다. 부모와의 핏줄 인연에 흠집이 나 있어서 자꾸만 일이 꼬입니다. 투사와 보상심리와 피해의식이 이리저리 상호텍스트적으로 엉켜서 불필요한 심리 에너지들이 과도하게 발생합니다. 조금만 삐끗해도 공연히 미워 보일 때가 많습니다. 잘 할 때보다 못할 때가 더 자주 눈에 띕니다. 그래서 곧잘 타박의 대상이 되곤 합니다.

『논어』를 보면 두 사람의 운명이 딱 그렇습니다. 안회는 하는 일마다 칭찬이고(내 수준에 도달한 자는 너뿐이다!) 자로는 하는 일마다 꾸지람입니다(너는 늘 2% 부족하다!). 자로는 그래서 현실의 대변자고, 천방지축의 천덕꾸러기가 됩니다. 스승 앞에서는 항상 그렇습니다. 스승은 늘 그를 안회와 대비시킵니다. 그는 언제나 이상理想적 인격인 안회에게, '주워온 자식'인 안회에게, 눌려 지냅니다. 미운 오리새끼처럼, '데려온 자식' 취급으로, 좌중들 앞에서 무안을 당합니다. 죽을 때까지 스승에게는 늘 '부족한 제자'였습니다(스승의 권고를 듣지 않고 위나라 출공出公에게 출사한 자로는 비참하게 죽임을 당해 스승을 고통스럽게 합니다).

한번은 스승이 안회를 앞에 두고 "행장을 같이 할 자는 너밖에 없다"라고 말하며 지나치게 드러내놓고 편애를 하자 자로가 화가 나서 외통수 질문을 던집니다. 편애의 달인 공자도 어찌할 수 없는 난도 높은 문제를 출제합니다. 아마 장기판에서 '외통수 장군'을 부르는 심정이었을 겁니다. 그런데 스승은 슬그머니 졸 한 마리를 가지고 와서 멍군을 부릅니다. 그의 송곳 같은 질문을 간단히 봉쇄해 버립니다. 끝내 '그 분야에서는 네가 최고다'라는 말을 해주지 않습니다.

"선생님께서 삼군三軍을 거느리고 출정하신다면 누구와 함께하시겠습니까(子行三軍則誰與)?"

전쟁터로 나서면서 당대의 일급 무자武者인 자기를 두고 누구와 함께 하겠는가, 자기가 공자의 제자가 된 이후로는 저잣거리의 건달들이 공자에게 함부로 대하는 일이 아주 없어진 것을 빌미삼아 던진 '뻔한 대답을 원하는' 질문이었습니다. 그러나 공자는 거기서도 자로를 치켜세워주지 않았습니다. 오히려 또 무안을 줍니다. 너처럼 대책도 없이 나대는 놈하고는 같이 가지 않겠다고 쐐기를 박습니다. 안 그러면 더 나댈 게 뻔했기 때문입니다.

"맨손으로 범을 때려잡으려 하고, 맨발로 배 없이 황하를 건너려다 죽어도, 제 잘못을 모르고 후회하지 않는 자와는 함께

하지 않을 것이다. 반드시 일에 임해 두려워하고 꾀를 잘 내어 일을 성취하는 자와 함께 하겠다(暴虎馮河 死而無悔者 吾不與也 必也臨事而懼 好謀而成者也)"고 말했던 것입니다.[2]

그러나 다 아는 일이지만, 공자가 안회만을 사랑했던 것은 결코 아니었습니다. 자로에 대한 사랑도 끔찍했습니다. 다만 그렇게, 각자에게 필요한 방법으로, 두 제자를 가르쳤을 뿐이었습니다. 자로와 안회는 둘 다 스승보다 일찍 죽었던 제자들입니다. 그들의 죽음을 두고 스승이 보여준 애도는 참으로 절절했습니다. 하늘이 자신을 버리는 것으로 여겼고(안회), 아예 식음을 전폐할 정도로 큰 충격을 받습니다(자로). 특히나, '죽음에 임하여서도 비뚤어진 갓끈을 고쳐 매는 예교문화의 화신'으로 잘 알려져 있는 자로의 죽음은 공자에게 크나큰 고통을 주었습니다. 늘 꾸지람으로 대하던 제자였지만 스승의 속마음은 그렇지 않았던 것입니다.

스승은 제자를 그렇게 두 가지 방법으로 다룹니다. 자로에게처럼 대하거나 안회에게처럼 대합니다. 꾸짖어 가르치거나 부추겨 가르칩니다. 당연히 인지상정, 자신의 젊은 시절을 보는 듯한, 속속들이 속이 다 읽히고, 실수가 잦은 자로 같은 제자가 스승으로서는 내심 편하고 사랑스러울 때가 더 많습니다. 다만, 자신이 걸어온 실패의 전철을 답습할까 저어되고 행여 그가 넘

---

2) 공자, 성백효 역주, 『논어집주』, 전통문화연구회, 2011. 이하 『논어』 인용은 모두 같음.

칠까 두려워 그 사랑을 내색하지 않을 뿐이지요. 공자는 '데려온 자식' 자로를 누구보다도 더 사랑했습니다. 미우나 고우나, 불쌍한, 어쨌든 자기 핏줄(현실주의자로서 공자의 평생 과업이었던 위정지도爲政之道의 추종자)이었기 때문입니다.

공자에게 '위정지도爲政之道'의 실천을 넘어선 '안빈낙도安貧樂道'의 수양이 하나의 주의主義가 되는 것은 그의 나이 60세에 이르렀을 때였습니다. 주유천하가 하나 남김없이 다 실패로 귀결된 뒤였지요. 이제 그가 선택할 수 있었던 것은 오로지 안빈낙도뿐이었습니다. 그런 콘텍스트에서 '60번도 넘게 새롭게 자신을 바꾼' 거백옥蘧伯玉(위나라의 대부. 위나라 영공의 책사 안합顔闔에게 당랑지부螳螂之斧의 비유를 들어 섣불리 자기를 주장하다가 화를 입게 되는 우를 범하지 말 것을 충고한 이)에 대한 강조가 등장합니다. 공자가 제자들에게 거백옥을 닮자고 한 것은 이미 위정지도의 실천으로 속세에서 현달하겠다는 뜻을 거둔 뒤였던 것이지요. 안회가 스승과 행장行藏을 같이 할 수 있었던 유일한 적통으로 지목되는 것도 그 무렵이었습니다. 공자는 예순아홉 살에 겨우 고국의 땅을 다시 밟을 수 있었는데, "위태로운 나라에는 들어가지 말고, 어지러운 나라에는 살지 아니하며, 천하에 도가 있으면 벼슬하고, 도가 없으면 숨을 것이니라(『논어』「태백泰伯」)"라는 평소의 행장行藏 지론을 그 때서야 비로소 실천에 옮길 수 있었습니다. 욕심 없이 키워온 '주워온 자식'(이미 죽은)이 더할 나위 없이 예뻐 보일 때가 바로 그 때였다는 것입니다. 더군다나 그 아이는 나이도 어렸는데(안회의 아버지도 공자의 제자였습니다) 공자 자신도 못 지킬 안빈낙도의 경지를 몸소 실천했던 것이었으니 칭찬하고 또 칭찬해서 그의 경지를 본보기로 붙들어 매어둘 수밖에 없는 처지이기도 했습니다. 내심, 그러한 실천이 인간에게 가능한 것 인지 확신이 없었던 공자에게는 안회야말로 니체(차라투스트라) 가 말한 '황금의 말言語'이자, '몰락하는 자(나는 사랑하노라. 행동하 기에 앞서 황금과 같은 말을 던지고 언제나 약속한 것 이상을 해내는 자를, 그런 자는 몰락을 원하기 때문이다)', 그 자체였던 것입니다.

이 두 사람, 서른 살 가까이 나이 차이가 났던, 자로와 안회가 위대한 스승 공자에게서 '사람 같은 사람'으로 인정받을 수 있 었던 것은 다른 무엇보다도 그들이 항심恒心을 지니고 끝까지(죽 을 때까지) 스승을 견디고 자기를 지켰기 때문이었습니다. 안회 는 스승의 기대를 항상 넘치게 실천해내었고 자로는 끝까지, 죽 음에 임하여서도 스승의 타박을 인내했습니다. 그들은 변치 않 는 마음으로 제자의 이름값을 제대로 치른 인물들이었습니다. 그래서 그들은 자신의 이름으로 인간의 도리를 밝히는 공자의 사상을 설명해 냅니다. 안회에게는 누구도 대신할 수 없는 안회 만의 삶(그 자체로 설명이 되는 삶)이, 자로에게는 자로만이 가능한 삶(그 자체로 설명이 되는 삶)이 있습니다. 그들은 그렇게, 스승의 가르침을 지키고 스승을 견딘 자신의 삶으로, 참된 인간을 규정 합니다. 『논어』에서는 공자를 제외하고는 오로지 그들만이 '인 간을 규정하는 인간'입니다. 돈 많고 재주가 있던, 그래서 실제적인 공자 학단學壇의 지주支柱 노릇을 했다는 자공마저도 감히 넘볼 수 없었던, '사람의 도리'를 몸으로 보여주는, 살아있는 교과서들이었던 것입니다. 그들은 스스로의 삶으로 인간을 규정하고 스승의 가르침을 설명하는 자들이었기에 자공처럼 자신의 재주와 능력을 앞세워 스승을 능가해 보려는 용심을 결코 품지 않습니다. 스승은 공자 한 사람만으로도 족했습니다. 위대한 스승과 제자의 관계에서는 항상 제자들의 몫이 더 크다는 것을 그들은 보여줍니다. 안회顔回는 너무 완벽하게 이상화되어있고, 자로子路는 주연이 아니라 항상 조연의 역할에 머물고 있다며, 자공子貢을 『논어論語』의 실제적 주인공이라고 말하는 이도 간혹 볼 수 있지만 그것은 그저 희언戱言에 불과합니다. 자공은 그저 똑똑하고 능력 있는 한 사람의 인간, 한 명의 제자였을 뿐입니다(공자는 그를 두고 '그릇器이되 엄청 좋은 그릇瑚璉이다'라고 평합니다. 군자는 불기不器임을 알고 있던 자공이었지만 스승의 그런 평가에 만족합니다). 자공은, 자로와 안회처럼, 스스로의 이름으로 사람의 도리가 무엇이고 삶의 목표가 무엇인지 설명하는, 그야말로 '위대한 스승의 제자', '공자의 남자', '사람 같은 사람'의 반열에는 결코 오르지 못할 그저 '뛰어난 제자' 중의 한 사람이었던 것입니다.

# 말과 수레와 갓옷

: 논어의 다성성

누구나 인정하는 사실이지만, 내용이 형식을 결정합니다. 좀 그럴듯한 표현을 빌리자면 다음과 같이 말할 수 있습니다. "양식이란 반드시 자기 자신을 내걸게 하는 것이다."[1] 표현의 양식을 보면 구태여 끝을 보지 않더라도, 그것이 담아내고 있는 사상의 전말을 알 수가 있습니다. 적어도 진정한 내용물을 담고 있는 글이라면 그 이치에서 크게 벗어나 있지 않습니다.

그 비슷한 (어투나 어조의) 말을 또 하나 생각해 볼 수 있을

---

[1] 알랭, 『문학론』, 시라카와 시즈카, 장원철 옮김, 『사람의 마음을 움직여 세상을 바꾸리라: 전혀 다른 공자 이야기』에서 재인용.

것 같습니다. 독서(해석)는 언제나 독자의 이해를 넘어섭니다. 책 속의 인물들은 항상 자기가 아는 것 이상을 말합니다. 그래서 독서는 늘 새로운 세계와의 대면입니다. 늘 새로운 싸움입니다. 늘 읽는 자에게 새로운 '싸움의 기술'을 요구합니다. 자기와의 싸움에 필요한 '확충擴充'을 마다하지 않아야 합니다. 『사람의 마음을 움직여 세상을 바꾸리라: 전혀 다른 공자 이야기』(시라카와 시즈카, 장원철 옮김)라는 책도 그런 '싸움의 기술'로 유명한 책입니다. 한 때, 김용옥 선생이 TV에서 『논어』를 강의할 때 많이 참조했던 책으로 알려져 있습니다. 여러 가지로 새로운 시각을 많이 도입했던 책이지만, 그 책을 읽는 데에도 역시 독자에게 요구되는 새로운 '싸움의 기술'이 필요할 것 같습니다.

〈논어〉의 문장은 간결하고 그늘이 깊다. 한순간의 문답에도 그 사람의 모습이 손에 잡힐 듯하다. 「공야장」편에 공자와 안연, 자로의 대화가 실려 있다. 아마도 스승과 제자 간에 편안히 앉아서 인간관계 등과 같은 문제를 이야기하고 있을 때였을 것이다. 공자가 제자들에게 "평소의 포부가 무엇인가?"라고 말을 건넨다. 자로가 먼저 대답했다.

"바라건대 수레와 말, 가벼운 갖옷을 벗들과 함께 쓰다가 해져도 아쉬워하지 않는 것입니다."

짐작컨대 자로는 소중히 여기던 수레와 말, 가벼운 갖옷을 친구에게 빌려 주고 속을 썩이고 있었을 것이다. 그리고 아쉽지만 어쩔 수가 없었을 것이다. '아쉬워하지 않는 것입니다'라는 것은 아쉽다고 얼굴에 써놓은 것과 다름없다. 이것은 솔직한 자로가 공자 앞에서 매우 조심하면서 한 말일 것이다. 다음에 안연(안회)이 대답했다.

"바라건대 선(善)을 자랑하지 않으며, 공로를 강요하지 않으려 합니다."

선을 자랑하지 않으며 필요 이상으로 친절을 강요하지 않겠다는 말이다. 선의를 억지로 강요해서는 안 되는 것이다. 그렇게 되면 그것은 이미 선의가 아니다. 선이란 무엇인가, 그것이 안연이 생각하던 문제였을 것이다. 이 젊은이는 철학적 사색을 즐기고 있었던 것이다.

공자가 제자들의 말에 고개를 끄덕이고 있자니, 이번에는 자로가 "선생님의 포부는 무엇입니까?" 하고 스승의 답변을 재촉한다. 공자가 조용히 대답했다.

"늙은이를 편하게 해드리고, 벗들을 미덥게 대하고, 젊은이를 사랑으로 품어주고 싶다."

인간관계를 규정하는 데 이 이상이 있을까. 그것은 확신에 가득 찬 인간만이 지닌 부드러움이다. 그런 스승 아래 있는 것, 이런 제자와 함께 있는 것, 이렇듯 부럽기 짝이 없는 사제 간의 정경이 겨우 60자 남짓의 행간에 흘러넘치는 듯하다.

▶▶▶시라카와 시즈카, 장원철 옮김,
『사람의 마음을 움직여 세상을 바꾸라: 전혀 다른 공자 이야기』 중에서

저자는 텍스트의 표현 양식과 그 내용의 연관성에 대해서 감

탄합니다. 요점만 확실하게 지목하는 일종의 '하드보일드' 문체에 대해서 찬사를 아끼지 않습니다. 특히 공자의 마지막 언사言辭에 대해서는 '확신에 가득 찬 인간만이 지닌 부드러움이다'라고 극찬을 아끼지 않습니다. 저도 인용문 저자의 '읽기'에 전적으로 공감합니다. 충분히 그렇게 읽을 수 있는 내용입니다. 그러나 『논어』라는 책이 일종의 교과서로 편찬된, 유교적 이념의 전파라는 '의도된 맥락'을 지닌 텍스트라는 것을 유념한다면 시라카와白川 선생의 그와 같은 감탄은 다소 미흡한 '읽기'의 한 전형이 되는 것입니다. 전문적인 싸움꾼이 '싸움의 기술'을 좀 소홀히 한 것 같습니다. 제가 보기에는 이 대목은 '공동체의 윤리'에 대한 가르침을 담고 있는 부분입니다. 물론 유교적 이념의 지배를 받는 이념적, 실천적 공동체이지요. 자로나 안연이나 공자나 모두 그것에 대해서 한마디씩 하고 있는 것입니다. 이를테면 다중적多重的 진술을 통해서 한 가지 주제를 공고히 하는, 미하일 바흐찐 식으로 말한다면, 일종의 다성적多聲的 표현 양식을 지닌 부분이라는 겁니다. 인간은 누구나 자신의 '절실함'에서 벗어날 수 없는데, 그 '절실함'의 문제가 화자에 따라서 각기 다르게 나타나고 있는 부분이라는 거지요. 각 화자에게 절실했던 것은 무엇인지 한번 살펴보겠습니다.

자로는 사士 공동체가 유지되는 데 요구되는 소유와 분배의 이념에 대해서 말합니다. 말과 수레, 갖옷(짐승의 털가죽으로 안을 댄 옷)은 당시 사士 계급의 자기 동일성(정체성) 유지에 가장 요긴

한 것들이었습니다. 그것들은 농사꾼이나 장사치, 혹은 가난한 서민들의 표징(운행수단이나 복장)이 아닙니다. 안회의 아버지가 아들이 죽었을 때 공자에게 찾아와 '(스승의) 수레를 팔아서 장례비에 좀 보태게 해달라'고 간절히 청하지만 공자는 거절합니다. 당시 대부大夫 계급은 수레 없이 바깥나들이를 할 수 없다는 것을 들어서 '예에 어긋난다'라고 말했습니다. 그만큼 그것이 자신에게 절실한 것이었다는 겁니다. 당시의 '말과 수레(와 갖옷)'가 지금의 그것과 많이 다르다는 걸 말씀드리는 겁니다. 그것을 친구朋들과 공유하겠다는 것이 자로의 대답입니다. 실무적, 실천적 지식 계급(무사계급)의 '집단의 윤리'를 먼저 말하고 있는 것입니다. 자로가 생각하기에 공동체의 유지에는 분배의 정의, 혹은 물질적 공유(경제 민주화?)가 가장 중요한 것이었다는 겁니다.

안회가 말한 것은 그 다음으로 중요한 것, 사士계급의 '개인 윤리'에 대한 것입니다. 분배의 정의, 물질적인 공유도 중요하지만 사인士人들의 공동체는 인격적으로 서로를 배려하는 선의의 '타자 공동체'를 지향해야 한다는 것을 밝히고 있습니다(사람이 먼저다?). 역시 사士 계급에서 가장 긴요한 것 중의 하나입니다. 지식 공동체, 이념 공동체를 지향하는 공자 학단에서 선과 공을 둘러싼 다툼이 있어서는 안 된다는 것을 강조합니다. 선함을 자랑하고 공을 강요하는 것이 문제가 되는 것은 예나제나 사士 계급에서입니다. 자로의 말과 마찬가지로, 그의 말 역시 농사꾼이나 장사치들, 가난한 서민들이 중히 여기는 가치에 대한 것이 아닙니다.

공자의 말씀도 마찬가집니다. 안회가 사인들끼리의 수평적 관계에 대해서 말했다면 공자는 타 계급과의 수직적 관계를 포함한 보편적 차원에서 지켜야 할 '사인士人의 윤리'에 대해서 말하고 있는 것입니다. 아래위로 공경과 자애로 대하며, 옆으로는 신의로 행하는 것이 모범적 삶을 살아야 할 사士 계급에게 필히 요구되는 예외 없는 실천 윤리라는 것을 강조합니다. 그러니 공자의 말씀이 앞의 것(제자들의 답변)을 종합하거나 능가하는 것이 아니라, 그것들과 함께 병렬되어야 할 성질의 것이라는 게 제 생각입니다. 『논어』가 요구하는 '싸움의 기술'을 고려한다면 그게 맞지 싶습니다.

『논어』의 편찬자는 『논어』의 세 주인공을 항상 이런 식으로 배열합니다. 이를테면 이들 세 사람, 공자, 안회, 자로는 주어진 캐릭터대로 연기하는 연기자와 같습니다. 스승이 있고, 잘난 제자, 못난 제자가 있어서 제 때 제 때 필요한 역할을 하고 제대로 하모니를 이룹니다. 자로가 좀 억울할 때가 많습니다(시라카와 선생한테도 박대를 받고 있군요). 저자의 의도에 따라 때론 미련하게, 때론 용감하게, 때론 정의롭게 등장하는 것이 자롭니다. 다행히, 이번에는 맥락의 핵심을 드러내는 가장 중요한 역할을 맡았군요. '말과 수레와 갖옷'을 자로가 말했다는 것은 그가 가장, 당시의 사士 계급의 정체성을, 분명하게 구현했던 인물이라는 걸 드러냅니다. 누가 뭐래도 자로는 『논어』의 주인공입니다. 그는 몇 안되는 '사람다운 사람'입니다. '표현 양식은 항상 자기 자신을 내걸게' 되어 있기 때문입니다.

# 새와 짐승과 초목의 이름

: 시를 읽는 이유

동서양에서, 특히 고대 희랍에서와 고대 중국에서, 시詩를 대하는 태도가 달라도 너무 달랐습니다. 플라톤은 정치에서 시인을 극력 배제한 반면, 중국에서는 시학詩學이 관리의 능력과 자격을 가늠하는 주요 잣대 중의 하나였습니다. 고대 중국의 고급 관리는 거의가 다 시인이었습니다(우리나라도 마찬가지겠습니다만). 아마도 중국과 같은 큰 나라, 대륙적 상황을 장악하고 경영하는 데에는 시적 마인드, 직관적 인식의 필요성이 크게 요구되었을 지도 모르겠습니다(군자국을 자처했던 우리나라에서는 그런 대륙적 마인드를 존중했을 거구요). 정재서 교수의 『동양적인 것의 슬품』을 보니 그 자세한 사정이 잘 기술되어 있습니다.

중국은 시의 나라였다. 시는 정통문학 중에서도 최고의 위치에 있었을 뿐만 아니라 시인의 정치적 지위 또한 매우 높았다. 다양한 문화의 복합체로서 그야말로 카오스와 같은 대륙의 상황이란 논리적 인식으로만 장악할 수 있는 차원의 것이 아니었다. 중국인은 이에 천하를 다스리기 위해서는 세계를 한 눈에 통찰할 수 있는 직관적, 시적 능력이 중요하다는 것을 깨닫게 되었을 것이다. 인재 선발을 위한 과거제도에서 순수문학인 시부(詩賦)의 창작능력은 고위직으로의 승진을 좌우하는 관건이었으며 특히 당(唐)대에는 철학을 대변하는 경학(經學) 분야보다 더 중시되어 시가문학의 황금시대를 이룩하기도 하였다. 따라서 중국에서 탁월한 정치가는 거개가 훌륭한 시인이었다. 당대의 백거이, 송대의 구양수, 왕안석, 소동파로부터 최근의 모택동에 이르기까지가 그러했고 이백, 두보 등도 비록 출세는 하지 못했으나 강렬한 정치지향을 지녔었다. 다시 말해서 고대 중국에서는 시적 능력과 정치적 능력을 상관시키는 경향이 농후했다고 말할 수 있다. 이러한 정치시학의 입장을 최초로 확립한 인물이 『시경』을 편집한 공자였다.

비슷한 시기에 그리스의 플라톤은 그의 이상국가에서 시인을 추방해 버린다. 아테네와 같은 단일한 도시국가를 다스리는 데에는 합리적 정신이 긴요하지 불안정한 시인의 감성 따위는 백해무익하다고 판단했음일까? 무엇보다도 플라톤에게 있어서 시와 음악, 신화

같은 것들은 인격도야의 원천이기는커녕 청년들에게 그릇된 지식을 주입하는 해악이었다. 고대 중국에서 문학을 우주의 현시로 보고 시인이야말로 그 원리를 꿰뚫어 볼 줄 아는 능력의 소유자로 인정했을 때(한나라의 사마상여는 "시인의 마음은 우주를 포괄한다(賦家之心 包括宇宙)"라고 말했다) 저편의 플라톤은 이를 단호히 거부했다. 플라톤에 의하면 시인은 실재의 모방인 현상, 다시 그 현상에 대한 모방만을 일삼는, 궁극적 진리의 파악으로부터는 몇 단계나 떨어진 비천한 존재이기 때문이다. 기원전 4~5세기쯤 거의 비슷한 시기에 지구의 한쪽에서 공자가 시를 치국의 요체로 강론하고 있을 때 다른 한쪽에서 플라톤이 시인의 추방을 (공격적으로!) 역설하고 있었다는 이 극명히 대조적인 사례로부터 우리는 이후 역사적으로 전개될 서구의 동아시아 문명에 대한 편견 및 지배론의 소이연(所以然)을 이미 깨닫게 된다.

▶▶▶정재서, 『동양적인 것의 슬픔』, 30~31쪽

그러나 인용문의 주장을 충분히 납득하면서도, 몇 가지 유보 사항을 첨언하지 않을 수 없습니다. 문예文藝로 평생 밥벌이를 해 온 입장에서, 시詩가 우리에게 무엇이었던가에 대해서 자칫 오해를 불러일으킬 수도 있는 주장에 대해서 그냥 있을 수가 없기 때문입니다.

우선, 플라톤 시대의 시인이란 주로 음유시인들을 지칭하는 것이었습니다. 이리저리 떠돌아다니며 자유롭게 세상의 풍속과 풍물을 노래하던 이들이었지요. 사회적 지위가 거의 없던 이들이었습니다. 중국이나 우리나라에서 보아오던 그런 시인, 묵객들과는 좀 다른 존재였을 겁니다. 그 다음으로, 플라톤의 '시인추방론'은 그의 명석한 제자 아리스토텔레스에게서 이내 푸대접을 받습니다. 아리스토텔레스의 '미메시스'가 그것을 한갓 허랑된 이야기로 내칩니다. 당연히 그의 이데아가 예술분야에서도 큰 대접을 받았던 것은 아니었습니다. 그러니, 플라톤이 공자님과 그 분야에서 대칭적인 어떤 존재로 거론될 필연적인 이유는 없을 것 같습니다. 마지막으로, 공자님이 『시경』을 편찬한 것은 정치시학의 정립을 위해서가 아니라 '참된 인간이 되기 위한 공부'의 일환으로 시를 내세우기 위해서였습니다. 공자님이 "시 삼백 편이면 생각함에 삿됨이 없다"라고 말씀한 것은 시 공부를 통해서 순일純一한 인격체로 거듭날 것을 강조하는 것이었습니다. 시가 '세계를 한 눈에 통찰할 수 있는' 직관의 소산인 것은 맞습니다만, 그런 '한 눈의 통찰'은 스스로 참된 인간이 되고 나서야 생기는 능력일 것이라고 공자님은 가르치고 있습니다. 다음은 시를 읽는 이유에 대한 공자님의 자상한 가르침입니다.

공자가 말씀하시기를 "시 300편을 다 암송하더라도 정사를 맡겼을 때 잘 처리하지 못하고, 다른 나라에 사신으로 가 혼자서 응대하지 못한다면, 비록 많이 암송한들 무엇에다 쓰겠느냐?"고 하셨다.

(子曰 誦詩三百 授之以政 不達 使於四方 不能專對 雖多 亦奚以爲)

▶▶▶『논어』「자로」

　공자가 말씀하시기를 "애들아! 어찌하여 시를 배우지 않느냐. 시
는 순수한 감정을 흥기시키며, 사물을 이해할 수 있게 하며, 사람들
과 어울리게 하며, 원망하되 성내지 않게 하며, 가까이로는 어버이
를 섬기고 멀리 임금을 섬기며, 새와 짐승과 초목의 이름을 많이 알
게 한다"고 하셨다. (子曰 小子 何莫學夫詩 詩可以興 可以觀 可以群
可以怨 邇之事父 遠之事君 多識於鳥獸草木之名)

▶▶▶『논어』「양화」

　위의 내용을 두고 『사람의 마음을 움직여 세상을 바꾸리라:
전혀 다른 공자 이야기』의 저자 시라카와 선생은 "시를 배우는
것은 무엇보다도 우선 정사에 숙달되는 길이었다"고 말합니다
(131쪽). 내치內治는 물론이고 외교에도 시 공부는 필수적이었는데,
그 까닭은 그 속에 담긴 '교양적 요소'가 중요하기 때문이라고
설명합니다. 겉으로 아무리 많은 시를 암송한다 하더라도 그 속에
담긴 교양적 요소에 대한 이해가 없으면 제대로 된 시 공부를
한 것이 아니라는 뜻으로 공자님의 말씀을 이해하는 것입니다.
　그런데 그렇게 이해하고 설명하는 것은 아무래도 좀 석연찮
다는 느낌이 듭니다. 공자님 말씀의 어순語順을 보면 그런 뜻이
아닐 공산이 크기 때문인 것입니다. 우리는 "시 300편을 다 암송

하더라도"라는 말에 우선 주목해야 합니다. 어떤 까닭에서인지는 몰라도 이미 '시 300편을 암송한' 사실이 먼저 '전제가 되어' 있는 것입니다. 그리고 나서 그런 사람이 마땅히 해야 할 일(할 수 있는 일)에 대해서 공자님은 말씀하시고 있습니다. "시를 배우는 것은 무엇보다도 우선 정사에 숙달되는 길이었다"라고 이해한 것은 "시 300편을 다 암송하더라도"라는 말씀이 가장 앞에 나와 있다는 사실을 간과한 결과인 것입니다. "시 300편을 다 암송하더라도"가 제일 앞에 놓여있다는 것은 그 행위의 목적이 이미 별도로 있었다는 것을 뜻합니다. 이를테면, '인격의 수양을 위해서'와 같은 목적이 그 말 앞에 있었다는 겁니다. 그런 어순을 고려하는 문맥상의 심층의미까지는 차치하고서라도, 그 표층적 의미만을 따라가며 읽는다 해도 '무엇보다도 우선 정사에 숙달되는 길'이 시공부의 목적이 되는 것이다라고 굳이 해석할 필요는 없는 것이 됩니다.

공자님 말씀의 어순을 존중한 해석은 이렇습니다. 숙성된 인품을 지니기 위한 필수적 교양으로 '시 공부'가 특히 중요하지만, 설혹 그것에 열중해서 '300편 암송의 성과'를 내는 경지에 도달한다 하더라도 그 공부의 결과를 실천적 차원(정사나 외교 등)에서 제대로 구현해내지 못하면(자신의 인격을 행위로 드러내지 못하면) 그런 노력은 도로徒勞에 불과하다, 그런 뜻이 됩니다. 당연히 그렇게 읽어야 합니다. 훌륭한 인격을 갖추어서 정사에 능통한 이가 되지 못한다면 시 공부를 제대로 한 것이 아니다, 그런 뜻인 겁니다. 재차 말씀드리지만, '무엇보다도' 정사를 잘 돌보기 위해 시 공부를 했다는 것은 전혀 말이 안 됩니다. 공자님의 일관된 가르침과도 맞지 않고, 문맥적으로도 맞지 않습니다.

그런 오독이 두 번째 공자님 말씀 중의 '새와 짐승과 초목의 이름을 많이 알게 한다'에서도 그대로 재현됩니다. 그 부분에 대한 해석을 "교과목으로서의 '시'는 우선 수많은 새와 짐승과 초목의 이름을 알게 하는 박물학의 교본이었다"(135쪽)라고 시라카와 선생은 범박하게 처리하고 맙니다. 정자程子가 써놓은 것(『논어집주』)에 축자적으로만 의존한 수동적인 해석입니다. 그런 해석은 그야말로, 독자를 무시한, '초등학생 수준'의 문식文識에 해당하는 설명입니다. '시'가 마치 초등학교 물상, 생물 교과서인 것처럼 매도하고 있습니다. 공자님이 무슨 할 말씀이 없어서 그런 말씀까지, 공부를 하려면 아주 박식해야 하니까 동식물 이름을 외우는 것도 중요하다라고까지 강조하셨겠습니까?

'새와 짐승과 초목의 이름을 많이 알게 된다'는 것은 그런 뜻이 아닙니다. 그 말은 앞 구절들과의 긴밀한 연관 속에서, 그야말로 상호텍스트성 위에서, '시적'인 표현으로(언어의 환유적 작용으로), 사용된 것입니다. 이를테면 윤동주 시인의 "죽어가는 모든 것을 사랑해야지"라는 말과 상통하는 차원에서의, 생태학적인, 맥락적 이해를 요구하고 있는 말입니다. 사물에 대한 깊은 이해는 주변의 모든 존재하는 것들에 대한 사랑이 전제되어야 가능한 것입니다. 그래서 그들의 이름을 우리는 기억합니다. 그 이치를, 그런 식으로, 시적으로, 말씀하신 것입니다. 특별히 그 부분에 와서 그렇게 표현하신 것은, 실로 그 부분이 시의 가장 높은 부분, 시의 정수리라 할 수 있었기 때문이었습니다. 공자님은 일찍이 그것을 알고 계셨습니다. 그래서 그렇게, 시적으로, 시가 '새와 짐승과 초목의 이름을 많이 알게 한다'라고, 말씀하신 것입니다. 인류가 지닌 것 중에서 사랑을 알게 하는 데에는 '시'보다 더한 것이 없다고 생각하셨기 때문입니다. 앞에서 (시 공부를 해서) 그것(보편적 사랑)을 아는 이가 정치나 외교를 못한다는 것은 어불성설이라고 말씀하신 것도 바로 그 까닭에서였습니다.

어쨌든 공자님은 자신이 하고 싶었던 말을 하셨습니다. '새와 짐승과 초목의 이름'은 그 맥락 위에서 이해되어야 합니다. 공자님의 말씀을 맥락적으로 이해하려면 무엇보다도 공자님이 가장 하고 싶으셨던 말이 무엇인지를 알아야 합니다. 공자님은 일관되게 인仁(보편적 사랑)과 서恕(己所不欲 勿施於人)를 강조하셨습니다(번지가 仁에 대해 물었다. 공자께서 "애인愛人"이라고 말씀했다: 『논어』 「안연」). 결국은 사랑이었던 것입니다. 거듭 말씀드리지만, '새와 짐승과 초목의 이름을 많이 알게 한다'라는 말씀을 통해 공자님은 생태의식으로 표출되는 사랑(박애)을 강조하셨습니다. 그 뜻 이외에는 다른 그 무엇도 없었습니다. '새와 짐승과 초목의 이름을 많이 알게 한다'에서 다른 것을 읽어내는 것은 오직 오독일 뿐입니다. 그런 공자님의 속 깊은 말씀을, 문학의 본령을, 그저

'박물학 교본' 정도로 읽어낸다는 게 너무 황당합니다. 인문학을 하신다는 분의 이름깨나 난 저술이 그토록 '싸움의 기술'에 대한 고려가 없다는 것이, 없어도 너무 없다는 것이, 신통(?)하기까지 합니다. 돌다리도 두드려 보고 건너라는 옛 말씀도 있으니, 좀 더 분명한 전거典據를 하나 더 첨가하겠습니다.

만물에 대한 연민의식, 특히 쉽게 다치거나 소멸하는 연약한 존재에 대한 각별한 애정은 생태의식의 가장 중요한 측면이라고 할 수 있다. 멸종 위기에 처한 동식물을 보호하는 일이나 사회적 약자를 특별히 배려하는 일은 다같이 인간의 도덕적 행위 가운데서 특히 고상한 것이다. 세상에 존재하는 모든 것들, 특히 쉽게 다치거나 도태되는 약한 것들과 어울려 함께 살아가려는 태도가 곧 생태적 태도의 기본이다. 대기나 물의 깨끗함뿐만 아니라 돌이나 풀이나 벌레 같은 것들과도 함께 어울려 사는 세상, 강한 것과 약한 것이 서로 각자의 방식으로 평화롭게 공존하는 것이 생태적인 이상이다. 이 이상에 가까이 가려는 노력은 너무나 연약하고 여려서 쉽게 고통받고 쉽게 도태되고 쉽게 망가지는 모든 존재들에 대한 섬세한 관심과 애정을 포함한다.

▶▶▶이남호, 『문학에는 무엇이 필요한가』 중에서

시는 높은 곳에 있어서 아래로 많은 것을 거느립니다. 아래로 내려온 것들만이, 그래서 눈에 띄는 것들만이, 시의 본색이 아니라는 걸 아는 것이 시 공부의 첫걸음일 것입니다. 그 첫걸음을 잘못 디디면 결국 아무것도 보지 못합니다. 그저 말장난, 넋두리 만 일삼으며 부질없이 유성처럼 떠돌다 때가 되면 한갓 우주의 먼지로 사라질 수밖에 없는 것입니다. 오늘 페이스북에서 정말 좋은 시 한 편을 읽었습니다. 그 시를 옮겨 적는 것으로 오늘의 '싸움의 기술'을 정리할까 합니다. 그저 '박물학 교본'에 그치지 않는, 생태 친화적인, 진정 '새와 짐승과 초목의 이름을 아는', 정말 좋은 시입니다.

옛날옛적에: 최근 사막을 다녀온 친구들이 있다. 그 친구 중 막내 가 연일 올리는 사진들을 보니 실크로드의 다양한 모습들을 볼 수 있었고 내가 우르무치에 학회 참석차 갔을 때 생각이 난다. 아침마 다 호텔식당에서 식사를 하면 이상하게 눈물이 나는 것이었다. 며칠 동안 왜 그럴까 원인분석을 했더니 음악소리에 그렇다는 것을 알게 되었다. 이국적이면서 약간 처량한 음악소리를 듣다보면 옛날에 실 크로드가 번창했을 때 서역으로 먼 길을 떠나는 연인이나 가족, 친 구들을 보내면서 이별을 못내 아쉬워하며 울음을 멈추지 못한 사람 들이 사는 국경도시의 병태생리에 감염되었던 것이었다. 한 번 길 떠나면 생사를 기약할 수 없는 위험한 길이었고 적어도 2~3년이 소 요되는 오랜 기간 헤어져야 하는 고통의 길이었지만 성공하면 부귀 영화를 누릴 수 있는 길이었기에 참고 견디는 사람들의 애절한 마음 이 내 가슴속으로 스며들어와 눈물샘을 자극했다. 툭하면 헤어지는

요즘 사람들과 달리 평생을 기다리며 살았던 그 시대의 사람들에 대한 외경심이 들었고, 그 이후 친구를 사귈 때 그 친구가 언제 어디에 있더라도 가슴속에 고이 간직하고자 노력을 했다.

▶▶▶페이스북, 김한겸

# 스승 만드는 제자

: 백련자득

제자 노릇한 세월보다 스승 노릇한 세월이 더 쌓였습니다. 문득 허무합니다. 배운 것은 많은데 가르친 것은 별로 없습니다. 누군가가 '최초의 스승은 공자다'라고 말했던 것이 기억납니다. 사람을 가르쳐서 '변화시킨' 최초의 교사가 공자라는 겁니다. 공자님이 스스로 스승으로 여긴 이는 아마 주공周公이었지 싶습니다. 평생을 그분의 시선 안에서 살았다고 토로했습니다. 심지어는 '요즘 주공을 꿈에서 뵌 지가 오래되었다'라는 말까지 했던 것으로 기억합니다. 물론 주공이 공자를 제자로 삼았던 건 아닙니다. 두 사람은 시대를 격해서 존재했으므로 공자 혼자서 제자 노릇을 한 겁니다. 그렇게 스승 없이 혼자서 스승이 된 사람이었으니까 공자가 '최초의 스승'이라는 말도 틀린 말은 아닌 것 같습니다. 『사기』「중니제자열전」을 보면 스승 공자가 제자를 평한 대목이 있습니다.

내 제자로서 학업에 힘써 육예(六藝)에 통한 자는 77명이 있다. 모두가 뛰어난 재능을 지닌 자들이지만, 그중에서도 덕행에는 안연(顔淵), 민자건(閔子騫), 염백우(冉伯牛), 중궁(仲弓), 정치에서는 염유(冉有), 계로(季路, 子路), 변설에서는 재아(宰我), 자공(子貢), 문학에서는 자유(子遊), 자하(子夏)가 특히 뛰어났다. 그러나 다 각기 결점도 있어서 사(師, 子張)는 잘난 체하는 데가 있고, 삼(參, 曾子)은 둔한 편이며, 시(柴, 子羔)는 우직하고, 유(由, 子路)는 거친 데가 있다. 도를 즐기는 회(回, 顔淵)는 자주 끼니가 떨어지는 형편이다. 또한 사(賜, 子貢)는 내 가르침을 따르지 않고 돈벌이에만 힘을 기울이는데, 그래도 그의 판단은 비교적 정확하다.

▶▶▶ 『사기』「중니제자열전」

공자 시대의 주요 교과목은 보통 육예六藝라 하여 의례禮, 노래와 춤樂, 활쏘기射, 마차 몰기御, 글쓰기書, 셈하기數를 중심으로 편성되었습니다. 이것들은 공동체의 규약인 예와 악, 국가 방위의 무력이 되는 활쏘기와 마차 몰기, 그리고 행정 업무 처리 수단인 글쓰기와 셈하기 등 고대의 테크노크라트였던 사士 계급이 반드시 갖추어야 할 기본적인 자질이기도 했습니다. 고대의 사士 계급은 문무文武를 겸전한 실천적 지식인이었던 것으로 유추됩니다. 그들 중에서 지위를 높인 자들이 대부大夫가 되었습니다. 그런 실천적 지식에 통通했던 제자들 중에서도, 가장 뛰어난 몇 사람을 지목해 그 장단을 변별했지요. 관직에 나설 제자들을 위한 일종의 지도교수 추천서였던 셈입니다. 최초의 스승, 공자의 제자평은 일종의 전범이 되어 후대 사람들에게 많은 영향을 미칩니다.

후대 사람들은 이 내용으로 공자의 제자들을 규정하고 그와 관련된 여러 가지 유추를 행합니다. 고전 읽기에는 항상 콘텍스트context(맥락)를 재구再構해 내는 것이 관건인데 그런 재구 작업에 유용하게 사용되는 것입니다. 젊어서 이 대목을 처음 대했을 때의 느낌은 별로 좋은 게 아니었습니다. 맥락잡기가 어려워서 난삽한 느낌이었습니다. 첫째는 육예라는 게 뭔지 몰랐고, 그것과 현재의 내 관심사가 어떻게 접속되는지도 몰랐습니다. 또, 사람 이름들도 몇 사람을 제외하고는 생소하기만 했습니다. 얼마 후 다시 이 대목을 보았을 때도 그 느낌이 별로 완화되지 않았습니다. 그때는 공자가 제자를 호명(지목)할 때 전후를 달리하며 말했다는 걸 알았는데, 그게 더 헷갈리게 했습니다. 앞에서는 계로라 했다가 뒤에서는 유라 하는 게 웬 뚱딴지냐 싶었습니다. 앞에서는 안연이고 뒤에서는 회였고, 앞에서는 자공이었는데 뒤에서는 사였습니다. 속으로 '노망이 들었나? 아니면 무슨 호사 취민가?' 아마 그런 생각이 들었지 싶습니다. 그게 자字와

명名을 나누어서, 칭찬을 할 때는 어른 이름인 자를 쓰고 부족한 면을 지적할 때는 아이 부르듯 이름을 불러 다정함을 배가시켜 스승의 미안한 마음을 담아내는 방법이었다는 걸 안 것은 한참 뒤였습니다. 아끼는 제자들이 죽었을 때도 공자는 그 이름을 부르며 애통해 했다는 것도 알게 되었습니다. 배워서 안 것은 아니고, 어느 날 저절로 그런 사실이 눈에 들어왔습니다. 외람된 말씀이지만, 아마 그때부터 제가 선생 노릇을 본격적으로 하기 시작한 것이 아닌가 싶습니다. 꼭 위대한 스승 공자가 아니더라도, 세상의 모든 스승들은 다 그런 마음일 것이라 생각합니다.

역지사지 해 봅니다. 아무리 생각해 봐도 스승이 중요한 게 아닌 것 같습니다. 결국, 위대한 스승은 위대한 제자들이 만듭니다. 주공도 공자라는 위대한 제자 덕분에 위대한 스승의 반열에 오른 것이고, 공자라는 위대한 스승도 위에 열거된 훌륭한 제자들이 없었다면 지금까지 우리에게 가르침을 베풀어 줄 수 없었을 것입니다. 플라톤이 없었으면 소크라테스도 없고, 베드로와 바울이 없었으면 예수도 없었을 것입니다. 아난이나 가섭이 없었으면 시타르타도 없고요. 위대한 스승은 결국 위대한 제자가 있었기 때문에 가능했던 것입니다. 그러니까, 위대한 스승은 위대한 제자를 길러내는 사람입니다. 제자 없는 스승은 아무 것도 아닙니다.

그런 관점에서 위대한 스승들의 특징을 몇 가지 생각해 봤습니다. 첫째, 그들은 적지 않습니다. 그들은 주로 말로만 제자를 가르칩니다. 맥락을 잘 활용하고 정감적인 아우라 안에서 인간을 변화시킬 수 있는, 공감적 지혜, 살아있는 지식을 전달합니다. 그 과정에서 그들이 주로 강조하는 것은 길 없는 길, '그때그때 달라요'입니다. 그들은 결국 '변치 않는 것은 없다'를 가르칩니다. 둘째, 그들은 까다롭습니다. 제자들에게 요구하는 것이 많습니다. 이른바 '디맨드demand'가 많습니다. 그들이 제자들에게 요구하는 수준은 늘 인간의 경지를 넘어섭니다. 불패의 환상을 제시하고 그걸 믿으라 합니다. 어떤 스승이든 그들이 가르치는 건 '믿는 자에게 복이 있다'입니다. 셋째, 그들은 살아생전보다 죽어서 더 환대받습니다. 살아서는 독배를 마시거나, 십자가에 못 박히거나, 허접한 음식을 먹고 죽거나, 마누라 없이 쓸쓸히 죽거나, 부엉이 바위에서 몸을 던집니다. 살아서는 풍자적인 의미로서만 '왕' 대접을 받지만, 죽어서는 진짜 '왕'이 됩니다. 왕 중의 왕이 됩니다.

하지만 그런 위대한 스승도 위대한 제자가 없으면 불가능합니다. 스승은 그들 덕에 존중받습니다. 위대한 제자의 덕목은 무엇일까요? 첫째, 그들은 적습니다. 그들은 하이퍼그라피아(글쓰기 중독증)입니다. 정신없이 적습니다(저처럼). 플라톤도 적었고, 증삼과 유약도 적었습니다. 아난, 바울, 모두 남김없이 기억해내고 끊임없이 적는(쓰는) 제자들이었습니다. 유령처럼 중천을 헤매는 스승의 말들을 일이관지—以貫之, 맥락을 잡아서 캐치하고 그것을 지상의 복음으로 고정시키는 역할을 그들은 해냄니다. 스승의 강속구나 변화구는, 그들의 볼 잡는 품새에 따라 스트라이크도 되고 볼도 됩니다. 오직 제자의 그릇됨이 스승의 모든 것을 '모양(규범)' 짓습니다. 제자의 역량에 따라 스승의 가르침이 시의적절하게 주형鑄型되는 것이지요. 둘째, 그들은 견디는 자들입니다. 위대한 제자는 스승을 견딥니다. 끝까지 스승의 길을 배반하지 않습니다. 그게 그들의 가장 큰 덕목입니다. 스승이 뭐라 하든 그들은 묵묵히 스승을 견딥니다. 바보같이 견딥니다. 그래서 한 번 죽은 스승이 그들의 어깨를 딛고 다시 부활할 수 있도록 합니다. 그런 의미에서 스승이 광狂이라면 제자는 견獧입니다. 스승이 미쳐 날뛰는 자라면 제자는 회의懷疑는 하지만 묵묵히 그 안에 머무는 자입니다. 셋째, 그들은 모든 공을 스승에게 돌립니다. 오직 주님의, 선생님의, 부처님의 말씀일 뿐입니다. 자기 말은 없습니다. 자공이 한 때 스스로 '스승'을 자처하면서 제자들을 가르친 적이 있었습니다. 구름같이 제자들이 몰렸습니다. 스스로도 부자夫子(선생님)를 자처했습니다. 사람들도 다 인정했습니다. 자로가 그 말을 듣고 바로 달려갔습니다. '스승님이 살아계신데 감히 네가 그런 작태를 벌일 수 있느냐'고 엄히 나무랐습니다. 자공이 무릎을 꿇고 사죄했습니다.

살다 보면 제자 될 때가 많습니다. 본디 시골무사인 제게는 위대한 스승이 없었습니다(스승 없이 막된 칼을 쓰는 자를 두고 '시골무사'라 부릅니다). 언젠가 그런 말을 한 적이 있습니다. 단 한 번도 스승에게 무엇을 배워 본 적이 없었다고요(졸저 『칼과 그림자』).

참 건방지게 미련을 떨었던 것입니다. 제대로 제자 역할을 해본 적이 없었을 뿐인데 (감히 스승을 들먹이며!) 그런 망발을 저질렀습니다.

스승과 제자는 사랑하고 존경하는 관계이기도 하지만 갈등하고 반목하는 관계일 수도 있습니다. 애증병존愛憎竝存, 스승과 제자 사이에 애증과 경쟁이 들어서는 경우도 흔합니다. 제자는 그것을 넘어서야 합니다. 회의는 하되 견뎌야 합니다. 그래야 위대한 제자가 되어 위대한 스승을 만들어낼 수 있습니다. 인간이 하는 일은 늘 그런 것 같습니다. 그래서 위대한 스승들이 늘 '그때그때 달라요'를 강조했던 것 같습니다. 지금이라도 늦지 않았으니, 좋은 제자가 되어 위대한 스승 한 분 모셔보고 싶습니다. 백련자득百鍊自得!

# 차라리 광견이

## : 군자, 광자, 견자, 향원

오늘의 주제는 광견狂獧입니다. 앞에서 '스승은 광狂이고 제자는 견獧이다'라고 말한 적도 있지만, 본디 이 말은 향원鄕原이라는 말과 함께 등장합니다. 지금 개념으로는 뜻을 매기기가 좀 애매한 말들입니다. '하얀 라면', '빨간 라면' 식으로 색으로라도 쉽게 나눌 수 있으면 좋겠는데 그게 잘 안 됩니다. 사람살이가 때마다 다르고, 같은 유가儒家라도 자기 입장에 따라 해석을 달리할 수도 있는 문제이기 때문인 것도 같습니다. '용회이명' 식으로 말해보겠습니다. 기본적으로는 둘 다 공자님에게 만족을 주는 인물상은 아닙니다. 그 점에서 공통됩니다. 바람직한 군자상

은 아니지만 다만 향원보다는 그들 광견이 훨 낫다는 것이 공자
님의 생각입니다. 아무래도 원문에서 그들이 어떻게 받아들여
지는지를 먼저 보는 것이 순서겠습니다.

만장(萬章)이 물었다. "공자께서 진(陳)나라에 계실 적에 '어찌 돌
아가지 않겠는가? 우리 마을의 선비들은 광간(狂簡)하고 진취적이
거나 초심을 잃지 않았다.'라고 하셨습니다. 그런데 공자께서는 진
나라에 계시면서 어찌하여 노나라의 광견(狂獧)한 선비들을 생각하
신 것입니까?"

맹자가 말했다. "공자께서는 '중도(中道)의 인물을 얻어 함께할 수
없다면 차라리 광견(狂獧)한 자와 함께하리라. 광(狂)한 자는 진취적
이고, 견(獧)한 자는 [해서는 안 되는 행동을] 하지 않는 바가 있기
때문이다.'라고 하셨다. 공자께서 어찌 중도(中道)의 인물을 얻고 싶
지 않으셨겠느냐마는, 반드시 그런 사람을 얻을 수 없기에 차선의
인물을 생각하신 것이다."

"어떤 사람이 광한 자인지 감히 여쭙겠습니다."

"공자께서는 금장과 증석 그리고 목피와 같은 사람들을 광한 자
라고 하셨다."

"왜 광한 자라고 합니까?"

"뜻이 높고 커서 '옛사람이여, 옛사람이여!' 하지만, 그의 평소 행
실을 살펴보면 자신의 말을 그대로 실천하지 못하는 자들이기 때문
이다. 그러나 [공자께서는] 이러한 광한 자를 얻지 못하면, 더러운

짓은 하지 않는 선비를 얻어 함께하고자 하셨다. 이것이 견한 자이니, 광한 자 다음가는 사람이다."

"공자께서는 '내 문 앞을 지나면서 내 집에 들어오지 않더라도 내가 유감스러워 하지 않을 자는 바로 향원(鄕原)이다. 향원은 덕(德)을 해치는 자이다.'라고 하셨는데, 어떤 사람을 향원이라 합니까?"

" [광한 자는] 왜 저렇게 잘난 척하는가? 말은 행실을 외면하고, 행실은 말을 외면하는데도 입을 열었다 하면 옛사람이여, 옛사람이여 하는가.'하고 '[견한 자는] 어찌 혼자서만 도도하게 살아가는고? 이 세상에 태어났으면 이 세상일을 하여 (나만) 잘 되기만 하면 되는 것이지.' 하면서 자신은 가만히(음흉하게) 세상에 아첨하는 자가 바로 향원이다."

만장이 말했다. "한 마을 사람들이 모두 그를 '점잖은 사람'이라고 한다면 그는 어디서든 '점잖은 사람'이라고 인정받을 것입니다. 그런데도 공자께서 그를 일컬어 왜 '덕을 해치는 자'라고 하시는 겁니까?"

"비난하려 해도 비난할 것이 없고, 풍자하려 해도 풍자할 것이 없다. 유행하는 풍속에 동화하고 더러운 세상에 영합하면서도 충직하고 신뢰할 만한 사람인 것처럼 굴고 청렴결백한 듯이 행동하여 여러 사람에게 호감을 사고, 스스로는 옳다고 여기지만 더불어 요순(堯舜)의 도에 들어서지 못한다. 그러므로 '덕을 해치는 자'라고 하신 것이다. 공자께서는 '같은 듯하면서 아닌 것[사이비(似而非)]'을 싫어하셨으니, 강아지풀을 싫어하는 것은 벼싹을 어지럽힐까 걱정해서요, 아첨하는 자를 싫어하는 것은 의(義)를 어지럽힐까 걱정해서다. 듣기 좋은 말을 잘하는 자를 싫어하는 것은 믿음을 어지럽힐까 걱정해서요, 정(鄭)나라 소리[1]를 싫어하는 것은 바른 음악을 어지럽힐까 걱정해서다. 자주색을 싫어하는 것은 붉은색을 어지럽힐까 걱정해서요, 향원을 싫어하는 것은 덕을 어지럽힐까 걱정해서다.'라고 하셨다. 군자라면 떳떳한 도로 돌아갈 뿐이다. 떳떳한 도가 바르게 되면 뭇 백성이 흥기(興起)하고, 뭇 백성이 흥기하면 사특함이 없어질 것이다."

▶ ▶ ▶ 『맹자』「진심장구」하
(2004년 한국교육과정평가원 모의평가 지문)

이 대목은 수능 모의고사에도 나올 정도로 꽤 알려진 내용입니다. 공자님이 가장 바람직한 인물로 생각한 것은 주지하다시피 군자입니다. 군자불기君子不器, 하나의 그릇으로 한정되지 않는 전인적全人的 인격체였지요. 인용문에서는 '중도의 인물'이라는 말로 표현되고 있습니다. 그러나 그런 인물들이 흔한 것이 아니기 때문에 차선책으로 광자狂者를, 그리고 그 다음으로는 견자獧者를 택해 함께 하겠다고 말하고 있는 것입니다. 광자는 적극적이고 진취적인 이념적 인물입니다. '옛 사람이여 옛사람이여'라는 말이 그의 전매특허라고 하는 것은 그가 언제나 공평무사公平無私와 도덕적 실천을 강조하는 이라는 것을 뜻합니다. 다만 그

---

1) 음란하고 야비한 음률을 비유적으로 이르는 말.

스스로는 말과 행실에 약간의 괴리가 있습니다(아마, '강남 좌파'라는 말이 그 비슷한 처지를 가리키는 말이 될지도 모르겠습니다). 그래서 향원한테도 비판받는 것입니다. 견자는 소극적이고 수동적인 인물입니다. 그러나 불의와 타협하지는 않는 인물입니다. 남앞에 잘 나서지도 않습니다. 그러나 제 앞가림을 할 정도는 된다고 평가받습니다. 그래서 광자 다음으로 함께 할 인물로 대접받습니다(세칭 '중도 좌파'라고 볼 수 있을지도 모르겠습니다). 가장 나쁜 인물 유형이 향원입니다. 그는 자신의 주거지에서는 주위로부터 '점잖은 인물'로 평가될 때도 있지만, 하루도 거르지 않고 늘 '내일 나에게 어떤 좋은 일이 생길까'만 궁리하는 사람입니다. 공자님은 이런 유형의 인물을 '덕을 해치는 자'라고 힐난했습니다. 그들이 '광견'을 비난하는 것도 다 자신을 옹호하고 세상의 눈을 가리기 위한 짓이라는 것이 공자님의 생각입니다(말로는 '합리적인 보수'를 자처하지만 오직 출세에만 매달리는 자들이 여기에 해당되지 싶습니다).

군자, 광자, 견자, 향원. 이 네 가지 인물 유형을 보면서 인생살이가 별 것 없다는 생각을 또 하게 됩니다. 2500년 전이나 지금이나, 눈앞에 보이는 '사람 모양(꼴)'이 하나 다를 것이 없기 때문입니다. 군자도 엄연하고 광견과 향원도 여전합니다. 향원인 주제에 군자연 하며 광견들이 득세하면 '나라가 불안해진다'라고 떠들며 난장판을 치는 것도 똑같고 광견이 '옛날이여, 옛사람이여'라고 행실은 따르지 못한 채 목소리만 꽥꽥 높이는 것도 똑같습니다. 그것을 보면 마치 세상은 언제나 '향원당'과 '광견당'의 건곤일척 한 판 승부인 것처럼 보입니다. 공자님의 말씀은 예나제나 하나 틀린 것이 없습니다. 다만 그렇게 찾으시던 군자들이 아직도 당을 하나 만들지 못한 것이 아쉽기는 합니다만, 변화가 필요할 때는 오히려 제대로 된 광자가 더 요구된다는 것이 공자님의 말씀입니다. 이제 더 이상 '덕을 해치는' 향원들에게 세상을 맡겨둬서는 안될 것 같습니다. 그들이 군자연 하는 세상을 너무 오래 두고 봐 온 것 같습니다. 2500년 동안이나.

# 맥락 없는 자의 까막눈

: 경전 『논어』

이런 비과학적인 공부가 어디 있나? 본격적으로 한문 공부를 해보겠다고 불혹의 나이를 넘겨서 한 모임을 찾았을 때의 첫 느낌이 그랬습니다. 공부란 것이 종합도 하고 분석도 하고 추론 도 하고 증명도 해야 하는데, 한문 공부에는 그런 것이 없었습니 다. 그냥 읽고 아는 것 모르는 것 책에다 열심히 적고, 돌아서면 까먹어 버리는, 하루 벌어 하루 먹고 사는, 그저 그런 것들뿐이었 습니다. 기초 텍스트인 원전을 읽어내는 일이 전부였습니다. 이 를테면 수학 공부에서 공식만 계속 외우는 일과 같았습니다. 공 식 하나를 외우면 그걸 대입해서 풀어내야 할 문제가 있어야 하는데 입문기의 한문 공부에는 그런 것이 전혀 없었습니다. 난처했던 것은 또 있었습니다. 공식마저도 '그때그때 달라요'였습니다. 어조사들도 이때는 이 뜻, 저때는 저 뜻이라고 했습니다. 나이 들어 시작한 공부라 외우고 분별하는데 힘이 더 들었던 것 같습니다. 이쪽 표정이 점점 어두워지며, 금방이라도 책을 덮고 뛰쳐나갈 낌새라도 보였던지, 좌장이던 선배가 저를 다독였습니다. 좀 지나면 '물이 들 거라'고, 자기를 믿고 좀 견뎌보라고 저를 꼬드겼습니다. 그래서 엉거주춤 눌러앉았습니다. 제가 보기에 한문 공부라는 것은, 아는 놈은 날로 더 알고, 모르는 놈은 내내 모르는, 타고난 불공정 사회였습니다. 그건 학문이 아니었습니다. 소위, 문맥文脈이라는 걸 모르면 단어의 뜻을 아무리 꿰고 있어도 눈 뜬 장님이었습니다. 그냥 어학 공부라고 치부하려고도 했습니다. 그래도 사정은 매 한 가지였습니다. 거기에 비하면 영어는 양반, 독어는 왕족, 일본어는 신들의 세계였습니다. 그것들에는 문법이 있고, 숙어가 있고, 전범典範이 있었습니다. 한문은 참조할 전범이 너무 많았습니다. 사서四書부터 읽자고 해놓고선 맥락적 독서를 내세우며 죄다 다른 데서 그 전거典據를 불러들였습니다. 경전식 독해라 뒤엣것들이 앞으로 불려나와 시도 때도 없이 제 살을 불리고 있었습니다. 비만도 질병이라던데, 누군가에 의해서 한 구절의 맥락이 확장되면 그것이 새 코드가 되어서 또 새로운 맥락을 만들어내는 식이었습니다. 가히 병적이라 할 만했습니다. 그런 식이라면, 평생을 한들 그 끝을 헤아리기 어려울 것 같았습니다. 수단이 아니라 목적이 되어야 할 공부였습니다. 미련하다 못해 이건 병적이다 싶었습니다. 몇 년 따라다니다가 자의반 타의반 중도하차하고 말았습니다(평소에 좀 밉상이던 한 친구와 대판 붙고 그 모임에서 나와 버렸습니다).

요즘은 어디 식당에 가도, 걸어놓은 편액扁額에 대한 해설을 작게 따로 귀퉁이 같은 곳에 적어 놓은 곳이 많아서 좀 편합니다. 그런 것이 없을 때는 편액만 보면 덜컥 겁이 났습니다. 누가 무슨 뜻이냐고 물을까봐서죠. 여럿 가서 밥이 나오기를 기다리다 보면 십중팔구 참지 못하고 그 뜻을 캐묻는 자가 꼭 나타납니다. 그게 사람을 곤혹스럽게 만듭니다. 명색이 국어 선생이니 한문을 좀 알 것 아니냐는 식이죠. 초등학교 4학년 때 이미 그쪽하고 절연한 사람한테는 좀 잔인한 요구가 아닐 수 없습니다(4학년 때 한자가 정규과목에 처음 들어왔습니다. 그때까지 누구한테 배운 일이 없어도 신문의 한자도 좀 읽고 했는데 4학년 때부터 매일같이 시범조로 뽑혀 아이들 앞에서 획순에 따라 쓰기를 강요받으면서 한자에 대한 흥미를 완전히 잃고 말았습니다. 그때부터 저절로 뜻이 읽히던 신문의 한자들도 점점 어려워지기 시작했습니다. 절대 농담이나 엄살이 아닙니다). 어쨌든 그렇게 묻는 것 중, 열에 아홉은 항상 제가 모르는 내용입니다. 명색이 폼 나라고 걸어놓은 것들인데 얼치기 까막눈에게 그렇게 쉬이 자기를 드러낼 리가 없지요. 세상은 넓고 액자는 많습니다. 세상 어디에도 만만한 액자는 없었습니다. 편액이나 족자들만 저를 무시하는 건 아닙니다. 한번은 죽도집을 하나 샀

습니다. 거죽에 근사하게, 검도 공부에 도움이 되는 것으로, 한
문으로, 한 줄 주욱 내려 그어놓은 것이었습니다. 그걸 보고 검
도 선생님이 제게 물었다. 그 뜻이 뭐냐는 거였지요. 암만 봐도
글자가 눈에 들어오질 않았습니다. 선생님은 나의 그런 태도가
장난인 줄로만 여겼습니다. 평소에도 대학 교수 제자라고 이것
저것 자문도 많이 하셨거든요. 나중에야 제 까막눈을 인정했습
니다. 선생님이 가르쳐줬습니다. 초서체로 된 '무념무상 명경지
수無念無想 明鏡止水'라고요. 선생님은 그 글귀가 검도에서 어떤 의미
인지를 묻고 있는데, 저는 그 글귀 자체를 읽어내려 가지를 못
했던 것입니다. 한마디로 쪽이 왕창 팔린 거지요. 제 까막눈 콤
플렉스가 그 대목에서 아마 최고조에 달했던 것 같습니다. 그
뒤부터 면피용으로, 그런 상황이 올 때마다 조자룡 헌 칼 쓰듯,
시도때도 없이 장기 공연하는 레퍼토리를 하나 만들었습니다.
은사님 한 분의 일화입니다. 그 은사님이 젊어서 장인어른께 족
자를 하나 선물 받았습니다. 낯선 초서체로 된 것이라 무슨 글
자인지 분간이 잘 되지 않았습니다. 그냥 나중에 그쪽에서 좀
해박한 이를 찾아서 물어보면 될 일이지 싶어서 그냥 넘기셨답
니다. 그러다가 장인도 돌아가시고, 이분 저분 물어볼 만한 분들
이 다 돌아가셨습니다. 이제 사람들이 당신께 물으러 옵니다.
심지어 박물관에서도 찾아옵니다. 원로가 되어버린 본인이 판
정관 노릇을 하는 일이 잦게 되었습니다. 그런데, 영영 그 족자
에 그려진(?) 7언은 오리무중입니다. 그래서 지금도 집으로 인

사 오는 제자나 객들에게서 그 족자에 대한 질문이 들어오면 안면몰수顔面沒收, 그냥 "난 몰러"하고 마신다는 이야기입니다. 물론 믿거나 말거나입니다.

한문 공부는 해석이 관건인데, 해석에 필요한 코드가 사회 역사적 맥락 안으로 거의 완전하게 녹아들어가야 텍스트의 의미가 추출(형성)됩니다. 그러니까 맥락의 코드화라고 해야 될 작용이 해석행위 안에서 일어나는 것입니다. 자세한 건 사양하겠습니다(이쯤 해서 어려운 것 싫어하시는 독자분께서는 철수하시는 게 좋을 것 같습니다. 그래야 덜 억울합니다). 그쪽 전공자가 아니라 더 이상의 설說을 풀어놓을 입장도 아닙니다. 제목이 '까막눈'이니까 까막눈 입장에서만 이야기하겠습니다. 이를테면, 「학이學而」편의 '學而時習之 不亦說乎, 有朋自遠方來 不亦樂乎 人不知而不慍 不亦君子乎(학이시습지 불역열호, 유붕자원방래 불역낙호, 인부지이불온 불역군자호)'의 해석도 간혹 공자 학당의 '인정 투쟁'으로 보는 이들이 있기는 합니다만(그 내용은 본서 내편 「아직도 비밀이: 인정투쟁」에서 소개됩니다) 일반적으로는 그 대목도 '경전식 독해'로 읽어냅니다. 공부 시간에 들었던 것은 기억에 남아있지 않은 탓에(불쾌한 경험은 억압되는 모양입니다), 어떤 것이 '경전식 독해'인지, 그 비슷한 것으로, 인터넷 검색을 통해 찾은 것을 소개하겠습니다(다른 것들보다 평이하게 읽혔습니다).

**學而時習之, 不亦說乎:** '學而時習之 不亦說乎'가 『논어』의 첫 머리

를 장식하는 것은 매우 의미심장하다. 이 문구가 가장 첫 머리에 온 까닭은 이 말들이 공자의 일생과 목표를 압축적으로 제시하고 있기 때문이다. 습(習)이 배움의 실천적인 태도와 상태를 의미한다면, 학(學)이란 말은 단순히 배운다는 것이 아니라 『대학(大學)』에 나오는 그 학(學)의 목표를, 실현하기 위한 것이다. 즉, '大學之道는 在明明德하며, 在親民하며, 在止於至善하니라(큰 가르침의 길은 밝은 덕을 밝히고, 백성과 하나 되는 것에 있으며, 지극히 선한 상태에 머무르는 것에 있다)'를 실현하기 위한 것이다.

有朋自遠方來 不亦樂乎: 공자는 뜻을 품었으나 그것을 정치에 직접 반영해볼 수 있는 기회가 없었다는 점에선 매우 불행한 인물이었다. 공자는 덕이 높았으나 생전에는 별로 인정을 받지 못했다. 13년간 방랑했으나 그에게 돌아온 것은 참담한 좌절감뿐이었다. 제자 키우는 것을 군자의 삼락(三樂) 중 하나로 높이 평가했으나 안회(顏回)와 자로(子路)를 앞세워 보냈던 공자의 입장은 그리 호락호락한 것이 아니었다. 그럼에도 불구하고 공자는 "학문을 배우고 익혀 덕이 높아지면 외롭지 않다(德不孤 必有隣)"(이인)라 하였고, "학문을 통해 뜻을 같이 하는 이들이 모여 나의 부족함을 보완해준다(以文會友 以友輔仁)(안연)"라 했다. 이처럼 학문하기를 좋아하고, 사람을 좋아하는 그였지만 생전엔 사람들이 따르지 않았다.

人不知而不慍 不亦君子乎: 남들이 알아주지 않는 것에 노여워하

고 비탄에 잠겼더라면 오늘날의 공자는 존재하지 않았을 것이다. 공자는 세상이 자신을 알아주지 않는다하여 세상을 원망하지 않았고, 그것을 남의 탓으로 돌리지 않았다. "배움은 나 자신을 완성하는데 뜻이 있지, 남에게 자랑하기 위한 것이 아니다(古之學者爲己 今之學者爲人)(헌문)"라고 말하며 고향으로 돌아와 후학을 기르면서 홀로 고독하게 자신의 학덕을 연마했다. 하지만 고향에서 후학을 얻어 기르는 것만으로는 대학의 큰 길(大學之道)을 이루는 것은 아니었다. "군자는 세상의 도가 행하여져 학문이 인정받고 쓰여지게 되면 나아가 천하만민을 위해 배운 바를 다 펼칠 것이요, 그렇지 못하다면 물러나 조용히 학문을 연마할 뿐이다.(用之則行 舍之則藏)(술이), (邦有道則任 邦無道則可券而懷之)(위령공)" 그런 그였기에 멀리서 찾아오는 벗의 반가움이야 오늘날을 살아가는 고독한 현대인들에게 비할 바가 아니었으리라.

▶▶▶이상 인터넷 검색(작성자 불명)


『논어』의 첫 문장이 겉으로 보기엔 덤덤하게 군자의 기쁨에 대해 말하고 있는 것처럼 보여도 그 안에는 공자가 평생을 두고 실천하며 살아온 일생이 스며들어 있다는 것입니다. 전형적인 경전 해석의 스타일입니다(학문은 경전을 숭배하지 않습니다). 모든 경전 해석은 '맥락의 코드화'로 진행됩니다. 나중에 일어난 모든 일들이 훨씬 이전에 발화된 '말씀' 속으로 녹아들어갑니다. 사서삼경을 읽는 방법은 모두 그런 식입니다. 그러니 해석이 계속 확장될 수밖에 없지요. 그 자체가 재미있는 면도 물론 있습니다. 현학 취미가 바로 그런 데서 나오는 것이지 싶기도 합니다.

어쨌든, 『논어』 진도를 나가면서 느낀 것은 「학이學而」편은 약과였다는 것입니다. 갈수록 태산이었습니다. 새 이름이 나오면 그가 어떤 사람이었다는 것부터 알아야 했습니다. 기물器物이 등장하면 그것이 당대에 어떤 의미와 가치였는지부터 알아야 했습니다. 안회가 죽었을 때 그의 아비가 공자에게 돈을 빌리러 옵니다. 장례비용이 부족해서이지요. 공자가 가진 돈이 없다고 하자 '선생님의 수레를 팔아서 융통을 해 달라'고 조릅니다. 그러자 공자가 말합니다. '대부가 수레 없이 어떻게 밖을 나갈 수 있느냐', 그래서 결국은 안회의 아비는 돈을 빌리지 못합니다. 그걸, 공자가 예禮를 강조한 것으로 이해합니다. 결국은 그 시대의 삶 전체를 알아야만 그들의 언어를 완전히 이해할 수 있는 거였습니다. 콘텍스트(맥락)의 왕국 그 자체였습니다. 문자로 드러난 것은 그야말로 빙산의 일각이었습니다. 한때 『도덕경』 해석을 두고, 완전히 맥락 중심으로 재해석한 책이 나와서 화제가 된 적이 있었습니다. 저도 사서 봤습니다만 좀 허무했습니다.

그런데 요즘 들어 '그때그때 달라요'가 비단 한문 공부뿐이겠느냐는 생각이 자주 듭니다. 제가 가진 스키마가 닿지 않는 분야는 모두 그랬습니다. 정치도 그렇고, 주식도 그렇고, 성경 공부도 그렇고, 무슨 교육학이라고 부르는 것도 그렇고, 술도 그렇고, 아이들도 그렇습니다. 왜 선거철만 되면 돈 쓰면서 패가망신하는 이들이 그렇게 많은지(가히 우후죽순입니다), 맨날 잃는다 잃는다 하면서 주식은 왜 하는지(그래도 늘 멀쩡하기는 합니다), 교육을 빙자해 말장난은 왜 하는지(그것 아니면 먹고 살 일이 없는지 모르겠습니다), 술은 왜 권하는지(술꾼들은 아마 죽을 때까지 권할 것 같습니다), 아이들의 볼거리는 내게 왜 재미가 없는지(이제 늙어서 연결이 잘 안 됩니다) 잘 모르겠습니다. 그 모든 것이 그것들 안에 제 '맥락'이 없기 때문일 것입니다. 결국 저의 까막눈 콤플렉스, 한문 혐오증도 그런 것이었지 싶습니다. 그 안에 저의 '맥락'이 없었기 때문이었습니다. 그걸 공부해야 할 필요적 목표가 없었기 때문이었습니다. 한문 공부는 모르던 것을 하나씩 알아가는 것도 중요하지만, 주체에게 그 공부가 인생의 목표가 될만한 어떤 '맥락'이 있어야만 하는 공부였습니다. 까막눈 콤플렉스도 사실 별 것 아니었습니다. 분수도 모르고, 제가 세상의 이치를 조금 안다고 생각했기 때문에 그게 콤플렉스가 된 것입니다. 아예 처음부터 까막눈을 자처(자인)했으면 그렇지 않았을 것입니다. 생긴 대로 그저 까막눈으로 살았으면 아무 일도 없었을 겁니다. 그저 까막눈으로.

# 경전으로 읽으려면

: 아는 것, 좋아하는 것, 즐기는 것

●●●

자주 듣는 것 중에, '아는 것은 좋아하는 것보다 못하고, 좋아하는 것은 즐기는 것보다 못하다(子曰, 知之者不如好之者, 好之者不如樂之者). (『論語』, 雍也)'라는 말이 있습니다. 제가 좋아하는 말이기도 합니다. 젊어서 검도에 관한 글을 몇 편 쓸 때 많이 인용했습니다. 검도를 즐겨라, 남을 공격하기 위해서가 아니라 나를 재구성하는 수단으로 여겨라, 주로 그런 취지였습니다. 앞글에서(「맥락 없는 자의 까막눈: 경전 『논어』」), 『논어』 읽기는 '경전 해석의 방식'을 취하는 것이 일반적이라고 이야기했습니다. 그리고 제가 워낙에 까막눈이라서 그런 '전통적인 읽기의 방식'을 소화

해 내기가 어려웠었다는 이야기도 했습니다. 그래서 이 대목도 틀에 박힌 경전 해석보다는 '내 콘텍스트에 들어온 텍스트 읽기'로 한번 읽어 보겠습니다.

이 구절은 세 경지를 비교합니다. 사람됨의 경지를 논하는 것이라고 해도 되겠습니다. 아는 것知, 좋아하는 것好, 즐기는 것樂을 비교합니다. 그래서 '아는 것<좋아하는 것<즐기는 것', 그렇게 서열을 매깁니다. 그 서열 순으로 한번 생각해 보겠습니다. 종합은 마지막에 하겠습니다.

아는 것(知之者): '아는 만큼 보고, 보는 만큼 즐길 수 있다'라는 말이 있습니다. 『나의 문화유산 답사기』(유홍준)가 베스트셀러가 되면서 널리 퍼진 말입니다. 얼마 전에 저자가 그 말의 출전을 밝히며 다시 그 표현을 다듬었던 것으로 기억됩니다. 『논어』에 나오는 공자의 말씀과 비슷한 것 같으면서도 좀 다릅니다. '좋아하다' 대신에 '보다'가 들어왔습니다. 그건 비슷한 뜻으로 이해됩니다. '보는 것'은 '좋아하는 것'의 일부로 볼 수도 있습니다. '아는 것'이 필요조건인 것, '즐기는 것'이 충분조건인 것도 또한 양자 공통입니다. 다만 '아는 것'을 대하는 태도는 또 좀 다릅니다. 하나는 불퉁스럽다면, 다른 하나는 꽤나 친절합니다. 친절한 쪽(후자)에서는 오히려 '아는 것'을 가장 높이 치고 있는 느낌마저 줍니다. '알아야 한다, 그래야 그 다음 것들도 가질 수 있다'는 논조를 보여줍니다. 워낙 모르는 사람들을 대상으로 지식을 전수해야 되는 입장에서는 당연한 논법이라 할 것입니다. 전자(『논어』)가 이미 '아는 자'들을 대상으로 한 설교집(『논어』는 경전이다)이라는 것과 대비되는 대목이라고도 할 것입니다.

어쨌든 '아는 것'은 문 안에 드는 것입니다. 입문入門입니다. 문 안에 들지 않고서는 문화文化를 누릴 수 없습니다. 그래서 아는 것은 결국 법고法古고 계고稽古입니다. 옛것을 살피고 익혀야 한다는 뜻입니다. 그래야 나중에 창신創新도 가능합니다. 『논어』는 문 안에 든 것으로 만족하지 말고, 더 나아가서 문화를 만끽하라고, 새로이 창달하라고 가르치고 있습니다. 그에 비해 『나의 문화유산 답사기』는 일단 들어와 보라고 손짓합니다. 지知는 입入입니다.

좋아하는 것(好之者): 지知가 문 안에 드는 것이라면, 호好는 그 집 식구食口가 되는 것입니다. 우리가 많이 쓰는 말 중에 동호인同好人이라는 말이 있습니다. 같은 것을 좋아하는 사람들이라는 뜻이지요. 좋아하는 것이 같으면 한데 묶일 수가 있습니다. 그 안에서 서로 상부상조하면서 좋아하는 것을 마음껏 누릴 수 있습니다. 마당에 짐을 풀고, 같은 목표를 향해서, 서로 경쟁도 하고, 서로 돕고 나누기도 하고, 그렇게 동반同伴합니다. 그렇게 문화를 부양합니다. 호의 경지에서는 동반이 가장 중요한 가치입니다. 호好는 거居입니다.

즐기는 것(樂之者): 호好가 그 집 식구食口가 되는 것이라면 낙樂

은 그 집 주인이 되는 것입니다. 식구됨에 만족하지 않고, 대청을 밟고 올라서 그 집 안방을 차지하는 것입니다. 드디어 창신創新입니다. 주인되기가 하루아침에 되는 것은 물론 아닙니다. 오랜 세월, 마당도 쓸고, 대청마루도 훔치면서 안방을 넘봐야 합니다. 그렇지 않고 바로 안방문을 열다가는 주화임마, 문지방에 걸려 코를 깨고, 코피를 흘리며, 물러나와야 하는 수가 생깁니다. 무엇을 타고 논다는 것은 반드시 시간을 요합니다. 몸이 익어야 합니다. 낙樂은 승乘입니다.

'아는 것은 좋아하는 것보다 못하고, 좋아하는 것은 즐기는 것보다 못하다(知之者不如好之者, 好之者不如樂之者)'라는 『논어』의 가르침을 그저 '지知, 호好, 락樂'의 서열 매기기로 이해하는 것은 제대로 된 경전 읽기가 아닌 것 같습니다. 아는 자와 좋아하는 자와 즐기는 자의 경지를 비교론적으로 논하고 있다고 하는 것도 너무 소략한 해석일 것 같습니다. 그래서는 『논어』를 제대로 경전으로 승격시킬 수 없습니다. 안다는 것은 문화 전승자로서의 소임을 깨닫는다는 것이고, 좋아한다는 것은 그것을 다른 사람들과 동반해서 부양한다는 뜻이고, 즐긴다는 것은 새로이 전통의 주인이 되어 그것을 창달한다는 뜻입니다. 입入, 거居, 승乘입니다. 그렇게 읽어야 『논어』가 경전입니다.

# 번듯한 그릇밖에는

## : 단목사 자공

앞에서도 몇 번 말씀드렸지만, 공자의 제자 중에서 가장 현달顯達한 이가 자공子貢이었습니다. 출신도 반듯했고, 똑똑하기도 했고, 이재理財에도 수완이 있었습니다. 기질도 무던해서 스승의 야박한 평가에도 잘 견뎠습니다. 예나제나 가진 것이 좀 있으면 질시의 대상이 되기가 십상입니다. 자공이 그랬습니다. 자로에게도 한 번 크게 당했지만, 자신이 실제적인 공자 교단의 재단 이사장이면서도 스승(총장?)으로부터 시시때때로 견제를 받아야 했고 다른 제자들로부터는, 시쳇말로 '강남 좌파' 아니냐는, 질시어린 시선까지 받아야 했습니다. 그 모든 것을 견디며 그렇게 떠받들었음에도 불구하고 스승 공자는 끝까지 그를 '그릇'으로 취급했습니다. 끝까지 '안'으로 들이지 않은 거지요. 군자불기君子不器는 언감생심, 자공에게는 바라볼 수도 없는 자기들만의 경지였습니다. 안회가 일찍 죽자 공자는 자공을 젖히고 증삼(증자)에게 의발을 전수했습니다. 왜 그랬을까요? 자공 스스로 사양했던 것이었을까요? 아니면, 그때도 무슨 블록 같은 것이 있어서 같은 출신이 아니면 아무리 공이 있고 가까워져도 절대로 자기들 이너 서클에는 들이지 않는다는 어떤 불문율이라도 있었던 것일까요? 아니면 그도 저도 아닌 타고난 스승 공자의 탁월한 선택이었을까요?

단목사(端木賜)는 위나라 사람으로 호를 자공(子貢)이라 했고 공자보다 나이가 31세 손아래였다. 언젠가 공자가 자공에게 물었다.

"너는 회(回, 안회)와 비교해서 누가 낫다고 생각하느냐?"

"사(賜)가 어떻게 회를 따를 수 있겠습니까? 회는 하나를 들으면 열을 아는데, 사는 하나를 들으면 둘을 알 뿐입니다."

자공이 그 후, 공자의 가르침을 받은 뒤에, 공자에게 물었다.

"사(賜)는 어떤 사람이겠습니까?"

"너는 그릇이다."

"어떤 그릇입니까?"

"호련(瑚璉)이지."

어느 날 진자금(陳子禽)이 자공에게 물었다.

"중니는 누구에게 배웠습니까?"

"주나라 문왕, 무왕의 도는 아직 완전히 없어진 것이 아니고 사람들에게 전해 내려오고 있소. 어진 사람은 그중에서 큰 것들을 알고, 어질지 못한 사람은 그중에서 작은 것들을 아오. 어느 것 하나 문왕, 무왕의 도 아닌 것이 없으므로, 선생님은 어디서나 배우지 않는 것이 없소. 그러므로 일정한 스승이 있을 리가 없소."

진자금이 또 물었다.

"공자께서 어느 나라에 계시든, 반드시 정치에 관여하게 되는데, 공자 쪽에서 요구해서 그런 것입니까, 아니면 저쪽에서 요구해 오는 것입니까?"

"선생님은 온(溫) 량(良) 공(恭) 검(儉) 양(讓)의 덕을 몸에 갖추고 계시므로 자연 그런 것이오. 선생님은 세상을 건지기 위해 각국을 돌고 계시므로 선생님 쪽에서 요구하고 계신다고 볼 수 있지만, 그 요구하는 방법은 벼슬을 찾아다니는 다른 사람들과는 다르오."

언젠가 자공이 공자에게 물었다.

"집이 부유해도 거만해지는 일이 없고, 가난해도 비굴해지는 일이 없으면 어떻습니까?"

"그건 훌륭한 일이다. 그러나 아직도 가난이니 부니 하는 것에 마음이 사로잡혀 있다. 빈부 같은 것을 초월해서, 가난해도 도를 즐기고 부유해도 예를 좋아하는 사람을 이겨낼 수는 없다."

증삼(曾參, 증자)은 노나라 남무성(南武城) 사람으로 자를 자여(子輿)라고 하며, 공자보다 46세 손아래다. 공자는 증삼이 효도에 능통한 것을 인정하고 그에게 더욱 가르침을 주어 『효경(孝經)』을 짓게 했다. 그 뒤 증삼은 노나라에서 죽었다.

▶▶▶『사기』「중니제자열전(仲尼弟子列傳)」 중에서[1]


안회와 자로, 그리고 자공을 대하는 '스승 공자의 내면'에 대해서 논해 보라는 논술문제를 한번 출제한 적이 있었습니다. 오래전 편입 논술 시험에서입니다. 그럴듯한 제시문 몇 개를 주고 나서 '공자가 자로와 자공을 냉대한 까닭'에 대해서 교육관(방법)의 문제와 접목해서 생각해 보라고 주문했습니다. 오늘의 자공 이야기는 그때 제시문 (2)로 주어진 것 중의 일부입니다. 물론 자로에 관한 내용이 제시문 (1)입니다(본서 내편 「주어온 자식, 데려온 자식: 안회와 자로」 참조). 제가 원한 대답은 다음과 같은 것이었습니다. 먼저 자로와의 관계입니다. 공자가 자로를 냉대한 까닭은 두 가지 측면에서 설명될 수 있습니다. 공자에게 자로는 하나의 그림자 인격이었습니다. 그는 공자의 물리적 힘force이기도 했고, 욕망의 대리분출자이기도 했습니다. 그의 여전한 위정지도爲政之道에 대한 집착이 공자를 양가감정으로 몰아넣는 측면이 있었다고 제시문 (1)에서는 말하고 있습니다. 자로가 공자의 '데려온 자식'으로 자리매김 된다는 제시문 (1)의 주장은 '주유천하周遊天下'로 대변되는 공자의 정치적 야심을 자로가 물려받고

---

1) 사마천, 김원중 옮김, 『사기열전』, 민음사, 2007 참조.

있다는 것을 뜻하는 것입니다. 실패한 야심가로서 공자는 그러한 자로와의 정신적인 혈연관계에 대해 애증병존의 양가감정을 드러냅니다. 그림자 인격은 언제나 냉대의 대상이 됩니다. 그러나 그만큼 무의식적인 집착의 대상이 되기도 합니다. 그래서 공자는 자로를 아끼면서 동시에 냉대합니다. 다른 하나는 제자를 보다 효과적으로 가르치기 위한 교사로서의 방법적 선택(교수법)입니다. 자로는 기질이 과격하고 늘 앞서 나가는 성격이 있었으므로 공자는 언제나 그를 말리는 입장에 섭니다. 하나를 알면 그것에만 매진하는 성격이었으므로 늘 '너는 하나만 알고 둘은 모른다'의 문법으로 그를 가르칩니다.

자공의 경우는 '자공의 자질資質' 자체가, 공자의 교육관으로 볼 때, 이미 '고평가'될 수 있는 것이 아니었습니다. 그는 고생을 모르고 자란 성장 환경 때문에 '불기不器'가 될 수 없었습니다. 그것은 그가 공자로부터 냉대 받을 수밖에 없었던 객관적 측면에서의 이유가 됩니다. 또 하나는 '공자의 콤플렉스'라는 측면에서의 설명입니다. 먼저, 객관적인 결격 사유인 '가진 자'로서의 삶에 대해서 알아보면 다음과 같습니다. 안빈낙도安貧樂道로 일관하는 공자 말년의 교단(교육) 목표를 두고 볼 때 그런 맥락 안에서는 부유한 자공(자공의 삶)은 당연히도, 최선의 선택지가 될 수 없는 것이었습니다. "집이 부유해도 거만해지는 일이 없고, 가난해도 비굴해지는 일이 없으면 어떻습니까?"라고 자공이 물었던 것은 자신에 대한 공자의 평가가 지나치게 인색한 것이 아니냐는 뜻만이 아니라, 그런 출신 구분에 대한 불만을 토로한 것이기도 했습니다. 그러나 공자는 "그건 훌륭한 일이다. 그러나 아직도 가난이니 부니 하는 것에 마음이 사로잡혀 있다. 빈부 같은 것을 초월해서, 가난해도 도를 즐기고 부유해도 예를 좋아하는 사람을 이겨낼 수는 없다."라고 대답합니다. '가진 자'들은 죽었다 깨어나도 안 된다고 못을 박습니다. 그저 차선의 대접에 만족할 것을 권합니다. 그 다음이 '공자의 콤플렉스'입니다. 그것은 제시문 (2)의 필자의 견해(인용문)를 존중할 때 가능한 것입니다. 자공은 공자 교단의 실제적인 물주物主였습니다. 공자도 인간이었던 만큼 스스로 '제자에게 업혀 지내야 하는 상황'을 그리 탐탁하게 여기지는 않았을 것입니다. 그런 상황이 자공에 대한 이율배반적인 태도를 만들어내었다고도 볼 수 있는 것입니다.

자공과는 반대로, 안회와의 관계에서 공자가 보여주는 과할 정도의 '몰입적' 태도는, 안회야말로 안빈낙도의 화신으로 적격이었다는 데 그 원인이 있는 것이었습니다. 공자가 말년에 안빈낙도를 하나의 이념으로 승격시키려고 노력하였지만, 과연 그것이 인간에게 가능이나 한 일인지는 알 수 없는 일이었습니다. 안회가 나타나기까지는 그것을 증명할 길이 없었습니다. 그런데 안회가 모든 것을 증명해내었습니다. 안회야말로 스승 공자의 가르침을 '황금의 말'로 만드는 자였습니다. 안회가 있음으로 인해서 공자의 말은 실현 가능한 말(규범적 언명)이 되었다는 것입니다. 공자가 안회를 그렇게 떠받들었고, 그가 죽었을 때, "내가 회를 제자로 삼은 뒤부터는 다른 제자들이 더욱 나와 다정해질 수 있었는데……."라고 울면서 탄식하였던 것도 모두 그러한 맥락 위에서 이해되어야 할 것입니다.

안회, 자로, 자공, 증삼. 공자의 네 제자를 보면, 인생살이의 면모가 다 드러나는 것 같습니다. 그들의 신세들을 보면, 현재 우리가 관심을 갖고 바라보는 정치적 상황의 일단―이 보다 선명하게 읽힙니다. 본디 그런 식으로, 오래 삭혀진, 관념화된 인물들에 비추어볼 때 현재의 인물들의 위상과 역할이 잘 드러나는 법입니다. 물론 과거와 현재의 인물들이 일대 일로 대비되는 건 아닙니다. 이리 번지고 저리 공유되고 하는 부분이 많습니다. 그러나 본디 그렇게 읽는 것이 또 '경전을 읽는 법'이기도 합니다.

일찍 죽은 안회는 공자 교단의 이념적 지표입니다. 안회의 존재가 공자 교단을 떠받치는 이념적인 힘을 만들어냅니다. 주유천하가 실패로 귀결되고, 폐족 취급을 받던 공자 교단이 다시 살게 된 데에는 안회의 살신성인이 결정적인 요인으로 작용했습니다. 이념적인 좌표가 되는 그의 삶과 죽음이 없었다면 공자 교단은 벌써 잊혀지고 말았을 것입니다. 물론 그만 있었던 것은 아니지요. 자로처럼 앞장서서 스승을 옹위한 힘 센 제자도 있었을 것이고, 아비를 이어 한 스승의 제자가 된, 총기 넘치는 어린 제자들도 있었고, 자공처럼 똑똑하고 이재에 밝아서 스승을 떠받치고 교단을 유지해온 제자도 있었기에 가능한 일이었습니다. 그러나 스승이 물려준 안방을 차지하는 사람은 언제나 그도 저도 아닌 증삼 같은, 엉덩이 무거운, 스승의 말을 기록하는, 제자일 때가 많습니다. 그가 스승을 오래 살립니다. 스승의 행적이나 기록을 그가 가지고 있기 때문입니다. 그게 의발衣鉢이거든요.

# 아직도 비밀이

## : 인정투쟁

타고난 식자識者들, 무엇이든 알고자 하는 자들에게 가장 견디기 힘든 때가 언제일까요? 아무리 알고 싶어도 알 수 없는 것을 두 손 놓고 바라만 보고 있을 때, 그리고 자기가 그러고 있을 때 자기보다 먼저 이른 자를 두 눈 멀쩡히 뜨고 보고 있어야만 할 때가 아닐까요? TV에서, 풀기 어려운 난제를 풀기 위해 끝없이 노력하는 수학자들의 치열한 삶을 잠시 엿본 뒤의 소감입니다. 몇 백년간 못 풀고 내려오던 증명 문제 중에는 현상금 백만 불까지 붙은 것도 있었다네요. 7년 칩거 끝에 한 수학자가 그 문제를 풀었습니다. 세계가 모두 그에게 박수를 보냈지요. 그 다음이 더 볼 만합니다. 그 수학자가 상금 100만 불 받기를 거부했습니다. 생계에 전혀 신경 쓸 일이 없는 타고난 백만장자여서가 아니었습니다. 명예를 목숨보다 더 소중히 여긴다는 유명 대학의 저명 교수여서도 아니었습니다. 그는 그저 평범한(가난한?) 무직의 수학자였을 뿐이었습니다(지금도 두문불출이랍니다). 그는 이렇게 말했답니다. "우주의 비밀을 쫓는 내가 고작 상금 100만 달러를 쫓을 수야 있겠는가"라고요. 그 말을 듣는 순간, 숨이 콱 막히는 느낌이었습니다. 대단한 자부심입니다. 저런 미친 자부심 한번 가져봤으면 정말이지 여한이 없을 것 같다는 생각이 들었습니다. 거기에는 비교할 바가 아니지만, 그 장면을 보면서 저도 한때 한 자부심 하던 때가 있었음을 기억해냈습니다. 젊어서 막 소설가가 되었을 무렵이었습니다. 그때는 정말 돈이나 명예 따위는 아무 것도 아니었습니다. 다 눈 아래로 보였습니다. 눈 아래로 보이는, '머리 까만 동물들'이 다 사람으로 보이지도 않았습니다. 함부로 사는 것들은 그저 '사람 비슷한 것들'로만 보였습니다. 그때 제 머리는 제가 엿본 '생의 비밀'을 저 부박한 인생들과는 함부로 나눌 수 없다는 생각으로 가득 차 있었습니다. 물론 그런 상태가 행복했던 것만은 아니었습니다. 마치 냉온탕을 주기적으로 오가는 느낌이었다고나 할까요? '비밀'과 함께 할 때는 온 세상을 다 가진 것 같았습니다. 그러나 자정이 넘어 모든 마법이 철수한 다음에 밀려오는 그 낯선 공허감은 견디기 힘든 고문이었습니다. 사실은 젊어서 제게는 그런 게 무척 힘든 일이었습니다. 안으로 감추어진 희열보다 겉으로 드러나는 갈등이 더 많았습니다. 가장 가까운 사람으로부터도 끊임없이 질시와 배척을 받아야 했습니다. 착한(?) 아내는 조용히, 평범하게, 월급이나 착착 받으면서, 무던한(착한?) 남편으로 제가 살기를 원했습니다. 그녀는 어떤 일에서든, 무슨 '비밀'을 가지거나 엿보는 일이 종내는 험한 몰골을 부른다고 철석같이 믿고 있었습니다(젊은 날, 같이 '비밀'을 엿본 친구들 중에는 실제로 그런 친구들이 몇 있습니다). 그 사정은 지금도 별반 변해진 것이 없습니다만, 지금은 오히려 제가 그런 '비밀'에 대해서 별다른 애착을 가지고 있지 않게 되었습니다(오히려 아내 쪽에서 늘그막에 은근히 미련이 남은 듯합니다). 그래서 애탈 것도, 아낄 것도 없는 것이 현재의 제 형편입니다.

어쨌든 젊은 시절에는 아끼고 애태우는 것들이 좀 있었습니다. '비밀'과 연관된 것들 중에 많았습니다. 차라리 까막눈이어서 애초에 몰랐으면 아무런 일이 없었을 터인데, 쥐꼬리만큼 아는 것(안다고 여기는 것)이 문제였습니다. 세상은 넓고 무정해서 사방이 견자見者들 천지였습니다. 조금, 그것도 한 번 본 것으로, 구름 위를 걷는 '스피노자'들을 가랑이 찢으며 따라다니는 것만큼, 힘들고 굴욕적인 것도 없었습니다. 그 비슷한 취지를 지닌, 우리 또래의 명민한 어느 철학자가 전한 말이 아직도 기억에 선명합니다. 스피노자가 구름 위에 있는 산 정상에 올라가 있다는 건 알겠는데, 어떻게 올라갔는지는 모르겠다는 거지요. 그 말이 심금을 울렸습니다(그 이후로는 더 이상 '스피노자'들을 따라다니지 않고 있습니다). 그러니, 그게 비단 저만의 일은 아닌 것 같습니다. 어제 오늘의 일도 아닌 듯했습니다. 그래서일까요? 자칭 타칭, '공부의 신神'들이었던 유학자儒學者들의 교과서인『논어論語』의 첫 구절에도 그 문제가 명기明記, 銘記되어 있습니다. 「학이學而」편의 '學而時習之 不亦說乎, 有朋自遠方來 不亦樂乎 人不知而不慍 不亦君子乎(학이시습지 불역열호, 유붕자원방래 불역낙호, 인부지이 불온 불역군자호)'가 그것이지요. 배우고 때로 익히고, 친구(동지)가 먼 데서 찾아오고, 남이 나를 몰라주어도 성내지 않으니, 공부하며 사는 삶이 좋지 않으냐, '공부의 신'이 되면 그렇게 살 수 있다,『논어』의 첫 장은 그렇게 선언합니다. '학이시습지 불역열호' 첫 장에서부터 그렇게 불패의 환상을 주입합니다. 처음부터 제일 어려운 것을 가르칩니다. 뜻을 같이 하는 이들끼리 뭉쳐서 한눈팔지 말고 공부만 하라고 합니다. 그러면 남이 나를 알아주지 않더라도 괘념치 않을 수 있다고 강조합니다. 그런 게 군자고 군자의 삶만큼 즐거운 일도 없다고 가르칩니다. 말은 쉽지만 제일 어려운 경지를 권하고 있습니다. 먹고 살 일도 걱정이지만, 배우고 때로 익히는 즐거움이 '식색食色'에 필적할 수 있게 되려면 우리 같은 속인들은 거의 미치지 않으면 불가능합니다. 비정상으로 가지 않으면 안 됩니다. 온전한 정신과 신체, 그리고 원만한 사회적 활동을 겸비하면서 그렇게 된다는 것은 오직 성인聖人들에게만 허용된 경지일 것입니다. 그런 차원에서도,

성인은 인간이 아닙니다. 그런데 『논어』는 그렇게 어려운 경지를 첫 장에 기술합니다. 그 첫 관문을 통과하지 못하면 성인의 진정한 제자가 될 수 없다고 미리 못을 박아둡니다. 그게 결국은 이 천년 이상 불패로 군림해 온 대못인 셈입니다. 처음에는 그게 대못인 줄도 몰랐습니다. 젊어서 저는 이 구절을 이렇게 이해했습니다. 오직 공부가 목적이다. 앎은 그 자체로 구원이다. 살다보면 반드시 좋은 친구가 온다. 남이 나를 알아주지 않더라도 개의치 않는다. 그 정도는 된다. 그렇게 새겼습니다. 지금 생각하면, 그야말로 '웃기는 짬뽕'이 아닐 수 없었습니다. 그나저나 그 무렵의 화두는 '구원'이었습니다. '앎은 그 자체로 구원이다'라는 글귀를 작게 적어서 제가 자주 보는 큰 거울 밑에 붙여놓기도 했습니다. 그게 앞이 캄캄하던 백수 시절의 제 좌우명이 되었습니다. 지금도 그 거울은 제 연구실 앞 복도 벽에 걸려 있습니다. 우정 거기에다 갖다 걸었습니다(수구초심?). 30년 넘은 고물古物, 故物입니다. 그때의 '구원의 좌우명'은 이제 떨어지고 없습니다. 그것이 붙어있던 흔적만 아직도 진득하게 남아있을 뿐입니다. 그 자국을 볼 때마다 지금도 그 시절이 떠오릅니다. 지금은 그런 좌우명이 없습니다. 있다면 그때그때 잘 살자, 정도일 것입니다. 한 때는 '입화자소入火自燒'가 그 역할을 맡은 적도 있었습니다. 그 다음에는 적어두고 새긴 것은 아니지만 굳이 말로 표현한다면 '무소의 뿔처럼 혼자서 가라'라는 것이 그 자리를 차지한 적도 있었습니다. 지나온 날을 돌아보면, 무엇이든 써서 앞에 붙여야 직성이 풀리는, 영락없는, '머리 나빠 공부 못 하는 아이(곤이학지困而學之)'의 형국이었습니다. 흐름으로 보면, 포괄적인 '구원'에 대한 희망보다는, 구체적으로 '소외'를 넘어서는 방편에 더 치중해 왔던 것 같습니다. 어쨌든 일종의 '면사첩免死帖'을 받기 위해서 아등바등 살아온 인생이었습니다.

다시 우리의 주제로 돌아가겠습니다. 글깨나 아는 자들에게 가장 견디기 힘든 것이 무엇일까요? 언필칭, 자기 인정에 실패하는 것 즉, 존재 증명으로부터의 '소외'일 것입니다. 소외에 대해서는 존재론적으로나, 사회학적으로 다양한 설명이 가능하겠지만 저는 그것을 '불인정'과 이음동의어로 간주합니다. 그 나머지는 철학이나 사회학의 학문적 용도를 더 높이는 것이라고 생각합니다. '소외'는 자의식을 포함한 타자他者로부터의 '불인정'이 만들어내는 일종의 심리적 공황 상태라고 생각합니다. 저는 그렇게 겪었습니다. 그 부분에 대해서 알아듣기 쉽게, 풀어서 설명하고 있는 책이 있습니다.

공선생은 하고 많은 주제 중에서 하필이면 왜 1장에서 인정(認定)의 문제를 다루고 있을까? '인정 투쟁(struggle for recognition)'·'인정 욕구(need for recognition)'라는 말이 있듯이 우리는 개인적으로나 집단적으로나 타자로부터 나의 가치를 공인받으려고 단순히 바라기만 하는 것이 아니라 투쟁까지 불사한다. 내가 타인에게 모욕을 당하면, 즉 제대로 인정을 받지 못하면 다양한 위기를 겪는다. 작게는 기분이 나쁘거나 감정이 상하는 정도이다. 심하게는 삶의 의미를 상실하고 허무감을 느끼기도 하고 왜 살아야 하는지 무력감마저 느낄 것이다. 이에 대해 우리는 모멸을 준 타자에게 시정을 요구해 자신의 정체성을 회복할 수도 있고 극단적으로 자살함으로써 가해(자)의 부당성을 드러낼 수도 있다.

공선생은 불인정에 대해 반작용을 하지 않고 못 들은 척 흘려버린다(人不知而不慍 不亦君子乎). 달팽이처럼 자기 세계로 들어갔다 빠져나와 다시 세계를 넓히는 길이 있다. 그것은 다름 아니라 어딘가에 반드시 있을 동지가 찾아오는 것이다(有朋自遠方來). 그이와 만나면 동지가 두 사람이 되고 또 오면 세 사람이 된다. 이런 식으로 불어나 무리를 이루면 그것은 세상의 냉소를 버티는 바람막이이면서 세상을 바꾸는 진지가 된다. 시간이 흐르면 그곳이 성역이 되고 해방 공간으로 평가되기도 한다. 그곳에 처량함과 쓸쓸함이 어디 있겠는가?

▶▶▶신정근, 『공자씨의 유쾌한 논어』 중에서


헤겔 철학의 한 중요한 화두이기도 했던 인정認定, Anerkennung 투쟁의 문제는 한 인간의 생사를 가를 수 있을 만큼 중차대한 문제입니다. 누구보다도 글깨나 아는 자들에게 특히 그 문제가 더 가혹합니다. 자신이 속한 학문 공동체에서의 불인정이란 곧 존재 소멸을 뜻합니다. 자신의 신념과 학설과 탐구가 무시당하는 일은 곧 자신의 존재성 자체가 무효, 박탈당하는 일입니다.

그래서 그는 그것을 견디지 못합니다. 그것 이상의 '소외'가 없습니다. 조선 시대의 사색당파, 그들의 피비린내 나는 당쟁의 배후에는, 눈에 보이는 정치적 이해타산과는 별도로, 글깨나 아는 자들의 인정 투쟁이라는 암묵적인 경쟁의식, 생사를 건 모의 쟁투가 존재했습니다. 왕가의 어머니가 아들의 죽음에 임해 상복을 입는 '복례(옷입는 룰)' 하나를 두고 치열한 논쟁이 오고가고 그 결과에 따라 삭탈관직과 사사賜死가 자행되었던 배경에는 목숨을 건 그들만의 '인정 투쟁'이 있었습니다. 일개 선비, '글깨나 아는 자들'이 그러할진대 하물며 왕자王者의 길에서야 오죽했겠습니까? 고래古來로, 자신의 나라에서, 자신의 신민과 그 투쟁을 벌여야 했던 군주君主들에게는 인정과 불인정이 곧 생사의 준거가 되는 것이었습니다. 굳이 오이디푸스 신화의 희생양 이야기를 꺼내지 않더라도 그것은 우리에게 이미 '역사적 진실'입니다. 자신의 신민 모두를 죽음으로 몰고 가지 않기 위해 스스로 죽음을 택하는 방법으로, 외로운 인정 투쟁의 대미를 장식할 수밖에 없었던 자는, 어디서나 왕이었습니다. 기독교인들에게 있어서 유대인들의 왕 예수가 그랬던 것처럼, 무지한 백성들만 몰랐을 뿐이었지, 그는 이미 만민의 군주였던 것입니다.

공자가 말한, '사람들이 몰라주어도 화내지 않는 자가 군자라네(人不知而不慍 不亦君子乎)!'라는 말의 의미가 요즘처럼 폐부 깊숙이 와 닿는 때가 없습니다. '소외'가 얼마나 무서운 핍박이라는 것을 나이 들면서도 여전히 실감합니다. 돌이켜 보면, 제 인생도 인정 투쟁으로 점철된 생애였습니다(자세한 사정은 약하겠습니다). 욕심도 많았고, 시샘도 많았고, 성취도 있었고, 좌절도 있었습니다. 필요한 집중과 선택도 거르지 않고 해왔습니다. 결국은, 수준은 낮지만, 하고 싶었던 것은 거의 모두 해본 셈이기에 여한은 없습니다. 그러나 다 이룬 것은 아닙니다. 아직 남은 것이 있습니다. 젊을 때 잠시 엿본 그 '비밀' 말입니다.

'비밀' 이야기를 하다 보니 생각나는 사람이 있었습니다. 아까운 나이에 세상을 버린, 한 '오래 지속되는 인간'의 인정투쟁에 대한 생각입니다. 세상을 가진 자와 그렇지 못한 자는 엄연히 다릅니다. 그래서 세상을 지키는 방법도 다릅니다. 삶의 테두리 안에서 세상을 지키는 자들에게는 공자나 노장老莊의 논법이 위로가 되고 구원이 됩니다. 그들 성인들의 말들이 진리로 존숭받을 수도 있습니다. 인부지이불온人不知而不慍이나 무위자연無爲自然은 예나제나 인간세의 영원한 진립니다. 인간들은 반드시 그 율법을 존중해야 합니다. 그러나 이미 세상을 가져 삶의 테두리가 따로 정해져 있지 않은 삶을 살게 된 자에게는 그런 성인들의 말들은 논두렁의 개구리 울음소리마냥 그저 징징거리는 소리일 뿐입니다. 논두렁의 소란은 이미 그들 '오래 지속되는 인간'에게는 아무런 의미가 아닙니다. 그들 '인간을 뛰어넘는 인간'들은 한 개인의 생의 주기를 초월해 모든 사건들의 원인으로 작용하는 것이지 고작 무엇의 결과로 존재하는 것이 아닙니다. 그들의 삶, 그들의 인정 투쟁에는 원인이 없습니다. 원인은 우리가 사는 속세에만 있는 것입니다. 그러므로 인간을 대상으로 한 그 모든 설교와 설법으로, 한 사람의 '오래 지속되는 인간'에 대한 함부로 된 분석과 해석을 자행해서는 안 될 것입니다. 그건 '비밀'에 대한 예우가 아닙니다.

# 공간이 변하면

: 이웃세계

'인간의 공간空間'과 관련된 말씀을 두어 편 연이어서 드리고
자 합니다. 『논어』「학이學而」편의 첫 구절이 일종의 '대못'이라는
건 앞에서 말씀드렸습니다. '學而時習之 不亦說乎, 有朋自遠方來
不亦樂乎 人不知而不慍 不亦君子乎(학이시습지 불역열호, 유붕자원방
래 불역낙호, 인부지이불온 불역군자호)'를 명심해야 '공부의 신'이
될 수 있다고 다짐하는 장면이 그것이지요. 거기서 '공간'과 관
련된 표현은 '친구가 먼 데서 찾아온다有朋自遠方來'는 부분입니다.
그 옛날만 해도 친구가 멀리서 한 번 찾아오려면 몇 달씩 걸렸
습니다. 중국은 큰 나라(천하!)이기 때문에 더 했습니다. 공자처

럼 전국적인 배경을 지닌 학단學團을 꾸리고자 했던 이에게는 특히 힘이 많이 드는 일이었습니다. 인구 밀도가 낮아서 한 동네에서 사는 친구들 중에서만 '공부의 신' 지망자를 물색하는 것은 당연히 여의치 않았습니다. 그래서 걸어서 몇 달씩 걸리는 곳遠方으로부터 친구(동지)들이 모일 수밖에 없었습니다. 거꾸로 말하면 그렇게 멀리서 어렵게 모인 친구들이니까 처음부터 예사로운 관계가 아니었을 수도 있었습니다. 그들이 모이기만 해도 '즐겁지 아니한가不亦樂乎'를 연호할 수밖에 없었던 까닭이 거기 있었습니다. 지금 같으면 또 다른 '공간에 대한 반응'이 있을 수도 있었을 것입니다. 제가 오늘 말씀드리고 싶은 것은 그런 식으로 '공간'이 우리의 삶에 미치는 영향이 어떠한지에 대해 숙고해 보는 것입니다.

몇 년 전, 앨빈 토플러의 『부의 미래』가 서점가의 베스트셀러가 된 적이 있습니다. 제목이 매혹적이었습니다. 부富의 앞날을 가르쳐준다는데 책값 정도의 복채가 무에 그리 아깝겠습니까? 부자가 되고 싶었던 저도 얼른 책을 샀습니다. 확실히 토플러는 예언가의 풍모를 지니고 있었습니다. 미래는 '변화'라는 단어를 '동사動詞'로 인지하는 자에게만 있다. 구태의연히 그것을 '명사名詞'로 취하는 자에게는 미래가 없다. 그는 그렇게 가르치고 있었습니다. 무엇이든 개념화해서, 딱딱하게 고체로 만들어서, 주머니에 넣어 가지고 다니면서, 영원히 참조되고 영원히 지침이 되는, 그런 금과옥조金科玉條만을 탐하는 자들은 멸망한다. 그렇게 그 미래교의 교주님은 겁을 주고 있었습니다. 변화를 생활화하라는 것, 변화 자체를 생체 리듬으로 삼으라는 것, 모든 것이 불확실하다는 것 하나만 확실하다는 것을 믿으라는 것, 주로 그런 설교가 반복되고 있었습니다. 그랬던 것 같습니다. 제 머리에는 그렇게 입력이 되어 있습니다.

고작 그것뿐이라면, 그건 예언도, 점도, 설교도 아닙니다. 그런 것들은 결국, "너 하는 대로 복이 따라 온다"라는 말씀, 그저 범박한 생활의 지혜에 불과한 것입니다. 그 정도라면 저도 방석 깔고 앉아서 손님을 받겠습니다. 그래서 어느 지면을 빌려서, 칼 포퍼를 데려다가, '역사주의자들의 미래 선점 욕망, 혹은 불안에 대한 신경증적 대처'라는 취지로 그의 저작들을 면박케도 했습니다(그래봐야 누구 하나 제대로 들어줄 이도 없는 형편입니다만). 그렇다고 『부의 미래』가 전혀 읽을 가치가 없는 책이란 말은 결코 아닙니다. 오히려 그 반댑니다. 마치 『주역』을 오직 점치는 책으로만 간주해서 읽는 것이 나쁜 것처럼, 이 책도 '돈 버는 책'으로만 생각하고 읽는 것이 옳지 않다는 말씀일 뿐입니다. 우리를 반성적인 사유로 이끄는 부분도 많습니다. 다음과 같은 부분도 그렇습니다.

나는 [제3물결 The Third Wave]에서 판매나 교환을 위해서라기보다 자신의 사용이나 만족을 위해 제품, 서비스 또는 경험을 생산하는 이들을 가리켜 '프로슈머(prosumer)'라는 신조어로 지칭했다. 개인

또는 집단들이 스스로 생산(PROduce)하면서 동시에 소비(conSUME)하는 행위를 '프로슈밍(prosuming)'이라고 한다.

우리가 파이를 구워 그 파이를 먹는다면 우리는 프로슈머이다. 그러나 프로슈밍은 단순히 개인 차원의 행동이 아니다. 돈이나 그에 상응하는 보상을 바라지 않고 가족, 친구, 이웃과 나누고자 파이를 구웠을 수도 있다. 교통수단, 커뮤니케이션, IT의 발달로 세계가 점점 작아지는 오늘날 이웃이라는 개념은 세계를 의미할 수도 있다. 이는 심층 기반인 공간에 대한 우리의 관계가 변화된 결과이기도 하다. 프로슈밍에는 세상 반대쪽에 사는 타인과의 공유를 위해 대가를 받지 않고 창조하는 가치도 포함된다.

인생을 살면서 사람은 누구나 한번쯤 프로슈머가 된다. 사실 모든 경제에는 프로슈머가 존재한다. 극히 개인적인 필요나 욕구를 시장에서 모두 충족시켜 줄 수 없고, 또 너무 비쌀 수도 있다. 혹은 사람들이 프로슈밍 자체를 사실상 즐기고 있고, 때때로 프로슈밍이 절박하게 필요한 상황이 벌어지기 때문이다.

화폐 경제에서 잠시 눈을 떼고 경제에 대한 이런저런 주장들에서 벗어나 보면 몇 가지 놀라운 점을 발견하게 된다. 첫째, 프로슈머 경제가 어마어마하다는 사실이고, 둘째 우리가 하고 있는 가장 중요한 것들의 일부가 이미 프로슈머 경제 안에서 이루어지고 있으며, 셋째 대다수 경제학자들이 크게 주의를 기울이고 있지 않음에도 불구하고 그들이 그토록 면밀히 관심을 기울이는 화폐 경제 안의 50조 달러는 프로슈머 경제 없이는 단 10분도 존재하지 못한다는 사실이다.

　기업인과 경제학자에게 '공짜 점심은 없다'라는 격언보다 가슴에 와 닿는 말도 없을 것이다. 대부분의 사람들은 식사를 하는 와중에도 이 말을 아무 생각 없이 뱉어 낸다. 그러나 이 말만큼 혼란을 주는 말도 없다. 프로슈머의 생산력은 전체 화폐 경제가 의존하는 중요한 부분이다. 생산 활동과 프로슈밍은 불가분의 관계이다.

▶▶▶앨빈 토플러, 김중웅 옮김, 『부의 미래』 중에서

　앨빈 토플러는 미래사회에서는 비화폐경제의 역할과 의의가 커질 것이라고 말합니다. 생산과 소비의 혼연일체, 프로슈밍을 강조합니다. 그의 말처럼 프로슈밍 같은 경계성 경제 활동은 이제 언제 어디서나 만날 수 있습니다. 페이스북만 해도 그렇습니다. 프로슈밍 경계성 활동의 훌륭한 매체로 자리 잡아가고 있습니다. 그런 경계성 경제 활동의 대두와 함께 크게 변화하고 있는 것이 '공간'의 의미입니다. 위의 인용문에서 토플러는 '오늘날 이웃이라는 개념은 세계를 의미할 수도 있다'라고 말합니다. 교통과 통신, IT의 발달은, 공간이 더 이상 물리적인 거리에 의해 측정되고 분별되지 않게 만듭니다. 확실히 그렇습니다. 매일 아침마다 저도 수백 명의 페이스북 친구들과 거리감 없이 소통합니다. 캐나다 밴쿠버, 일본 오사카, 서울에서 제주도까지, 가까운 '이웃'으로 살고 있습니다. 누구보다도 속 깊은 이야기를 나누고 있습니다. 이웃을 정하는 기준은 이제 거리가 아닙니다.

그러나 토플러가 말하고 싶은 것은 그게 다가 아닙니다. '프로슈밍에는 세상 반대쪽에 사는 타인과의 공유를 위해 대가를 받지 않고 창조하는 가치도 포함된다'라고 덧붙임으로써 '인간 관계에 대한 근본적인 변화'가 도래하는 미래적 삶에 대한 강한 기대를 드러냅니다. '심층 기반'인 공간과의 관계 변화가 이웃에 대한 우리의 태도를 변화시킨다는 그의 말이 가상 嘉祥하기 그지없습니다. 세계관이란 것도 결국은 인간의 환경에 대한 해석에 불과한 것일 수도 있는 것이기에 그의 그런 언급이 꼭 허랑된 것만도 아닙니다. 저는 그 대목에서 예수가 한 말, "네 이웃을 네 몸 같이 사랑하라"를 연상합니다. 그게 일방적인 투사적 독서라고 해도 좋습니다. 앞으로는 내 이웃이, 내 동반 환경이, 너의 손길이 닿는 곳이, 이 세상의 모든 것이다. 곧 세계 그 자체다. 이웃에 대한 헌신과 배려에 집중하라. 그게 곧 세계화다. 그런 뜻으로 읽힙니다. '보상을 바라지 않는 타인에의 공여 供與'가 공간을 초월해서 활발하게 이루어지게 하려면 네 이웃부터 사랑하라. 네 이웃을 사랑하라, 사랑만이 해결책이다. 그런 따뜻한 목소리를 듣습니다.

다시, 우리는 "네 이웃을 네 몸 같이 사랑하라"라는 화두 앞에 섰습니다. 2040, 5070, 모두 그 앞에 섰습니다. 그 말은 2000년 전 중동에서 예수가 한 말입니다. 그러나 그 말은 이제 먼 과거의 말이 아니라 지금 여기, 오늘의 말입니다. 그저 공허한 울림이 아니라 내 귀를 간질이는, 부르르 몸을 떨게 만드는, 입김을 타고 전해지는 따뜻한 귓속말입니다. 이제 공간이 크게 변했습니다. 멀고 가까운 것은 명실공히, 물리物理의 영역이 아니라 심리心理의 영역이 되었습니다. 공간과의 관계와 같은, 심층적 기반의 변화가 인간의 삶의 태도를 변화시킨다는 토플러의 주장이 사실이라면, 우리가 앞으로 화해와 공존의 공동체를 무사히 꾸려나갈 수 있는가 없는가는 전적으로 각자 '이웃과의 거리'를 어떻게 설정하는가에 달려 있습니다. 그게 우리의 미랩니다. 그리고 그 미래는 딱히 어둡지만은 않습니다. 공간이 변하면 인간도 변합니다. 주일 미사마다 성체를 모십니다. 사제가 떡(성체)을 들어 '그리스도의 몸!'을 외치면 신자인 저희는 '아멘'으로 화답합니다. 이제부터는 화답송이 하나 더 늘어야 할 것 같습니다. '그리스도의 몸!'을 들으며, '이웃의 몸!'을 복창해야겠습니다. 예수님도 "네 이웃을 네 몸 같이 사랑하라"고 하셨으니, 그 정도의 불경不敬은 용서해 주시리라 믿습니다.

# 치유가 되는 인문학

: 확장, 맥락, 해석

● ● ●

'맞춤식 교육'이라는 말이 유행한 적이 있습니다. 일종의 소비자 중심주의입니다. 소비 사회에서는 필요한 것을 제자에게 가르칠 수 있는 스승이 진정한 스승입니다. 스승은 언제나 제자를 '맞춤식'으로 가르쳐야 합니다. 소비자 중심 사회는 아니었지만 『논어』에 나오는 공자님의 '맞춤식 교육'은 아주 유명합니다. 자로子路와 염유冉有에게, 입구는 같은데 출구는 다른, 각자에게 유용한 가르침을 베푼 이야기도 그중의 하나입니다. 공부(가르치고 배우는 일)가 곧 치유治癒가 되는 인문학의 요체를 잘 나타내는 고사故事라 할 것입니다.

자로가 "(옳은 것을) 들으면 실행하여야 합니까?"하고 묻자, 공자께서 "부형(父兄)이 계시니, 어찌 들으면 실행할 수 있겠는가?"하고 대답하셨다. 염유가 "(옳은 것을) 들으면 곧 실행하여야 합니까?"하고 묻자, 공자께서 "들으면 실행하여야 한다."하고 대답하셨다.

공서화(公西華)가 물었다. "유(由, 자로)가 '들으면 곧 실행하여야 합니까?'하고 묻자 선생께서 '부형이 계시다' 하셨고, 구(求, 염유)가 '들으면 실행하여야 합니까?'하고 묻자 선생께서 '들으면 실행하여야 한다.'고 대답하시니, 저는 의혹되어 감히 묻습니다."

공자께서 말씀하셨다. "구(求)는 물러남으로 나아가게 한 것이요, 유(由)는 일반인보다 나음으로 물러가게 한 것이다."

子路問聞斯行諸 子曰 有父兄在 如之何其聞斯行之 冉有問聞斯行諸 子曰 聞斯行之 公西華曰 由也問聞斯行諸 子曰 有父兄在 求也問聞斯行諸 子曰 聞斯行之 赤也惑 敢問 子曰 求也退 故進之 由也兼人 故退之

▶▶▶『논어』「선진(先進)」


성격이 급하고 늘 의로움에 굶주려 있는 제자에게는 '부형父兄이 있으니 그들의 말을 듣고 행하라'고 가르치고 실행력이 떨어지는 제자에게는 '듣는 즉시 행하라'라고 가르칩니다. 그렇게 함으로써 제자들의 부족함을 메꾸어줍니다. 인문학의 요람이었던 공자 학단의 힐링 캠프적 속성을 보는 듯합니다.

요즘 들어 '힐링healing'이라는 말이 유행입니다. 가장 오래된 인문학적 '힐링healing'은 아마 '이야기 들려주기'일 것입니다. 『

천일야화千—夜話』의 세헤라자드는 그런 면에서 기록에 남은 최초의 인문학 치유 전문가(상담의相談醫?)라고도 할 수 있겠습니다. 여인으로부터 받은 배신의 상처로 인해서 스스로의 서술적 정체성에 일대 혼란을 빚고 있는 '왕의 (터무니 없는) 복수'를 중단 없는 '이야기 들려주기'로 중단시킵니다. 그의 망가진 '이야기로 된 자기 동일성'을 수많은 '재미있고 설득력 있는 이야기'로 다독여 다시 원상회복 시킵니다. '복수의 일념'을 '사랑과 관용의 이해심'으로 바꾸어 놓습니다. 이야기의 힘이 바로 그런 것입니다. 스스로의 삶을 '재미있고 납득 가능한 것'으로 만드는데 크게 기여합니다. 그러므로 본디 이야기를 만들고(쓰고), 이야기를 듣는(읽는) 행위 자체가 '치유의 목적과 수행성'을 지니고 있다고 보는 것이 맞을 겁니다. 그 이외의 목적은 사실 부수적인 것이고요. 그렇게 보면 이 페이스북에서의 저의 글쓰기도 언필칭, 『천일야화千—夜話』의 21세기 버전이라고도 할 수 있겠습니다.

상담, 치유가 되는 읽기(쓰기)에서 간혹 간과되는 것이 주체의 '통합에 대한 의지'입니다. 왕이 세헤라자드에게 "하루라도 재미진 이야기를 거른다면 너를 죽이겠다"라고 말한 것은 "목숨을 걸고 나를 살려내라"는 요구입니다. 상대에게 자기가 가진 '절실함'을 공유할 것을 요구한 것입니다. 그만큼 분열된 자기self에 대한 재통합을 왕은 강렬하게 원했던 것입니다. 세헤라자드는 그런 능동적이고 적극적이 '해석의 욕망'을 가진, 행복한 독자를 만난 '행복한 작가'였습니다. 그러니 더 재미진 이야기가 쏟아져

나올 수가 있었을 겁니다. 본디 귀명창이 소리 명창을 만들어내는 법이니까요. 일반적으로 동화를 읽어내는 방법으로 많이 사용되는 것이 '확장-맥락-해석'의 독법입니다. 최대한 받아들일 수 있는 것들을 받아들인다는 겁니다. '행복한 독자'가 되는 '널리 알려진 비법'이기도 합니다.

확장-맥락-해석: 동화를 심리학적으로 해석할 때 요구되는 사고의 법칙성에 대해 살펴보자. 동화의 이야기 속에 생명수가 필요한 늙은 왕이 있다든지 말 안 듣는 딸을 가진 모친이 있다고 가정하자. 그러면 우리는 이것을 확장*amplify*하여야 한다. 확장이란 우리가 대비할 수 있는 모든 모티프를 찾아보는 것을 말한다. 러시아 동화 중에 '처녀황제*The Virgin Czar*'라는 동화가 있다. 동화는 처음에 늙은 황제와 세 아들을 등장시킨다. 가장 어린 아들이 주인공인데 바보이다. 이때 황제는 닳아빠진 주기능(主機能)이고 셋째 아들은 쇄신시키는 기능 즉 열등 기능이다. 확장은 관련지을 수 있는 것 모두를 모아 확대시키는 것을 뜻한다. 그리하여 보편적인 어떤 것을 찾아내는 것이다.

동화 읽기의 다음 단계는 맥락*context*을 잡는 것이다. 동화에 쥐가 나와 쥐를 확장하였다고 하자. 우리가 보는 쥐는 사자(死者)의 영혼, 악마의 동물, 아폴로의 동물, 페스트를 옮기는 동물 등이다. 쥐가 죽은 시체에서 나온다거나 시체가 쥐의 모양을 하기 때문에 쥐는 사자의 영혼이다. 우리는 쥐를 동화 속에서 자주 볼 수 있다. 쥐를 확장하면 어떤 쥐는 동화 속에 나온 쥐와 일치하고 어떤 쥐는 일치하지 않는다. 이 경우에는 동화에 나온 쥐를 먼저 선택하고 나머지는 주머니에(괄호 속에) 넣거나 각주를 달아놓는 것이 현명하다. 왜냐하면 동화 후반에 쥐의 다른 면이 나타날 것이기 때문이다. 동화의 서두에는 긍정적인 쥐뿐이고 마술부리는 쥐*witch-mouse*는 없고 후반에 가서야 마녀가 나타난다고 하자. 그 때 우리는 이 두 상(像) 사이에 모종의 연결이 있다는 것을 안다. 쥐는 마녀이기도 하다는 것을 미리 알아둔 것이 잘한 일이라는 것을 알게 된다는 것이다.

다음 단계에서는 해석을 한다. 해석은 확장한 동화를 심리학적 언어로 바꾸는 것이다. '악모(惡母)는 주인공에게 패하였다'는 말 대신 '무의식의 충동, 무(無)활동을 지향하는 낮은 수준의 심리적 에너지가 높은 수준의 의식 활동에 진 것이다'라는 표현을 쓴다는 것이다. 이런 표현은 언제나 엄격한 심리학적 언어로 이루어져야 한다.

우리는 우리의 동화 해석이 언제나 상대적인 것이며 절대적일 수 없다는 것을 알아야 한다. 심리학적 해석은 우리가 동화를 이야기하는 하나의 방법이다. 우리는 언제나 원형상(原型像)을 이해하려고 한다. 그것은 그것에서 벗어나 건강해지기를 갈망하기 때문이다. 우리는 이것이 우리의 신화라는 것도 알아야 한다. 우리는 X를 Y로 설명한다. 왜냐하면 그것이 우리에게 합당한 것 같기 때문이다. 장차, 이것이 부당한 사례가 될 날이 올 지도 모른다. 그 때는 Z가 설명으로 필요하게 될 지도 모르기 때문이다. 우리는 오직 심리학적 언어로 신화나 동화가 무엇을 나타내는가를 말할 뿐이다.

▶▶▶김희경, 『명작동화의 매력』 중에서

과거의 문제를 두고 서로 상대방을 흠집내기에 혈안이 될 때가 있습니다. 본디 인간사회가 그런 곳이기도 합니다. 이념이 다르고 처지가 다르면 그렇게들 싸웁니다. 서로 악의적으로 상대방의 과거와 현재 언행을 '확장'합니다. 힐링이 아니라 새로운 상처를 내기에 급급한 '악성 이야기 생산'이 판을 칩니다. 그런 '확장'의 표적이 되면 누구나 곤욕을 치르지 않을 수 없습니다. 그 다음 단계의 '맥락-해석'이 가관可觀이기 때문입니다. 멀쩡한 사람이 하루아침에 나쁜 아버지가 되고, 부정하게 권력을 남용한 사람이 되고, 사상이 불온한 자가 됩니다. 그런 불순한 이야기들이 횡행하면서 여기저기 우리 민족의 '서술적 정체성'을 구성하는 에피소드들이 오독되거나 무시되는 일이 자주 일어납니다. 우리 민족사의 입장에서 보면 그런 소행들은 모두 대역 죄인이나 될 만한 자들의 못된 짓거리들입니다. 우리가 어떤 '이야기'를 만들거나 듣고자 하는 것은 『천일야화』에서 보는 것처럼 '왕의 복수'를 위한 것이 아니라는 걸 아는 것이 필요한 때인 것 같습니다. '통합에 대한 의지'는 일부 정치권력을 가진(가지려 하는) 사람들의 전유물이 아닙니다. 우리 앞에 놓인 '통합(통일 포함)'의 과제는 우리 모두의 의지를 요구합니다. 우리는 모두 '행복한 독자'가 되고 싶은 것입니다. 치유가 되는 이야기를 원하는 것입니다. 그래서 세헤라자드와 같은 '행복한 작가'가 나타나기만을 원하는 것일 뿐입니다.

# 그릇이 아닌 글쓰기

: 군자불기

몇 년 전 일입니다. 문예창작과 대학원 과정에 출강한 적이 있습니다. 연구년을 나가시는 문단 선배의 대타代打로 한 학기 강의를 떠맡은 것이었습니다. 소설 창작을 해본 지도 오래되었고, 남의 소설 읽어본 지도 오래되어서 할까 말까 망설였습니다만, 소설에 대한 미련(?)이 남아서 차마 거절하지 못했습니다. 요즘 사람들은 소설을 어떻게 쓰는지도 궁금했습니다. 한번 '배우는 기분'으로 몇 달 살아보자는 생각도 들었습니다. 그런데, 결과는 별로였습니다. 습작 발표, 상호 강평, 지도 강평 등으로 이루어지는 창작 실기 수업이 별로 재미를 주지 못했습니다. 제

기대와는 사뭇 다른 방향으로 진행이 되었습니다. 보통 그런 수업에는 한두 명의 선두 주자가 있어서 나름 '수준'을 제시해 주는 것이 상례인데 그렇지 않았습니다. 모두 고만고만했습니다. 오로지 문장이 되고 안 되고만을 따지는 학생들의 강평 태도도 저를 좀 당황스럽게 했습니다. 왜 그렇게 지엽말단적인 데에만 관심하느냐고 물었더니 처음부터 내내 그렇게 배워왔다고 합니다. 주제의 발굴이나 서사의 기술技術은 애당초 언감생심이라는 거였습니다. 좋아하는 작가의 작품들은 좀 베껴 써봤냐고 물었더니 '그런 게 왜 필요하냐'는 반응이었습니다. 별 수 없이 한 학기 그렇게 문장 실습만 하고 말았습니다.

좀 부끄러운 이야기지만, 청년 시절에 소설이라는 것을 쓰겠다고 작심한 뒤 지금까지, '무엇을 어떻게' 쓸 것인가에 대해서 일목요연하게 저의 생각이 정리된 적이 한 번도 없었습니다. 그저 '닥치는 대로' 써왔습니다(지금도 그렇습니다). 다만 습작기의 어느 순간, '신천지가 안전에 전개되는 듯한 느낌'이 한 번쯤 있기는 했던 것 같습니다. 그 뒤로는 글쓰기가 한결 수월해졌습니다. 아마, '역지사지易地思之'를 좀 알게 된 때가 아니었던가 싶습니다. 그동안 벗으면 죽는 줄로만 알고 있었던, 무겁고 답답한, 철가면鐵假面 하나가 툭 떨어지는 느낌이었다고나 할까요? 그 순간의 희열은 참 대단했습니다. 이십대 중반에 찾아온 그 계시 아닌 계시 덕분에 지금껏 이러고 있습니다.

브루스 맥코미스키(김미란 옮김)가 지은 『사회 과정 중심 글쓰

기: 작문교육 패러다임의 전환』이라는 책을 읽다 보니 문득 그 옛날의 추억이 떠올랐습니다. 그리고 답답하고 지루했던 문예 창작 강의 시간도 함께 떠올랐습니다. 그러면서 공자님이 말씀하신 '군자불기'라는 말이 생각났습니다. 얼핏, 글쓰기 공부에도 그 말씀이 꽤나 유효할 것 같다는 느낌이 들었습니다. 한 번 살펴보겠습니다.

子曰 君子不器 (『論語』「위정(爲政)」)

* The Master said, "The accomplished scholar is not a utensil."
* 군자(君子)는 일정(一定)한 용도(用途)로 쓰이는 그릇과 같은 것이 아니라는 뜻으로, 한 가지 재능(才能)에만 얽매이지 않고 두루 살피고 원만(圓滿)해야 한다는 말.
* 바람직한 지식인은 스페셜리스트이면서 동시에 제너럴리스트가 되어야 한다는 말.

▶▶▶인터넷 사전 검색

* 군자는 한낱 도구적인 존재가 되어서는 안 된다는 말이다. 바람직한 인간 존재는 덕과 인, 지식과 실천력을 겸비한, 자목적적(自目的的)인 통일(통합)체라야 한다.

공자님이 말씀하신 '군자불기'라는 말의 뜻은 대체로 위의 설명들과 같습니다. 위에서부터 아래로 내려올수록 설명이 좀 더 자세히 이루어집니다. '자목적적인 통일(통합)적 존재'라는 말은 제가 한번 붙여본 것입니다만, 현재 저의 생각으로는 그것이 '군자불기'에 가장 접근되어 있는 해석인 것 같습니다. '도구器'라는 말을 무엇의 '수단(적 존재)'이라고 본 해석입니다. 군자(이상적 인간 존재)는 그것(수단적 존재성)을 뛰어넘어 스스로가 존재의 목적이 되는 경지를 지향해야 한다고 공자님이 가르친 것이라는 생각입니다. 흔히 생각하듯이, 한 가지 전문 기술이나 학식에 치중하지 않고 만사형통萬事亨通, 두루두루 통하는 인간이 되기를 공자님이 강조하신 것은 아니라고 봅니다. 아무리 형통해도, 그것 역시 결국은 또 다른 '기器'에 지나지 않을 것이기 때문입니다.

말이 쉽지, '자목적적 통일(통합)체'가 어떤 것인지 자세히 구체적 사례를 들어 설명해 보라면 저도 속수무책束手無策, 달리 더 갖다 붙일 말이 없습니다. 공자님도 비유로 표현하신 것을 제가 어떻게 감히 직설直說, 직서直敍할 수 있겠습니까? 다만 글쓰기 공부에 관련해서 몇 마디 부언附言 하는 일은 가능하지 싶습니다. 이를테면 '군자불기 견물생심 글쓰기론' 같은 것은 가능하지 싶습니다. 스스로의 삶이 자목적적이 될 때 '무엇을 쓸 것인가'는 저절로 따라온다는 것 정도는, 그리고 그 세부적인 경험적 사례에 관해서는 몇 마디 할 수 있을 것 같습니다.

'꿩 잡는 게 매다'라는 속담이 있습니다. 생긴 것이 아무리 매 같아도 꿩 하나 잡지 못하면 그건 매가 아닌 것입니다. 글쓰기 공부에 있어서도 마찬가지입니다. 아무리 그럴 듯해도 좋은 글쓰기를 산출하도록 돕지 못하는 것은 좋은 이론이 아닙니다. 화자話者의 층위가 어떻고 독자의 층위가 어떻고, 텍스트니 수사학이니 담론이니 하는 현란한 고담준론高談峻論의 끝이 허무하다면 그것은 올바른 글쓰기 공부가 결코 아닙니다. 그저 지적 호기심을 만족시키는 것에 불과합니다. 그것도 아주 부분적인 이해에 불과한 것들만 가지고 지식의 유희를 즐기고 있는 것일 뿐입니다. '놀고 있는 것'일 뿐입니다. 그런 '놀이'에 빠져서, 젊어서 자칫 잘못 길을 들면 영영 다시 돌아오지 못합니다. 글쓰기 공부를 할 때 반드시 유념해야 할 것들을 간단하게 정리해 보겠습니다.

1. 글쓰기는 표상적 지식의 영역에 속하는 것이 아니라 절차적 지식의 영역에 속하는 것입니다. 일종의 실기實技 영역이라는 것입니다. 그림을 그릴 때 가장 중요한 것, 혹은 가장 기본적인 것은 눈으로 본 것, 혹은 머리로 생각한 것을 손이 따라가 주는 것입니다. 마찬가지로 글쓰기도 '손이 따라가 주어야 하는' 기술의 영역에 속합니다. 아는 것과 쓰는 것은 전혀 다른 영역입니다. 쓰기에 숙달되면 자신의 앎을 이리저리 글쓰기를 통해서 '굴려' 볼 수 있습니다. 그러나 그 반대의 경우는 자동적으로 성립되지 않습니다. 아는 것이 많아도, 글쓰기 훈련이 되어 있지 않으면 이리저리 맘대로 글을 쓸 수가 없습니다. 농부가 땅을 파고 씨앗을 뿌려야 새싹이 나듯이, 글 쓰는 자도 반드시 직접 글

을 써보며 실기의 능력을 길러내야 합니다. 스스로 문리를 터득해야 되는 게 글쓰기입니다. 제가 글쓰기 공부에서는 특히 '분절적 사고'를 경계해야 한다고 자주 강조하는 것도 바로 그 이유에서입니다. 자꾸 나누어 생각하다보면 '아는 것만으로 충분하다'라는 미혹迷惑에 들기 쉽습니다.

2. '통째로 눈치껏', 많이 읽어서 수사修辭의 묘妙도 익히고, 따라 써보면서 맥락을 타고 문의文意가 형성되어가는 과정을 몸소 체득해야 합니다. 수사의 묘도 중요하지만 문화적, 역사적 환경으로서의 맥락에 능통하지 않으면 좋은 글을 오래 쓸 수 없습니다. 맥락적이지 않은 글들, 친환경적이지 않은 글들은 생명력이 짧습니다. 시간이 지나면 홑껍데기만 남습니다. 수사만 넘치는 글은 겉만 글이지 속은 아무 것도 아닙니다. 문장 단위의 '글 만드는 재미'에 지나치게 집착해서는 안 됩니다.

3. 기본적인 기술, 부단히 읽고 쓰는 행위(연습)를 통해서 글쓰기 개인기를 축적해 나가는 동시에 내가 왜 글을 쓰는가에 대해서도 진지하게 한번 생각해 봐야 합니다. 위로慰勞인지, 공격인지, 수단인지, 목적인지, 봉사인지, 밥벌이인지가 명확하게 규정되어야 합니다. 그도 저도 아닌 상태에서 마구 글을 쓰다 보면 결국 민폐가 되어 패가망신敗家亡身, 끝이 허무하게 됩니다. 해방이면 해방, 실천이면 실천, 수단이면 수단, 목적이면 목적, 글

쓰는 동기가 분명해야 합니다. 목적에 부합하는 글쓰기에 몰두해야 합니다. 꾸준히 그렇게 쓰다보면 일도만도—刀萬刀, 언젠가는 '불기不器'의 경지에 들 수 있습니다. 장르에 구애받지 않고 좋은 글을 쓸 수 있게 됩니다.

4. 무엇보다도 중요한 것은, '역지사지, 견물생심'입니다. 자기self를 해체하고, 수시로, 자유자재로, 중심 이동이 가능해지도록 수신修身해야 합니다. 상허하실上虛下實, 상체는 가볍게 하고 하체는 무겁게 해서 이동 시 중심이 흐트러지는 일이 없도록 해야 합니다. 결국 승부는 여기서 난다고 보면 됩니다. 많은 어중이떠중이 글쟁이들이 평생토록 그 문턱을 넘지 못하고 속절없이 그 앞에서 주저앉습니다. 꼴에 분석가니 문장가니 평론가니 하며 나대지만 그 역시 끝이 허무합니다. 도하 신문에 글깨나 싣는 자들의 80~90%는 그 수준이라고 보시면 됩니다. '견물생심'은 앞에서도 말씀드린 것처럼 '때에 맞게 생각하는 힘'입니다. 자기 안에 것을 드러내는 것이 아니라 문자 그대로 물物에 즉하여 '생심生心'하는 능력입니다(확연이대공 물래이순응!).

5. 이 모든 것을 꾸준하게 계속해야 합니다. 글쓰기 역시 '강물처럼 흘러가는 것'이라 멈추면 저만치 떠내려가고 없습니다. '면벽정진面壁精進', 만사를 젖혀놓고 피터지게 연습해야 합니다. 하루를 쓰지 않으면 내가 알고, 이틀을 쓰지 않으면 읽는 이가

알고, 사흘을 쓰지 않으면 세상 모든 이들이 다 아는 것이 글쓰기의 세계라 여기고 꾸준히 써나가야 합니다. 하이퍼그라피아(글쓰기 중독증)가, 의식의 수준에서 제어될 수 있게 될 때까지(필요할 때는 언제든지 불러올 수 있도록) 몰입해야 합니다.

이상 다섯 가지의 계율(?)을 하나도 빠트리지 않고 다 실천해낼 수 있으면 명실공히 자타가 공인하는 글쟁이가 될 수 있을 것입니다. 그렇지 못하면서 스스로 글쟁이로 자처하다가는 종내는 '글쓰기 오적五賊(?)' 신세를 면치 못합니다.[1] 식자들에게 '글쓰기 오적'의 신세는 늘 가까이 있습니다. 늘 경계해야 할 것이기도 합니다. 글쓰기의 텍스트적 수준, 수사학적 수준, 담론적 수준, 호출되는 독자, 환기되는 독자, 투사적 독서, 해설적 독서, 시학적 독서, 믿을 수 있는 화자, 믿을 수 없는 화자, 발견 학습, 문제해결로서의 글쓰기, 문화적 생산, 맥락적 배치, 롤랑 바르트, 데리다. 푸코 등등 온갖 '말들과의 전쟁'만 치르다가는 결국 사문난적斯文亂賊, 혹세무민惑世誣民 하다가 글다운 글 한 편 못 남기고 우주의 먼지로 사라질 것이라는 걸 명심해야 합니다. 그런 것들은 나중에, 글을 좀 써본 뒤에, 읽어보면 다 재미있는 이야기라는 것을 알게 됩니다. 지금부터 머리 싸매고 읽을 것들은

---

1) 양선규, 『창의 독서 논술 지도법』, 언어표현교육연구소, 2007, 머리말 참조. '논술 오적'으로 ① 논술 그 자체, ② 논술을 배우려는 자, ③ 무용지식, ④ 교수 등 출제자, ⑤ 허위의식 등을 들고 있다.

결코 아닙니다. 지금 해야 될 일은 좋은 글들을, 위의 5계에 부합되도록, 부단히 골라서 읽고 그것의 뜻과 표현을 모방해서 한 번이라도 직접 글을 써보는 일입니다.

# 사람을 제대로 섬겨야

: 미지생 언지사

검도劍道 경기에서는 원칙적으로 심판의 판정에 대한 이의 제기가 인정되지 않습니다. 항상 죽음을 가정하는 경기 속성 때문입니다. 실점失點이 곧 죽음이기 때문에 '죽은 자는 말이 없다'가 자연스럽게 통용(종용?)됩니다. 일도양단一刀兩斷, 승부는 생사의 갈림길에서 결정나는데 이미 이승을 하직한 자가 무슨 수로 '죽지 않았다'고 떠들 수가 있겠습니까. 그러다 보니 선수 입장에서는 억울한 일이 비일비재합니다. 저도 수도 없이 '억울한 죽음'을 당했습니다. 제가 먼저 상대의 목을 베고 사지를 절단했음에도 불구하고 제 칼은 보지 못하고(우정 보지 않고?) 상대의 칼만을 인정해서 저를 '죽은 자'로 만든 심판들이 꽤나 있었습니다. 개중에는 나중에 자신의 실수를 토로한 사람도 몇몇 있었습니다. 그들도 인간이기에 어쩔 수 없는 일입니다. 인간의 판정이 있는 곳에는 어디서나 오심誤審의 요소는 필수적입니다. 어떤 경기든 늘 그것까지 포함해서 경기는 진행되는 법입니다. 그래서 삼심제도도 있는 거겠지요. 제 경우를 볼 것 같으면, 제 자신이 그런 '억울한 죽음'을 당하는 것은 좀 참을 만했습니다. 그런데 아들놈의 경기에서 오심이 발생하여 아이가 '억울한 죽음'을 당하는 경우가 생겼을 때는 참 참기가 어려웠습니다. 물론 그런 상황이 오래간 것은 아닙니다. 지금은 그 반대의 경우가 되어 있습니다. 시간이 좀 흘러서 저나 집아이의 실력이 어느 정도 쌓인 후에는 확연히 오심이 줄어들었습니다. 뚜렷하게 상대와의 실력 차이를 내는 것이 오심을 줄이는 첩경입니다. 요즘은 아예 죽을 일이 거의 없어지게 되었습니다. 어이없는 죽음이 때로는 반갑기도 합니다. 주로 제자들과 운동을 하다 보니 마음 놓고 죽을 때를 잡기도 힘듭니다.

검도판에서는 죽을 일이 거의 없는데 현실에서는 그렇지가 않은 모양입니다. 죽음에 대한 관심이 여기저기서 눈에 띕니다. '죽음 교육', '웰 다잉well-dying' 같은 말들이 자주 귓전을 두드립니다. 어쩌면 제가 그것에 한 발 더 가까이 다가서 있는지도 모르겠습니다. 전에는 그런 이야기에 도통 관심이 없었습니다. 한쪽 귀로 들으면 즉각 다른 한쪽 귀로 흘려보내곤 했습니다. 그런데 요즘은 가끔씩 그것들과, 잠시 동안이나마, 대화를 나누곤 합니다. 저만 그런 게 아닌 모양입니다. 평소 가까이 지내던 지인知人 중 한 사람은 어느새(?) 그쪽에서 전문성을 확보해서 작으나마 책도 한 권 내고 평생교육원 강좌 같은 데서도 짬짬이 특강도 하는 눈치입니다. 공부의 관심도 결국은 '생노병사'의 틀을 벗어나기가 어려운 모양입니다. 괴력난신怪力亂神을 멀리 하라셨지만, 공자님도 '죽음 교육'에 관해서는 명언名言 한 말씀을 남기셨습니다. 『논어』「선진」편에 나오는 구절입니다.

　계로(季路, 자로)가 귀신 섬김을 묻자, 공자께서 "사람을 잘 섬기지 못한다면 어떻게 귀신을 섬기겠는가?" 하셨다. (계로가) "감히 죽음을 묻겠습니다." 하자, 공자께서 "삶을 모른다면 어떻게 죽음을 알겠는가?" 하셨다. (季路問事鬼神 子曰 未能事人 焉能事鬼 敢問死 曰 未知生 焉知死) [『논어』「선진」]

　귀신 섬김을 물음은 제사를 받는 바의 뜻을 물은 것이요, 죽음은 사람에게 반드시 있는 것이니, 알지 않으면 안 된다. 이는 모두 절실한 질문이다. 그러나 정성과 공경심이 사람을 섬길 수 있는 자가 아니면 반드시 귀신을 섬기지 못할 것이요, 시초를 근원해 보아 생(生)을 알지 못하면 반드시 종(終)으로 돌아가 죽음을 알지 못할 것이다. 대개 유(幽, 저승)와 명(明, 이승), 생과 사는 애당초 두 이치가 없으나, 다만 배움에는 순서가 있어 등급을 뛰어넘을 수 없는 것이다. 그러므로 부자(夫子)께서 이와 같이 말씀해 주신 것이다.

정자(程子)가 말씀하셨다. "낮과 밤은 死와 生의 道이다. 生의 道를 알면 死의 道를 알 것이요, 사람 섬기는 도리를 다하면 귀신 섬기는 도리를 다할 것이다. 死와 生, 人과 鬼는 하나이면서 둘이고, 둘이면서 하나이다. 혹자들은 말하기를 부자(夫子)께서 자로에게 말씀해 주지 않았다고 하는데, 이는 바로 깊이 일러준 것임을 알지 못하고 하는 말이다."(問事鬼神 蓋求所以奉祭祀之意. 而死者人之所必有 不可不知 皆切問也. 然非誠敬足以事人 則必不能事神. 非原始而知所以生 則必不能反終而知所以死. 蓋幽明始終 初無二理 但學之有序 不可躐等 故夫子告之如此. ○程子曰 晝夜者 死生之道也. 知生之道 則知死之道. 盡事人之道 則盡事鬼之道. 死生人鬼 一而二 二而一者也. 或言夫子不告子路 不知此乃所以深告之也.)

▶▶▶성백효 역주, 『논어집주』, 「선진」 第十一

자로가 죽음에 대해 물었을 때 공자가 "아직 삶도 모르면서 어떻게 죽음을 알겠는가"라고 대답한 것을 두고 한때 '그건 궤변이거나, 아니면 일종의 회피 전략이 아닌가?'라고 여긴 적이 있었습니다. 정자의 주석에 그 말씀이 "깊이 일러준 것이다"라는 언급이 있었지만 그 말조차 일종의 감정의 오류affective fallacy(비평의 기준을 시 작품 자체에 두지 않고 그 시가 독자에게 주는 심리적 효과에 두려고 하는 데서 생기는 잘못)로 받아들여질 뿐이었습니다. 그러나 그런 공자의 '죽음 교육'이 문제를 회피한 것이 결코 아니라 성실하게 그 문제에 즉卽한 것, 다시 말해 제가 여기저기서 말하는

'견물생심見物生心'에 해당하는 것이라는 해설을 오늘 대했습니다. 간략하였지만 핵심을 짚어내는 통찰이었습니다. 조금이나마 젊은 시절의 몽매蒙昧를 씻어내는 한 계기가 되었습니다. 텍스트는 '『동양적 가치의 재발견』(위잉스余英時, 김병환 옮김)'입니다.

공자의 "아직 사람도 제대로 섬기지 못하면서 어찌 귀신을 섬길 수 있겠는가?", "아직 삶도 제대로 모르면서 어떻게 죽음을 알겠는가?"라는 말은 모두가 익히 알고 있다. 이러한 관점은 일찍이 자크 쇼롱(Jacques Choron) 같은 서구학자에 의해 '문제를 회피하는' 태도로 오해되어 왔다. 사실 공자는 문제를 회피한 것이 결코 아니라 성실하게 죽음의 문제에 임한 것이다. 왜냐하면 사후(死後)가 어떤 모습인지 하는 문제는 본래 알 수 없는 것이기 때문이다. 이러한 상황은 오늘날까지 조금도 바뀌지 않았다. 그러나 생이 있으면 반드시 죽음이 있고, 또 죽음은 생의 완성이다. 공자는 생의 의의를 사람들에게 이해시켜서 죽음에 대한 공포를 해소시키고자 한 것이다. 이러한 태도는 하이데거와 매우 흡사하다. 공자만 이러했던 것이 아니라 '생과 사를 하나로 여겨 만물을 동일시'했던 장자 역시 다음과 같이 말했다. "그러므로 나의 생을 잘 영위하는 것이 바로 죽음을 잘 맞이하는 것이다(夫大塊載我以形 勞我以生 佚我以老 息我以死 故善吾生者 乃所以善吾死..『장자』「대종사」)." 장자는 또한 '기(氣)'의 취산설(聚散說)을 사용하여 생사를 논하였다. 이는 혼백(魂魄, 혼은 하늘에서 오는 양기이고 백은 땅에서 오는 음기이다)의 이합설(離合說)과 상응될 뿐만 아니라 그 이면에는 여전히 견고하여 파괴되지 않는 '인간과 천지만물이 일체'라는 관점이 놓여있다.

불교의 도전(道傳) 뒤 생사에 관한 송대(宋代) 유가의 견해는 중국 사상의 주류적 견해로 복귀하였다. 장재(張載, 1020~1078)는 '생'이 '기의 취합'이며, '죽음'은 '기의 흩어짐'이라고 강조하였는데, 이는 장자의 견해를 흡수한 것이다. 소아(小我)의 관점에서 보자면, '기의 취합 역시 나의 몸이며, 기의 흩어짐 역시 나의 몸이니' 자연히 죽음 때문에 두려워 불안에 떨 필요가 없는 것이다. 대아(大我)적 관점에서 보자면, 우주와 인류의 삶은 모두 '생명창생이 끊임없는 과정(生生不已)'이니 죽음은 언급할 필요도 없다. 주희는 불교가 생사로 인간을 두렵게 하여 비로소 오랫동안 유행할 수 있었다고 여겼다. 그러나 우리가 '사사로운' 일념을 초월하여 우리의 몸을 과도하게 중시하지 않는다면, 우리는 곧바로 '죽음'의 공포로부터 벗어날 수 있게 된다.

▶▶▶161~162쪽


열심히 일하며 살고, 편안히 늙고, 죽음에서 안식을 찾는다는 장자의 초연한 삶의 자세는 누구나 부러워하는 것입니다. 살다 보면 언젠가는 그런 '자세'가 나올 것이라 막연한 희망을 가져봅니다만 아직은 요원하기만 합니다. 어쨌든, '사후死後가 어떤 모습인지 하는 문제는 본래 알 수 없는 것이기 때문'에 공자가 '미지생 언지사未知生 焉知死'라고 말했을 뿐이라는 말에 깊이 공감할 수밖에 없습니다. 알 수 없는 일에 '알 수 없다'라고 말하는 것이 얼마나 큰 용기인지, 나이 들어가면서 조금씩 깨치고 있는 중이기에 더 그런지도 모르겠습니다. 다만, 종교가 죽음에 대한 공포를 부추겨서 자신의 '입신양명 부귀영화(?)'를 추구한다는 인용문 필자의 관점(주희의 견해를 빌어서 그렇게 말하고 있습니다)에는 다소간 불만이 있습니다. '죽음에 대한 공포'는 본디 생물체에게 자생적으로 주어진 것이지 따로 종교가 만들어 붙인 것은 아니기 때문입니다. 다만 종교가 사후세계를 강조하는 것은 그 '죽음의 공포'를 선한 삶의 의지로 치환하기를 간절히 바랄 뿐이기 때문이라고 생각합니다. 공자님의 "사람을 잘 섬기지 못한다면 어떻게 귀신을 섬기겠는가?"라는 말씀도 제게는 그렇게 이해됩니다. '사람을 잘 섬기기를 궁리하라'라는 말씀 속에 이미 "그러면 죽음의 문제도 자연 해결되게 되어 있다"라는 말씀이 내포되어 있는 것입니다. 삶에 대한 '선한 의지'를 강조하시면서도 굳이 '죽음 이후의 세계'를 언급하지 않으신 것이야말로 사랑하는 제자에게 '깊이 일러준 것'일 수밖에 없다는 것도 그 차원에서 설득력을 지니게 되는 말이었습니다.

사족 한 마디, 만약에 인간에게 '죽음의 공포'가 말끔하게 사라진다면 앞으로의 인간 세상이 어떻게 바뀔까를 공연히 한번 생각해 봅니다. 우리가 경멸해 마지않는 비겁과 비굴은 확연히 줄어들 것입니다. 그러나 한편으론 그 부작용도 만만치 않을 것도 같습니다. '죽음의 공포'도 필요 이상으로 소거消去되면 안 좋을 것 같습니다. 사이코패스와 같은 메마른 심성으로 시도 때도 없이 강력범죄를 일으키는 자들에게만 그런 것은 아닙니다. 오히려 그들보다는 특별히 잘나고 힘 있는 인간들에게 더 필요할 때가 많을 것 같습니다. 그들에게 그와 같은 '폭력(그들은 아마 그렇게 여길 것입니다. 자로도 아마 그런 느낌이 들어 모르는 것이 없었던 스승님께 그렇게 질문을 했었을 지도 모르겠습니다)'이라도 없었다면 얼마나 더 기고만장하겠습니까? 얼마나 겁 없이 '못나고 힘없는 자'들 위에서 군림하려 들겠습니까? 얼마나 자기들만의 윤리와 도덕을 관철시키려고 종횡무진하겠습니까? 그래서 그것이라도 있어야, 언제 어디서고 (언젠가 조찬기도회에서 기도하자며 한 목사가 대통령을 무릎 꿇게 했던 것처럼), 그들을 무릎 꿇릴 수 있을 것이라는, 믿거나 말거나 식의, 이상야릇한 생각이 드는 것입니다.

# 대국을 가지고 소국을 섬기면

: 맹자의 의

"공자는 인仁을 말했을 뿐인데, 맹자는 의義를 더했다."

젊어서는 그 말을 이해하지 못했습니다. 사관학교 교관 시절, 선배 교관 한 분이 『맹자』를 탐독한 뒤에 "『논어』만 못하다"라고 한 것도 당연히 이해하지 못했습니다. '공맹'처럼 구름 위에 노는 이들을 우리가 어떻게 비교할 수 있겠냐는 심사도 좀 들었고, 요즘처럼 개명開明한 세상에서 굳이 그분들의 말씀을 그렇게 조목조목 비교할 이유도 없을 것이라는 시건방도 좀 있었던 것 같습니다. 그런데 그게 아니란 걸 이제야 알겠습니다. 요즘 들어서 젊어서 들었던 그 두 말씀의 함의가 뚜렷하게 각인되고 있습니다. 두 분이 서로 다르다는 걸 알겠습니다. 그동안 '공맹'을 남달리 심혈을 기울여서 읽고 읽어서 터득한 것이 아닙니다. 나이 드니 저절로 알게 되는 것 같습니다. 아침 출근길에 간혹 마주치는 나이든 학생들(제 도보 출근길은 향교를 거칩니다. 그곳에서는 주기적으로 사서삼경 강해가 베풀어집니다. 주로 노인들이 학생입니다)과 절로 동병상련하게 되는 것도 우연은 아닐 듯싶습니다. 누가 따로 가르쳐주지 않더라도, 사람살이의 요체는 이미 수천 년 전에 다 밝혀졌다는 느낌입니다. 오늘 아침에 읽은 『맹자』는 겸손과 사랑을 가르칩니다.

제선왕이 물었다. "이웃나라와의 사귐에 도가 있습니까?" 맹자께서 대답하셨다. "있습니다. 오직 인자(仁者)만이 대국을 가지고 소국을 섬길 수 있습니다. 그러므로 탕왕이 갈(葛)나라를 섬기시고, 문왕이 곤이(昆夷)를 섬기신 것입니다. 오직 지자(智者)만이 소국을 가지고 대국을 섬길 수 있습니다. 그러므로 대(태)왕이 훈육(獯鬻, 흉노)을 섬기시고, 구천이 오나라를 섬긴 것입니다. 대국을 가지고 소국을 섬기는 자는 천리(天理)를 즐거워하는 자요, 소국을 가지고 대국을 섬기는 자는 천리를 두려워하는 자이니, 천리를 즐거워하는 자는 온 천하를 보전하고, 천리를 두려워하는 자는 자기 나라를 보전합니다. 『시경』에 이르기를 '하늘의 위엄을 두려워하여 이에 보전한다' 하였습니다."

▶▶▶『맹자』梁惠王章句下1)

'대국을 가지고 소국을 섬기는 자는 천리를 즐거워하는 자(以大事小者 樂天者也)'라는 말씀이 가슴에 와 닿습니다. 작은 것을 가지고 큰 것을 능멸하는 일이 비일비재한 현실에서 문득 그 말씀을 접하니, 목이 무척 말랐을 때 시원한 물을 한 대접 얻어 마시는 기분입니다. 사람이든 나라든, 대소大小와 강약을 비교해서 상대에 임하면 인仁한 일이 아니라는 것입니다. 그것은 천리를 두려워하는 일은 될지언정 천리를 즐거워하는 일은 될 수 없다는 것입니다. 조물주가 삼라만상의 생명을 이 땅 위에 진설陳設한 것은 주어진 삶 안에서 동고동락하는 즐거움을 공유하라는 뜻이었을 겁니다. 그렇게 이해하는 것이 또 인仁이라는 말씀인 듯합니다. 그 인仁이야말로 천하를 보전하는 방책이 된다는 것이지요. 거기까지는 공자의 말씀을 되풀이 한 것 같습니다.

맹자는 보국지책保國之策으로 '천리를 두려워함(畏天者 保其國)'을 꼽았습니다. 그리고 그것은 고작 궁여지책窮餘之策이라고 덧붙였습니다. 나라든 개인이든 대국(대인)이 될 때도 있고 소국(소인)이 될 때도 있는 법입니다. 소국(소인)이 될 때는 어쩔 수 없이 궁여지책을 찾아야 하는 경우에 놓이게 됩니다. 그러나 그것은 어디까지나 '궁여지책'일 뿐입니다. 맹자의 '천리를 두려워하라'는 말씀은 그렇게라도 해서 임금된 자로서 보국안민을 꾀하라는 말씀이지, 시도 때도 없이 늘 궁여지책을 도모하라는 말씀은

---

1) 성백효 역주, 『맹자집주』, 전통문화연구회, 2005 참조. 이하 『맹자』 인용은 모두 같음.

아닌 것입니다. 오히려 그 보국안민輔國安民을 '궁여지책'이라 하여 그 말씀의 배후에 또 다른 의미가 있음을 암시합니다. 그것까지 고려해서 본다면, 이 대목에서의 맹자의 말씀은 '인仁에 의義를 더한 것'임이 드러납니다. 인생의 목표는 기껏 내 울타리 안의 것을 지키는 것에 머물러서는 안 된다는 말씀으로 이해됩니다. 최선의 공격이 최고의 수비라는 말씀 같기도 합니다. 기왕에 천지의 신명을 받아 하나뿐인 생명으로 태어난 이상, 천리를 즐기며 천하를 내 것으로 여기는, '인仁하게 사는 일'을 실천하시라 하시면서도 '지키기에 급급하는 것'은 고작 궁여지책이라고 말씀하십니다. 산전수전, 모두 겪으며 살아보니 그 말씀이 맞는 것 같습니다. 고작 수비수로만 살다갈 이유도 없습니다. 때론 자책골도 나오겠지만 멋들어지게 공격수로 한번 살아보는 것도 그리 나쁘지는 않을 것 같습니다. 그게 의義라는 생각도 듭니다. 후생가외後生可畏, 공자님 말씀도 좋지만, 맹자님 말씀 역시 오늘을 사는 우리에게는 감로수와 같은 지혜를 선사합니다.

# 군자는 아들을 가르치지 않는다

: 부자유친

'부자유친父子有親'만큼 문제적인 것이 또 있을까요? 혈육 간의 문제로나 제도적, 이념적 차원의 문제로나 '부자유친'의 문제만큼 미묘하고 어려운 것도 없을 것입니다. 동서양의 역사나 신화를 살펴보면 늘 아버지와 아들이 문젭니다. 어머니와 딸, 아버지와 딸, 어머니와 아들 사이에는 대체로 큰 갈등이 없습니다. 그들 사이에는 물려주는 자와 물려받는 자 사이의 애증 병존이 없습니다. 물려주는 것과 물려받는 것은 언제나 아귀가 맞지 않습니다. 순順하기만 할 수도, 역逆을 꾀하기만 할 수도 없는 것이 '물려주고 물려받는' 문제입니다. 역사적으로 보면 최고 권력을 둘러싼 부자간 골육상쟁의 예가 많이 나타납니다. 대체로 아비의 승률이 높습니다. 우리나라에서는 호동왕자·소현세자·사도세자 등의 '물려받지 못하고 제거되는 아들'들이 유명합니다(죽음에 비견될 정도의 핍박까지 친다면 몇 경우가 더 있겠습니다). 최고권력, 현존하는 왕권과 관련된 부자갈등이기에 아들이 아버지를 타도한 경우는 쉽게 찾을 수 없습니다. 권력관계가 아니더라도 프로이트가 말한 '부친살해 욕구'는 어쩔 수 없이 상징적이고 문화적인 궤도를 찾아서 분출될 수밖에 없는 것 같습니다.

어쨌든, '부자유친'은 인류의 영원한 숙제입니다. 그것이 잘되면 평화가 있고 그것이 잘못 되면 불화가 찾아듭니다. 여러 사람이 그 부자갈등에 연루되어 불행해 집니다. 모르고 지나친 것 중에는 현재의 불행이 부자유친의 결핍에 따른 결과일 경우도 허다합니다. 우리 소설계에서 '부자유친'의 주제를 이문열만큼 잘 다룬 작가는 없습니다. 그의 『시인』이라는 작품을 중심으로, 『맹자』에 기재된 '부자유친' 관련 문장들의 의미를 한번 살펴볼까 합니다. '부자유친'은 여전히, 싫든 좋든 우리 시대의 화두가 되고 있습니다.

이문열 소설 『시인』의 주인공은 김삿갓이라는 별명으로 더욱 잘 알려진 조선조 후기 철종哲宗 때의 방랑 시인 김병연(1807~1865)입니다. 이 소설에서 작가는 김병연이라는 한 문제적 인간의 삶의 궤적을 추적합니다. 아들의 시선을 통해 아버지의 삶의 현재적 의미를 탐구합니다. '가족을 떠나서 사라져 버린 아버지'에 대한 '버려진 아들'의 기록이라는 측면에서 본다면 이문열 소설 『시인』은 '아비 잃은 자식'의 사부곡思父曲이라 할 만한 글입니다. 사회적 인간으로서의 아버지가 겪는 고통과 좌절, 그리고 시인으로서의 삶을 유지하기 위해서 그가 지키고자 하는 역사적, 문화적 시대인식에 대한 문학적 탐구보다는 작가 자신이 겪고 있는 '부자유친 강박'을 해소하고 승화시킬 수 있는 대유代喩적 소재를 발굴하려는 자전적 글쓰기의 의도가 승勝한 글이라 할 것입니다.

이문열 자신도 『시인』의 창작 동기에 대하여 언급하면서 『영웅시대』의 출간과 관계된 시비 때문에 이 작품을 집필하게 되었다고 밝힌 적이 있다. 이 점과 관련하여 그는 〈지나친 단순화의 위험은 있지만 『영웅시대』는 본질적으로 아버지에 대한 부인(否認)이라는 의미를 띠는데, 일반적으로 믿어지는 바로는 김삿갓을 방랑으로 내몬 최초의 동기가 또한 그와 유사한 데가 있다.〉고 말한다. 그의 말 가운데서 〈그와 유사한 데가 있다〉는 표현에 주목할 필요가 있다. 이동영 때문에 그의 자식들이 겪는 고통이 할아버지 김익순 때문에 그의 손자가 겪는 고통과 본질적으로는 크게 다르지 않다는 것이다. 『영웅시대』나 『시인』은 한결 같이 선조가 저지른 원죄 때문에 고통 받는 후손들의 이야기를 다루고 있다. 이 두 주인공들은 〈아버지 콤플렉스〉라고 흔히 일컫는 현상에 큰 영향을 받고 있으며, 그들의 삶의 궤적은 (할)아버지의 이데올로기를 부인하는 형태로 나타난다. 그리고 그들은 모두 여러 가지 역경을 견디고 마침내 예술가로서 성장하는 것이다.

▶▶▶김욱동, 『이문열 연구』참조

인용문에서는 '아버지로 인한 여러 가지 고통'이 마치 예술가로 성장하는 하나의 관건(필수과정)인 것처럼 서술되고 있습니다. 그러나 『시인』은 이문열 소설의 '부자유친 모티프'가 하나의 미학적 완결성을 지향하고 있음으로 해서 '아버지에 대한 부인'과는 거리가 먼 이야기를 펼쳐냅니다. 사실史實 인식에 있어서의 각성을 동반한 변증법적 지양이 일어나고(관서 지방에서는 홍경래의 난이 '새로운 평등세계'를 이루려 했던 거룩한 일로 치부되고 있었다는 것과 조부 김익순이 그러한 '거룩한 일'에 자발적으로 동참하였던 선각으로 숭앙되고 있었다는 것을 김병연이 확인하는 부분을 작가는 비중 있게 기술하고 있다) 화자話者의 교체를 통해 텍스트 무의식 차원에서 아들 쪽에서의 사친事親과 수신修身, 수신守身이 강조되면서 자연스럽게 '아버지에 대한 긍정'이 이루어지고 있습니다. 텍스트 무의식적 차원에서 이루어진다는 것을 전제로, 김병연이 김익순의 손자(가짜 아들)로서 '아버지를 부정하고 또 긍정하고 또 부정'한다는 표층적 서사구조가 김익균이 김병연의 아들로서 '아버지를 조건 없이 긍정'하는 것과 심리 경제상 동일한 의미를 지닌다는 것을 아는 것은 그리 어려운 일이 아닙니다(서로 다른 행위나 사건이면서도 심리 경제상 동일한 의미를 지닌다는 것은, 작가의 무의식이 의식의 검열을 피해 민감한 사안에 대해서 일정한 왜곡을 행한다는 뜻이다. 마치 「빨간 모자」에서 어린 주인공이 오이디푸스적 방법으로 '어머니를 해치우는 일'을 '늑대가 할머니를 미리 잡아먹고 침대에서 자신을 기다리는 일'로 바꾸어 진술하는 것처럼 익균이 마지막에 아버지를 긍정한다는 소설의 결구는 병연이 할아버지를 긍정했다는 의미를 '검열을 피해' 진술하고 있는 것으로 간주한다는 것이다. 이러한 해석이 가능한 것은 관서지방의 바닥 민심에 대한 작가의 진술이 시종여일 텍스트 무의식의 주류를 이루고 있기 때문이다). 『시인』이라는 소설텍스트의 복화술腹話術은 언제까지나 부자유친을 맴돌 뿐이라는 것을 다음의 인용문들이 증명합니다.

거기다가 그가 김익순의 손자란 것도 관서지방의 하층민들에게 호감이 드는 일이었다. 앞서 보았듯 그들에게 홍경래는 아직도 가슴 깊이에서나마 연민의 대상은 되었고, 그 연민은 할아버지 김익순을 거쳐 그에게도 번졌다.

다수의 갈채가 주는 도취는 대단했다. 그전까지만 해도 함경도 토호들의 사랑방에나 겨우 알려졌던 그의 이름은 단 두 해 만에 평안도의 모든 저자거리며 산골짜기까지 알려졌다. 그는 이제 전처럼 먼저 자신의 재주부터 내보이고 숙식을 구걸해야 할 필요가 없어졌다. 사람들은 그의 삿갓만 보면 반갑게 맞아들이고 나물죽 흐린 술이라도 있는 대로 나눠 주었다. 그러나 그들이 주는 도취는 그전의 기름진 음식과 맑은 술에 비할 바 아니었다.

▶▶▶『세계의 문학』 58호, 1990년 겨울, 384~385쪽

　김삿갓이 하나의 '(문화)권력'으로 자리 잡는 과정을 세밀하게 그려나가는 작가는 그(김삿갓)가 할아버지의 후광과 자신의 재능으로 현세의 권력도 어쩌지 못하는 무소불위의 존재로 나아갔다고 적고 있습니다. 부자유친 강박이 더 이상 자신을 옭아맬 수 없는 경지에 김삿갓이 도달하였음을 보고하는 것입니다. 그러므로 그 뒤에 이어지는 '노진'의 공격은 텍스트 의미연관상 큰 의미가 없는 것이라고 할 수 있습니다('노진'과의 만남과 관계된 일화는 김병연이 자신의 행로를 크게 수정하는 계기로 텍스트 안에서 2회 등장한다. 표면적으로는 '노진'에 의해 촉발된 계기에 따라 김병연의 행로가 변화되므로 매우 중요한 삽화인 듯하나, 『시인』 텍스트가 작가의 노련한 '서술과 반反서술'의 서술 기법에 의해 작성된 서사체라는 입장에서 보면, 그것은 아무런 의미가 없는, 이야기를 진행시키기 위한 일종의 '이야기 진행을 돕는 이야기'에 불과하다는 것을 알 수 있다). 그는 김병연을 세상 밖으로 내모는 현세의 권력—대중의 오해와 편견, 가진 자들의 아집과 독점욕—을 대유하는 '이야기 진행을 돕는' 등장인물에 불과하기 때문입니다. 보다 중요한 것은 그러한 사실史實 재인식에 앞서, 화자를 공적公的 화자에서 사적私的 화자로 교체하는 작가의 서술 기법이 지닌 의미입니다(공적 화자(전지적 시점)에서 사적 화자(1인칭 주인공 서술시점)로의 전환은 흔히 관념 편향적 창작

태도를 지닌 작가들이 즐겨 쓰는 서술 기법이다. 작가가 자신의 가치관을 주인공의 발화를 통해 보다 설득적으로 제시하기 위한 방편으로 사용된다. 작가 최인훈이 『광장』과 『구운몽』 등에 도입하여 성공적으로 사용한 예가 있다[1]). 중요한 것은 익균의 태도와 행동이 보고되는 '시점 상의 문제'라는 것입니다.

그런데 그날 아버지가 무언가를 웅얼거릴 때는 달랐다. 이미 그 며칠 여러 가지로 놀라운 경험을 한 터라 그 웅얼거림에도 무언가 예사롭지 않은 뜻이 있을 것 같았다. 익균은 난생 처음으로 아버지에게 시를 물었다.

「저기 저 꽃이 아름답다고 했다」

아버지가 애매한 표정으로 길가의 바위벽을 가리켰다. 아버지가 손가락질 할 때는 틀림없이 벌건 바위벽이었는데 ─ 놀랍게도 그 바위벽을 쪼개고 한 줄기 눈부신 자색(紫色)의 천남성(天南星) 꽃이 피어오르는 게 아닌가. 그뿐만이 아니었다. 아버지의 웅얼거림이 갖는 신비를 밝혀 보기 위해 익균은 그 웅얼거림 소리를 들을 때마다 거기 대해 물어보았는데 매번 앞서와 비슷한 경험을 해야 했다.

「저 구름이 참 유유하구나」

하는 풀이를 듣고 아버지의 손가락끝을 올려보면 그때껏 무덤덤하던 하늘 한곳에서 전에는 한 번도 본 적이 없는 잘생긴 구름이

---

1) 서은선, 『최인훈 소설의 서사 형식 연구』, 국학자료원, 2003, 186~190쪽 참조.

불려나와 유유하게 흘러갔고,

「저 잉어가 참 한가롭다 했다」

하는 소리를 듣고 물을 보면 조금 전까지도 아무것도 안 보이던 강가에 아버지의 손가락에 이끌려 온 듯한 잉어 몇 마리가 한가롭게 노닐고 있는 것이었다. 아버지가 새를 읊으면 새 중에서도 가장 고운 새가 어디선가 날아와 지저귀고, 바람을 읊으면 바람 중에도 가장 시원한 바람이 불어와 그들 부자(父子)의 땀을 씻어주었다.

▶▶▶위의 책, 397쪽

익균이 보는 아버지의 모습은 병연이 젊은 시절 금강산에서 취옹에게서 느끼던 바로 그 물아일체의 경지입니다. 작가는 '부자유친의 윤리'가 한갓 논리에 얽매이지 않는 차원이라는 것을 강조하기 위해서 과장된 어조로 아버지에 대한 절대적인 긍정을 보여주는 익균의 행색을 묘사하고 있습니다. 일종의 데우스 엑스 마키나deus ex machina(억지스러운 결말)로 이해되는 부분이기도 합니다만, '부자간에는 선으로 책하지 않는 것이니, 선으로 책하면 정이 떨어지게 된다(父子之間은 不責善이니 責善則離하나니 離則不祥이 莫大焉이니라:『맹자』)'라는 말을 연상케 하면서 자연스럽게 부자유친의 절대성을 느낄 수 있도록 독려하는 대목이라 할 수 있을 것입니다. 거기에 덧붙여 또 한 번의 화자 교체가 이루어집니다. 작가는 익균의 시점에서 김삿갓을 시종일관 아버지로 호칭하다가 마지막에 가서는 '그들 부자'라는 말을 통해 공적 화자인 객관적 관찰

자의 입장으로 다시 돌아갑니다. '아버지'가 익균에게는 김병연이겠지만, 작가 이문열에게는 작가의 아버지가 될 수도 있다는 것을 환기하는 부분이기도 합니다(익균의 시점에서 '아버지-시인 김삿갓'을 묘사하는 부분은, 초점화focalizations 중에서 내적 초점화의 서술 기법으로 말할 수 있는 것인데, 전체적인 서술 맥락에서 볼 때는 변조alterations에 속한다. 코드의 일시적인 배반으로 볼 수 있는 변조는 '원칙상 인정된 것보다 더 많은 양의 정보를 주기 위해' 작가들이 흔히 사용하는 서술 기법이다[2]).

작가 이문열은 가족을 버리고 월북한 아버지로 인한, 체제에 의해 강요된, '긴장된 삶의 연속' 안에서 살아올 수밖에 없었습니다. 생존 그 자체를 문제삼는 비정하고 혹독한 세월을 견디며 작가는 수많은 존재론적 물음 앞에 서 있는 자신을 발견하지 않을 수 없었을 것입니다. 그러한 그에게 부자유친父子有親은 그 자체로 하나의 '스핑크스의 물음'이 아닐 수 없었던 것입니다(스핑크스가 오이디푸스에게 낸 문제는 '아침에는 네 발로, 낮에는 두 발로, 밤에는 세 발로 걷는 것은 무엇인가'였다. 오이디푸스는 '사람'이라고 정답을 대고 스핑크스를 퇴치한다. 그 수수께끼는 결국 인간이라는 존재는 표현됨으로써 그 존재성을 획득한다는 내포를 지닌다. 동시에 오이디푸스 그 자신에 대한 설명이 되는 것이기도 하다). 그는 그 물음에 대한 해답, 혹은 세상에 대한 저항으로 자신의 글쓰기를 영위해 왔다고도 볼 수 있습니다. 그리고 『시인』을 마지막 장으로, 그 길고 길었

---

2) 제라르 즈네뜨, 권택영 옮김, 『서사담론』, 교보문고, 1992, 177~178쪽 참조

던 '투쟁과 저항의 미로 일기'의 종지부를 찍기에 이르렀다고도 볼 수 있겠습니다. 그 마지막 장의 주제가 다름 아닌 '아버지는 위대했다(거의 신적인 존재였다)'였다는 것이 그런 추리를 가능하게 합니다.

『시인』이후의 이문열 소설이 소설적 긴장을 잃고 속화俗化된 교술적 문장으로 전화轉化하는 경향을 보이는 것은 스스로 권력이 되어 더 이상의 '세속적 삶의 긴장'이 필요치 않은 삶을 누리게 되었다는 것을 뜻하는 것입니다. 그런 의미에서 『시인』은 그 자신이 '정치권력도 어쩌지 못할 문화권력'임을 선언하는 성명서일 수도 있겠습니다. 문득 『맹자』의 한 구절이 생각납니다. 부자유친이 오륜의 필두를 차지하며 문적에 처음 등장하는 것은 『맹자孟子』(등문공滕文公장구)에서입니다. 맹자는 요임금이 설偰로 하여금 백성들에게 인륜으로 부자유친, 군신유의, 부부유별, 장유유서, 붕우유신을 가르치도록 했다고 말했습니다. 그 뒤, '이루離婁장구상'에서 맹자는 '군자가 아들을 가르치지 않는 이유가 무엇이냐'는 공손추의 물음에 다음과 같이 답합니다.

　공손추가 말하였다. 군자가 (직접) 아들을 가르치지 않음은 어째서입니까?(公孫丑曰 君子之不敎子 何也)
　맹자께서 말씀하셨다. "세가 행해지지 않기 때문이다. 가르치는 자는 반드시 올바른 길로써 가르쳐 행해지지 않으면 노함이 뒤따르고 노함이 뒤따르면 도리어 자식의 마음을 상하게 된다. 자식이 생각하기를 아버지께서 나를 바른 길로써 가르치시지만 아버지도 행실이 바른 길에서 나오지 못하신다고 한다면 이는 부자간에 서로 의를 상하는 것이니, 부자간에 서로 상함은 나쁜 것이다. (孟子日 勢 不行也니라 教子는 必以正이니 以正不行이어든 繼之以怒하고 繼之以 怒면 則反夷矣니 夫子教我以正하시되 夫子도 未出於正也 則是父子相 夷也니 父子相夷면 則惡矣니라)

옛날에는 아들을 서로 바꾸어 가르쳤다(古者에 易子而敎之하니라).

부자간에는 선으로 책하지 않는 것이니, 선으로 책하면 정이 떨어지게 된다. 정이 떨어지면 불상(나쁨)함이 이보다 더 큼이 없는 것이다. (父子之間은 不責善이니 責善則離하나니 離則不祥이 莫大焉이니라)

군자가 직접 아들을 가르치지 않고 서로 아들을 바꾸어 가르 쳤다는 것은 결국 '부자유친'을 위한 것이었다는 말입니다. '부 자간에는 선으로 책하지 않는 것이니, 선으로 책하면 정이 떨어 지게 되고, 정이 떨어지면 불상(나쁨)함이 이보다 더 큼이 없다' 는 말씀이었습니다. 그 말씀에는 당연히, 세상의 아들들도 아버 지를 선善으로 책하지 않아야 한다는 교훈이 내재되어 있습니 다. 세상살이에서 '부자유친'만큼 중대한 것이 없기 때문이지요. 물론, 그 역도 성립합니다. 아버지라 해서 덮어놓고 선善으로 치 부해서는 안 된다는 말씀도 당연히 내포되어 있습니다. 아들을 서로 바꾸어 가르친 것은, 제 아비를 객관적인 잣대로 평가는 하되 정을 놓치는 말라는 뜻이지 무조건 제 아비를 두둔하라는 말이 아닙니다. 제 자식을 손수 가르치다 보면 그 둘을 다 놓칠 수도 있었기에 '옛날에는 아들을 서로 바꾸어 가르쳤'던 것입니다. 제대로 아비 밑에서 배운 자식들은 그 속뜻을 압니다. 그러나 아비 없이 제 멋대로 큰 자식들은 그 속뜻을 모릅니다. 몸으로 부대끼며 쌓아온 그 애증병존의 부자유친을 모릅니다. 오직 관념만 승할 뿐입니다. 『시인』에서처럼, 없는 아비를 절대화하기에 바쁩니다. 그래서 언제나 문제인 것은 '(이념적이든 실존적이든, 죽거나 처자식을 버리고 떠난 아비를 그리는) 아비 없는 자식들'입니다.

# 내가 사랑하여도

: 애인불친

1. 살다보면 여러 사람을 만나게 됩니다. 흔하지는 않지만, 아무리 정情을 주어도 돌아오는 것이 없는 이들도 가끔씩 만납니다. 그런 사람을 만나면, 마음 편하게, '좀 다르다(틀리다)'라고 생각하고 마는 게 상례입니다. 크게 상처받기 전에 적당한 선에서 관계 조절을 해 둘 필요가 있다는 생각을 하게 됩니다. 세간에서는 그런 사람을 보통 영어로 '어브노말abnormal'하다고 지칭하기도 합니다. 무시하고 살자고 하지만 때로는 마음대로 되지 않을 때도 있습니다. 그런 이들은 마치 '뻘'과 같아서, 선의善意를 가지고 정情 주는 이의 진기를 단물만 쏙 빼먹는 식으로, 방향을

잃게 하면서 완전히 소진시키고 맙니다.

그런데 재미있는 건, 그들 '삘'스러운 이들은 스스로를 아주 '건강한 상식인'으로 여기고 있다는 겁니다. 열이면 열 모두 그렇게 자평自評(자뻑?)하고 살고 있습니다. 모자라지도 않고 넘치지도 않는, 쓸데없는 욕심을 내지 않는, 아주 '노말normal'한 사람으로 스스로를 평가한다는 것입니다. 그래서 그들은 혹시 있을지도 모르는 주변의 홀대나 박대(?)를 '모자라거나 넘치는 자들'의 망녕된 행동으로 치부하고 맙니다. 모르겠습니다. 그렇게 자기중심적으로 소외의 위기를 극복하는지도 모르겠습니다. 사람은 본디 제 앞가림을 잘 해야 하는 것인데, 분수를 모르고 천방지축으로 날뛰는 것들의 행동이나 처신에 '건강한 상식인'으로서 하등 신경 쓸 이유가 없다는 겁니다. 저 같은 '분수를 모르고 날뛰는 자들'의 입장에서 본다면 그들이야말로 후흑厚黑(낯 두꺼움과 검은 속)의 한 극치가 될지도 모르는 일이나 스스로 생각하기에는 자기들과 같은 치들이야말로 '건전한 상식인'이요 자신들의 삶이야말로 어디까지나 '정상의 삶'에 속하는 일인 것입니다(그렇게 굳게 믿고 있었습니다).

그런 치들이 공맹孔孟의 시절이라고 해서 없었겠습니까? '삘'을 앞에 두고 어떻게 행동해야 하는지 『맹자』에 소상히 기록되어 있습니다.

맹자께서 말씀하셨다. "사람(남)을 사랑해도 친해지지 않거든 그

인(仁)을 돌이켜보고, 사람을 다스려도 다스려지지 않거든 그 지(智)를 돌이켜보고, 사람에게 예(禮)를 해도 답례하지 않거든 그 경(敬)을 돌이켜보아야 한다(孟子曰 愛人不親 反其仁 治人不治 反其智 禮人不答 反其敬). 행하고도 얻지 못함이 있거든 모두 자신에게 돌이켜 찾아야 하니, 자신이 바루어지면 천하가 돌아오는 것이다(行有不得者 皆反求諸己 其身正而天下歸之). 〈시경〉에 이르기를 '길이 천명(天命)에 배합하기를 생각함이 스스로 많은 복을 구하는 길이다' 하였다(詩云 永言配命 自求多福)."

▶▶▶『맹자』「이루장구상」


맹자님도 아마 주변의 '뻘'들에게서 상처깨나 받으셨던 모양입니다. 조목조목 '뻘'의 속성들을 꿰고 계십니다. 친해지지 않고, 다스려지지 않고, 답례하지 않는 그들의 속성을 일일이 열거합니다. 그러나 그들을 탓하지 않습니다. '뻘'을 탓하는 것은 스스로 '뻘'과 같은 인간으로 내려가는 것이니 수신에 힘쓰면서 항상 천명天命이 어디에 있는지를 생각하라고 가르칩니다. 바로 앞에서, 인仁하기를 힘쓰면 우리 같은 사서인士庶人들은 사지四肢, 四體를 온전히 보전할 수 있고, 잘난 경대부卿大夫들은 종묘宗廟를 보전할 수 있고, 나라를 다스릴 천자제후天子諸侯들은 사해四海와 사직社稷을 보전할 수 있다고 가르친 뒤에 하시는 말씀입니다. 그 말씀이 맞는 것 같습니다. 내 안엔들 '뻘'이 없겠습니까? 제 눈에 '뻘'이 보이는 것도 결국은 수신修身이 부족한 탓입니다. 부처 눈에는 부처가, '뻘' 눈에는 '뻘'이 보일 뿐입니다. 그런 눈알부터 확 빼내 버려야(너무 과했나?) 복福이 내리지 싶습니다. 내릴 복이 뭔지는 잘 모르겠습니다만.

2. 살다 보면 여러 사람을 만납니다. 젊어서 이런 저런 직장 상사를 모셔 봤습니다. 직장을 서너 군데 옮겨서 근무했기에 각 직장에서의 경험이 곧잘 비교가 되곤 합니다. 한 직장 상사는 제가 다른 직장으로 옮길 때(자의가 아니라 어쩔 수 없이 옮겨야 했습니다) '대화가 되는 사람이다'라는 추천사 아닌 추천사를 보내주어(어떤 사람이냐고 묻는 새 직장 상사에게 그렇게 말했답니다) 평생 고마운 마음을 가지게 하였습니다. 또 한 분은 '실수할 사람은 아니다'라고 말씀해 주셨답니다. 그 결과로 제가 '차선次善의 선택'으로 선택이 되어 새 직장에 취직이 될 수 있었습니다. 물론 좋은 일만 있었던 것은 아닙니다. 제가 늘 '대화가 되고, 실수가 없는 사람'이었던 것은 아닌 것 같습니다. 같은 직장에서였지만 또 한 군데에서는 자신의 마음에 들지 않는다고 '사표를 써라'라는 강요도 받아본 적이 있습니다. 그래서 진짜 사표를 써서 가져갔더니 그 사실을 알고 다른 직장 동료 분들이 극구 말려서 겨우 수습이 된 적도 있었습니다. 또 한 군데에서는 보기에 점잖은 분이 아랫사람들의 불화를 교묘히 조장(조정?)하는 바람에 곤욕을 치른 적도 있습니다. 갈등관계를 부추기고 양쪽에 주는 정보를 서로 달리해서 드러내놓지 않고 양자 간

경쟁심을 유발시켜 어쩔 수 없이 본인의 눈치를 볼 수밖에 없는 분위기를 만들었습니다. 또 한 분의 직장 상사는 아랫사람 보기를 마치 '복날 잡아먹을 황구黃狗'처럼 대하는 바람에 밑에 있던 여러 사람이 피해를 본 적이 있습니다. 물론 위기가 왔을 때 제일 큰 피해를 본 사람은 본인 자신이었습니다. 그렇게 사람을 수단으로만 대하다가 정작 본인이 위기에 처했을 때 고립무원孤立無援, 아무도 나서서 도와줄 생각을 하지 않았습니다. 정쟁政爭에 휘말려 이전투구泥田鬪狗가 벌어졌을 때 원군 하나 없이 자멸하고 말았습니다. 천재일우千載一遇, 나중에 재기의 발판이 마련될 기회가 있었지만, 그때 역시 진정한 마음으로 상황에 임하지 못하고 사태를 그르치는 것을 두 손 놓고 볼 수밖에 없었습니다. 그런 인과응보의 현상을 곁에서 지켜보면서 안타까운 마음과 함께 인생만사 자업자득自業自得이라는 말의 의미를 비로소 실감할 수 있었습니다.

맹자님이 사시던 때에도 그런 부류의 사람이 꽤 있었던 모양입니다. 제선왕齊宣王의 경우라고 말하고 있기는 합니다만, 상하 관계가 있는 인간 사회에서는 어디서나 통용될 수 있는 내용인 듯하여 한번 옮겨보겠습니다.

맹자께서 제선왕에게 아뢰시기를 "군주가 신하 보기를 수족과 같이 하면 신하가 군주 보기를 복심(배와 심장)과 같이 여기고, 군주가 신하 보기를 개와 말처럼 하면 신하가 군주 보기를 국인(國人, 路人,

길 가는 사람)과 같이 여기고, 군주가 신하 보기를 토개(土芥, 흙과 풀)와 같이 하면 신하가 군주 보기를 원수와 같이 하는 것입니다."

(孟子告齊宣王曰 君之視臣 如手足 則臣視君 如腹心 君之視臣 如犬馬 則臣視君 如國人 君之視臣 如土芥 則臣視君 如寇讐)

▶▶▶『맹자』「이루장구하」

맹자님은 수족으로 대하는 은혜에는 복심이라는 의義로 보답하게 되는 것이 인지상정이라 하였습니다. 아랫사람을 그저 부리는 동물이나 한 번 밟고 지나가는 것(흙이나 풀)으로 여기는 이는 절대로 사람의 도움을 받을 수 없다는 말씀인 것입니다. 말은 쉬워 보이는데 막상 윗사람이 되어보면 쉽지 않을 듯도 합니다. 사람은 타고난 천성을 어찌할 수가 없는 것 같습니다. 특히 높은 자리에 오를수록 더 그런 것 같습니다. 제가 겪어본 윗사람들은 열이면 아홉, 여간해선 견마나 토개 이상으로 사람을 보지 않는 듯했습니다. 스스로도 그 자리에 오르는 동안 제대로 수족手足 대접을 받아본 적이 없다는 투였습니다(제가 사람 보는 눈이 없었을 수도 있겠습니다만). 제가 여태 놀았던 물(?)이 좀 그래서인가요? 아니면 본디 그러기가 어려운 일인지라 성현의 말씀으로 기록되어 지금껏 책 속에 남아있는 걸까요? 아무튼, 제게는 복심이 되고 싶어도 되기가 쉽지 않았던 세상이었던 것 같습니다. 나이가 들어 누구 밑에 들어갈 일이 없는 때가 되어서야 문득 그런 생각이 들어 때 아니게(본의 아니게?) 싱숭생숭, 마음을 심란케 합니다.

# 길러주는 낙

: 중야양부중

1. 사람이 사는 낙樂 중에 '길러주는 낙'이 있습니다. 세상의 부모 된 자들은 누구나 경험하는 일이기도 합니다. '가슴으로 낳는다' 하여 입양入養을 통해 그 '길러주는 낙'을 희생과 봉사의 차원에서 몸소 실천하시는 분들도 많습니다. 사람 사는 낙 중에는 아마 그것이 으뜸 아니면 버금일 겁니다. 불학무식 천학비재 不學無識 淺學卑材, 청맹과니로 세속을 뒹구는 제가 지금껏 해 본 것 중에서도 단연 그것이 으뜸입니다. 맹자님도 거기에 관해 한 말씀 남기신 게 있습니다. 군자나 현자의 도리로서 그것을 강조하고 계십니다.

맹자께서 말씀하셨다. 도(道)에 맞는 자가 도에 맞지 않는 자를 길러주며, 재주 있는 자가 재주 없는 자를 길러준다. 그러므로 사람들은 어진 부형(父兄)이 있는 것을 좋아하는 것이다. 만일 도에 맞는 자가 도에 맞지 않는 자를 버리며, 재주 있는 자가 재주 없는 자를 버린다면, 현자(賢者)와 불초(不肖)한 자의 거리는 그 사이가 한 치도 못 되는 것이다. (孟子曰中也養不中 才也養不才 人樂有賢父兄也 如中也棄不中也 才也棄不才 則賢不肖之相去 其間 不能以寸)

▶▶▶『맹자』「이루장구하」


주해註解를 보면 이렇습니다. "지나침過과 부족함不及이 없는 것을 '도에 맞다中'라고 하고, 족히 훌륭한 일을 할 수 있는 것을 '재주 있다才'라고 이른다. '길러준다養' 함은 함육涵育하고 훈도薫陶하여 스스로 변화하기를 기다림을 이른다." 앞선 자가 뒤쳐진 자를 이끌고 감화시켜야 한다는 말씀인 것 같은데, 중中과 재才, 그리고 양養이라는 표현이 아주 좋습니다. 사람살이의 이치를 그렇게 간략하면서도 심오하게 표현할 수 있다는 게 신통합니다. 안으로는 늘 중中하기를 도모하면서, 몸으로는 하나라도 재才를 이루기에 힘쓰고, 밖으로 후진들을 양養하기를 한시도 게을리 하지 말아야겠다는 다짐이 절로 들게 합니다.

제가 검도에 본격적으로 입문했을 때 앞서거니 뒤서거니 하면서 같이 운동을 시작한 친구들이 몇 명 있었습니다. 개중에는 태권도 사범, 축구선수 출신, 수영선수 출신, 권투선수 출신 등

전문 체육인들도 여럿 있었습니다. 모두 학교나 사회교육기관의 체육교사들이었습니다. 나이도 저보다는 몇 년씩 연하였고요. 20대 후반에서 30대 초반에 이르는 그야말로 연부역강年富力强한 친구들이었습니다. 그 사이에 끼어서, 내일이면 마흔인 백면서생白面書生의 처지로, 무거운 몸을 이끌고, 하루하루를 고군분투하지 않을 수 없었습니다. 그들은 저보다 몇 달씩 먼저 검도를 시작해서 제가 입문했을 때는 이미 호구까지 갖춰 입고 사범들과 피 튀기는(?) 대련도 해보이고 있었습니다. 초보자의 눈으로는 누가 사범인지 누가 수련생인지 구별이 잘 안 갈 지경이었습니다. 군웅이 할거하는 모습이었다고나 할까요? 나중에 호구를 입고 그들과 대련에 임했을 때도 당연히 얻어터지는 쪽은 언제나 저였습니다. 그런데 그렇게(혹은 조금씩 다르게) 몇 년이 지난 뒤에는 상황이 완전히 바뀌어져 있었습니다. 그렇게 펄펄 날뛰던(?) 그들은 온데간데없고, 저 혼자서 그들이 앉아있던 자리에 홀로 앉아서 후배들을 맞이하고 있었습니다. 굳이 제가 일망타진했다고 말씀드리지는 않겠습니다만, 어쨌든 그들은 초단, 2단 수준에서 머물다 더 이상의 진전을 보이지 못하고 뿔뿔이 자신들의 직업전선으로 되돌아갔습니다. 맹자님이 말씀하신 재才의 경지를 검도에서 보지 못하고 떠난 것입니다. 그들 중의 한 사람이(그는 우리가 참여한 사회교육기관의 검도 프로그램의 운영자이기도 했습니다) 그 무렵 제게 한 말이 여태 또렷하게 기억됩니다. 아마 제가 사범 면허를 받을 즈음의 일이었을 겁니다. "다른 사람은 다 되어도 양교수님은 안 될 줄 알았는데 결국은 양교수님 혼자서 (사범이) 되시는군요", 그렇게 말하며 저를 쳐다보던 그분의 선한(부러운?) 눈빛이 지금도 눈에 선합니다.

재주에는 타고나는 것도 있겠지만 부단히 닦아서 만드는 것도 있습니다. 도에 맞는 경지나 사람을 기르는 일도 마찬가지일 것이라 생각합니다. 그것들 역시 부단히 노력해서 얻을 수 있는 일이라 생각합니다. 비록 타고난 재주는 조금 미흡하지만, 그 노력하는 모습이 아름다울 때 비로소 중中과 양養에 더 부합할 때도 있을 것 같습니다. 오히려 그래야 '길러주는 낙'의 참뜻에 더 가까이 다가갈 수도 있겠다는 생각이 듭니다. 다른 건 몰라도, 그건 확실히 그런 것 같습니다. 제 경험칙으로 장담합니다.


2. 도제徒弟식 교육, 인지적 도제 수업이라는 말이 있습니다. 서당개 삼년이면 풍월을 읊는다고(적절한 비유가 맞나?), 근 20년 가까이 교사양성 기관인 교육대학에 몸담고 있다 보니 전공 외적인 그런 생뚱맞은(?) 교수-학습 이론들에도 본의 아니게 관심이 갑니다. 도제적 관계는 본디 스승과 제자의 1:1(혹은 1:小), 몸에서 몸으로 유전하는, 기술 전수관계를 전제로 하는 것인데 1:다多의 지식 전수(전이)를 목적으로 하는 학교 보통 교육(그것도 공교육)에서 그것을 운위한다는 게 무슨 귀신 씻나락 까먹는 소린가도 싶습니다. 학교 교육에서 도제식 교육 운운하는 것은, "길러준다養 함은 함육涵育하고 훈도薰陶하여 스스로 변화하기를

기다림을 이른다"는 옛 성현의 가르침을 굳이 상고하지 않더라도 우도할계牛刀割鷄, 날 선 것은 모두 다 칼이니 무엇을 썰더라도 하등의 다름이 없다는 식의, 선무당이 사람 잡는 격의, 전형적인 비교육적, 비전문적 사고라 할 것입니다.

임용 시험을 준비하는 학생들에게 물어보니 그게 이런 거랍니다. 인지적 도제 수업의 과정을 스스로의 공부에 대입해서 요약해 본다면 '모델링(시범)-코칭(과제 수행에 필요한 자료를 인터넷으로 조사)-스캐폴딩(비계설정)-명료화(문제 해결 과정을 블로그에 스스로 정리)-반성적 사고-탐색'이라는 겁니다. 이야기를 듣고 보니 마치 한방의학과 양방의학(응급의학?)의 차이점이 연상되기도 했습니다. '도제'라는 말의 함의와는 근본적인 사고의 지향 자체가 다르고 표현의 패러다임 역시 어불성설語不成說, 말이 되지 않습니다. 도제식 교육에서 가장 중요한 것은 '길 없는 길'을 걸어 성취하는 자득自得의 과정입니다. 스승은 도달한 지점만 보여줄 뿐 거기에 이르는 그 어떤 구체적이고 제한적인 모델링이나 코칭도 베풀지 않습니다. 이심전심以心傳心, '말 없는 말'로만 가르칩니다. 스승과 제자 사이에는 혼연일체가 된 함육과 훈도, 그리고 자득만 있을 뿐입니다. 그것을 구차하게(?) '스승의 역할'이 중시되는 교수법이라는 '말'로 표현해 낼 수 있다고 생각하는 것이야말로 전형적인 분절적, 이원론적 사고입니다. 그게 맞으려면 사람의 몸과 정신이 항상 분리-결합이 가능해야 합니다. 인간의 영혼에서도, 마치 길 안내를 맡고 있는 자동차의 내비게이 선처럼, 새로운 정보에 기반한 기계적인 업그레이드가 상시 가능해야 합니다. 한 가지는 분명한 것 같았습니다. 인지적 도제 수업 이론가들은 절대로 도제식 수업을 받아본 사람들은 아닐 거라는 겁니다. 더더군다나 스스로 깨쳐서 앎을 이룬 자들은 절대로 아닐 거라는 겁니다.

맹자께서 말씀하셨다. "군자가 깊이 나아가기를 도(道)로써 함은 그 자득(自得)하고자 해서이니, 자득하면 거(居)함에 편안하고, 거함에 편안하면 이용함이 깊고, 이용함이 깊으면 좌우에서 취하여 씀에 그 근원을 만나게 된다. 그러므로 군자는 자득하고자 하는 것이다." (孟子曰 君子深造之以道 欲其自得之也 自得之則居之安 居之安則資之深 資之深則取之左右 逢其原 故君子 欲其自得之也)

▶▶▶『맹자』「이루장구하」

주해註解를 보면 이렇습니다. 도道로써 깊이 나아간다 함은 '나아가기를 그치지 않는다'라는 뜻이랍니다. '길 없는 길'이라는 뜻입니다. 스승이 시범을 보여서 그 끝(완성)을 보여줄 수 있는 것이라면 공부하는 방법으로서의 '도道로써 한다'는 말은 애초에 없다는 것입니다. 스승은 오로지 사표師表로만 존재할 뿐입니다. 알고 모르는 것은 전적으로 배우는 자의 몫입니다. '군자가 깊이 나아가기를 힘쓰되 반드시 그 도道로써 하는 것은, 믿고 따르는(좇을) 바가 있어서(欲其有所持循), 묵묵히 알고 마음속으로 통달하여 자연히 자기 몸에 얻어지기를 기다리고자 해서이다'라는 말씀도 그래서 가능한 것일 겁니다.

　그러니까 도제식 교육(수업)의 요체는 '자득自得'인 셈입니다. 맹자님의 가르침은 '군자의 공부법'에 대한 말씀이지만, 그 도로써 방법을 삼으라는 '군자의 공부법'은 모든 위기지학爲己之學 즉, 남에게 보이기 위한 것爲人之學이 아닌, 사람됨成己에 힘쓰는 공부에는 이것저것 가릴 것 없이 두루 통하는 공부법이 아닐 수 없는 것입니다. 멀리 갈 것도 없이 제가 글쓰기나 검도를 배우면서 받은 도제식 수업이 결국은 그것이었습니다. '나아가기를 그치지 않는 것으로써 공부의 방법을 삼고, 하나를 알아도 그 근원에 닿아 좌우의 모든 것을 불러와도 자연스러울 경지를 추구하는 것', 그것이 결국은 도제식 수업의 방법이자 목표였던 것입니다. 물론, 지금 저의 모습이 제가 받은 그 '도제식 교육'의 결과를 보여주는 것이라면 저로서는 참담하기 그지없는 심정입니다. '믿고 따를 만한' 스승은 많았으되, '묵묵히 알고 마음속으로 통달한 것'은 전무全無한 실정이기 때문입니다. 그러나 '길 없는 길'이나마 그 길에서 종내 벗어나지 않고 꾸준하게 나아가다 보면 언젠가는 저 역시 누군가의 '믿고 따르는 바'가 될 것으로 여기고 있을 뿐입니다. 그 희망마저 없다면 제 인생이 너무 허랑될 것 같기 때문입니다.

**사족 한 마디,** 인용한 맹자님의 말씀 다음 구절 역시 마음에 깊이

와 닿습니다. '맹자께서 말씀하셨다. "널리 배우고 상세히 말함은 장차 돌이켜서 요약함을 말하고자 해서이다."(孟子曰 博學而詳說之 將以反說約也)'라는 말씀입니다. 주해를 보니, 널리 배우고 상세히 말하는 까닭은 지식을 자랑하고 그 화려함을 다투려는 게 아니라, 융회融會하고 관통貫通하여 돌이켜서 지극한 요점을 말하기反說約 위해서라는 설명입니다. 외람된 말씀인 줄은 알지만, 늘 힘에 부치지만 그만둘 수 없는, 저의 매일의 과업, 페이스북에서의 글쓰기에 대한 작은 위로가 되는 말씀이 아닐 수 없었습니다.

# 내가 만든 재앙은

## : 자작얼 불가활

앞에서, "제 눈에 '뻘'이 보이는 것도 결국은 수신修身이 부족한 탓입니다. 그런 눈알부터 확 빼내 버려야 복福이 내리지 싶습니다. 내릴 복이 뭔지는 잘 모르겠습니다만."이라고 성현의 말씀에 때 아닌(분수 모르는?) 심통질을 부린 적이 있습니다. '모두 다 자기 탓으로 돌려라'라고 가르치는 천편일률적인 인仁 본위적 수신修身 철학이 때로는 사람의 가슴을 답답하게 만들 때도 있다는 말씀을 그렇게 과격하게 표현한 것이었습니다.

그렇지만, 맹자님은 공자님의 인仁에 의義를 더하신 분이었기 때문에 그렇게 '답답하기만 한' 분은 아닙니다. 내칠 놈은 과감하게 내쳐서(페이스북에서 차단?) 후환을 없애라는 말씀도 곧잘 하십니다.

맹자께서 말씀하셨다. "불인(不仁)한 자와 더불어 말할 수 있겠는가. 위태로움을 편안히 여기고, 재앙을 이롭게 여겨, 망하게 되는 것을 좋아한다. 불인(不仁)하면서도 더불어 말할 수 있다면 어찌 나라를 망하게 하고 집안을 패하게 하는 일이 있겠는가." (孟子曰 不仁者 可與言哉 安其危而利其災 樂其所以亡者 不仁而可與言 則可亡國敗家之有)

▶▶▶『맹자』「이루장구상」

조직생활을 하다 보면, 반드시 불인不仁한 자를 만나게 되어 있습니다. 어느 조직에서든 트러블 메이커는 있기 마련입니다(어쩌다 큰놈이 가면 반드시 작은놈이 또 크게 발호합니다). 대소강약大小強弱은 있지만, 그들은 '위태로움을 편안히 여겨安其危' 항상 자기 주변에서 위기 국면을 조장합니다. 무사태평無事泰平을 그들은 견디지 못합니다. 죽기보다도 싫어합니다. 사람들이 희희낙락하는 것을 두고 보지 못합니다. 불화의 씨앗을 어디에서든 찾아냅니다. 그런 면에서 그들은 '주제의 발굴'에 탁월한 재능을 발휘하는 자들입니다. 그들과 함께 이야기를 나누다 보면 어느새 그들의 불평불만不平不滿에 동조하고 있는 자신을 발견하게 됩니다. 그렇게 그들과 함께 '말을 섞다 보면(可與言)' 조직을 불화不和의 구덩이 속으로 밀어 넣게 됩니다. 멋모르고 그들과 어울려 그

짓을 즐기다 보면 결국 공도동망共倒同亡하게 됩니다.

맹자님은 그런 자들까지 싸고돌지는 않습니다. 그냥 버리라고 말씀합니다. 절대 어울리지 말라고 당부하십니다. 그들은 망하게 되어 있으니 상종하지 말라고 가르칩니다. 그 또한 모두가 그들 불인不仁한 자들의 자업자득이니 동정하지 말라고 타이르십니다. 스스로 망하기를 자청한 자들에게는 어차피 몽둥이가 약이라고 강조하십니다.

"유자(孺子, 童子)가 노래하기를 '창랑의 물이 맑거든 나의 (소중한) 갓끈을 빨 것이요, 창랑의 물이 흐리거든 나의 (더러운) 발을 씻겠다(滄浪之水淸兮 可以濯我纓 滄浪之水濁兮 可以濯我足)' 하였다. 공자께서 말씀하시기를 '소자들아 저 노래를 들어보라. 〈물이 맑으면 갓끈을 빨고, 물이 흐리면 발을 씻는다〉 하니, 이는 물이 자취(自取)하는 것이다.' 하셨다. 사람은 반드시 스스로 업신여긴 뒤에 남이 그를 업신여기며, 집안은 반드시 스스로 패가(敗家)한 뒤에 남이 그를 패가하며, 나라는 반드시 스스로 공격한 뒤에 남이 공격하는 것이다(夫人必自侮然後 人侮之 家必自毁以後 人毁之 國必自伐以後 人伐之). 〈태갑(太甲, 서경 태갑편)〉에 이르기를 '하늘이 만든 재앙은 오히려 피할 수 있거니와, 스스로 만든 재앙은 (피하여) 살 수 없다(天作孼 猶可違 自作孼 不可活).' 하였으니, 이것을 말한 것이다."

▶▶▶『맹자』「이루장구상」

'하늘이 만든 재앙天作孼은 오히려 피할 수 있지만 자기 스스로 만든 재앙自作孼은 피해서 살아갈 수가 없다'라는 말씀이 아주 인상적입니다. 제 경험으로도 그런 경우를 많이 보아 왔습니다. 앞으로도 몇 건 더 볼 것 같기도 합니다. 복도 스스로 짓는 것이지만 화禍 역시 스스로 짓는 것임이 분명합니다. 자초自招, 자취自取한 것을 누가 막을 수 있겠습니까?

사족 한 마디, 요즘은 시공의 개념에 큰 변화가 와서(싸이의 말춤이나 시건방춤이 전 세계적으로 확산되는 것을 보면 알 수 있지 않습니까?), '네 이웃이 곧 세계'인 세상이고 과거와 현재가 금방 하나 되는 세상이라 자작얼, 천작얼 가리지 않고 '하늘의 응징'이 속전속결로 이루어진다는 항간의 속설도 있습니다. 옛날에는 자손 대에 가서야 길흉화복으로 발發하던 일들도 요즘은 거의 당대當代에서 '쇼부勝負'가 난다는 말이 횡행하고 있습니다. 그런 말을 듣다 보니 그도 그런 것 같기도 합니다(이런 식의 사고는 일종의 편집증, 과대망상 증세로도 볼 수 있는 것이긴 하지만 어쩔 수 없습니다). 주변에 어떤 식으로든 과도한 스트레스를 안기던 위인들이 인생을 조기 졸업하는 경우를 최근 들어 자주 목격합니다. 그런 일이 너무 자주 일어나니 남일 같지가 않습니다. 반성이 많이 됩니다. 거슬러 줄 인생도 얼마 남은 게 없는데, 정말이지 자작얼을 자취하는 일만은 없어야 되겠습니다.

# 집나간 개를 찾아야

## : 방심

TV에서 '흰둥이'라는 개의 사연을 봤습니다. 주인을 잃고 사람들을 피해서(주인 없는 개에 대한 주민들의 학대가 있었다고 합니다) 산 속으로 들어가 살던 '흰둥이'는 방송국의 도움을 얻어 극적으로 주인 할머니와 해후를 합니다. 요양 병원에 계신 할머니와 흰둥이는 살아생전의 마지막이 될지도 모르는 재회의 기쁨을 나눕니다. 인적을 피해 4년 동안이나 매일같이 산속에서 숨어 지내며, 낮에는 산에서 내려와 아무도 없는 옛집을 지키던 '흰둥이'는 이제 더 이상 그런 수고를 하지 않아도 되게 되었습니다. 할머니의 큰따님이 데려다 키우기로 하셨답니다.

'흰둥이'는 아주 운이 좋은 케이스였습니다. 우리 주변에 '흰둥이' 말고도 주인을 잃고 길을 헤매는 개들은 이루 헤아릴 수 없을 정도로 많습니다. 개가 버려지거나 집을 나가는 일에는 반드시 인간의 불령不逞스러운 심사가 게재되어 있습니다. 싫증이 나서 미워지거나, 이유 없이 마음속에서 어떤 가학심리가 발동하거나, 세상 모든 것에 갑자기 흥미를 잃기 때문이거나 하기 때문입니다. 개들은 그런 인간의 변덕을 모르기 때문에 '이유 없는' 고통을 받습니다. 결국 개들은 인간을 악마로 보고 그와의 상종을 끝내 거부합니다. '흰둥이'도 영락없이 그런 마음을 내비쳤습니다. 할머니와 만나는 그 순간까지도 인간에 대한 불신을 완전히 털어내지 못하고 있었습니다. 어쨌거나 개가 집을 나가는 일은 없도록 해야겠습니다.

개나 닭이 집을 나가는 경우는 옛날부터 자주 있던 일입니다. 맹자가 그런 일을 가지고(비유적으로) 인간됨의 이치나 학인學人의 자세를 계몽한 말씀이 있어 소개합니다.

맹자께서 말씀하셨다. "인(仁)은 사람의 마음이요, 의(義)는 사람의 길이다. 그 길을 버리고 따르지 않으면, 그 마음을 잃어버리고 찾을 줄을 모르니, 애처롭다. 사람이 닭과 개가 도망가면 찾을 줄을 알되, 마음을 잃고서는 찾을 줄을 알지 못하니 학문하는 방법은 다른 것이 없다. 그 방심(放心, 마음을 다잡지 못하고 놓쳐 버림)을 찾는 것일 뿐이다."(孟子曰 仁人心也 義人路也 舍(捨)其路而不由 放其心

而不知求 哀哉 人有鷄犬放 則知求之 有放心而不知求 學問之道無他 求
其放心而已矣)

주자는 윗글의 주석에서 인仁은 마음의 덕德이라고 전제한 후,
'마음은 곡식의 씨와 같고 인仁은 그 나오는 성性이다'라고 정자程
子의 견해를 인용합니다. 맹자가 인仁을 두고서 인심人心이라 한
뜻이 거기에 있다는 겁니다. 의義는 '행사行事의 마땅함'이라 정의
합니다. 그것을 인로人路라 한 것은 '출입하고 왕래할 때에 반드
시 행해야 할 길'이기 때문이라고 설명합니다. 그것을 잠시라도
버려서는 안 된다는 것을 맹자가 강조했다는 겁니다.

맹자의 말씀 속에서는 공부하는 일이 집나간 닭이나 개를 찾
는 일에 비견되고 있습니다. 방심放心을 되찾아 오는 것이 학문
하는 목적이 되어야 한다는 것입니다. 한갓 가축을 찾는 일에는
그렇게 열중하면서도 공부를 한다는 자가 자신의 사람됨이 흐
트러지는 것에는 예사로 무심한 것을 나무라고 있습니다. 학문
을 하는 이는 의義를 행하는 일에 한 시도 게으름이 있어서는
안 되는데 그렇게 방심을 방치해서 되겠느냐는 겁니다. 우리는
맹자의 성선설性善說을 이 대목에서도 찾아 볼 수 있습니다. 인仁,
즉 마음의 덕德은 본디 우리 안에 내재하는 것이어서 잠시 그것
이 우리를 떠난다 하더라도 언제든지 (학문을 통해서) 그것을
되찾아올 수 있다는 믿음을 그 속에서 발견할 수 있다는 겁니다.

다만, 그 '마음의 덕'은 목줄 풀린 개와 같아서 주인이 주인 노릇을 제대로 하지 못하면 언제든지 집을 뛰쳐나가서 '흰둥이'와 같은 유기견遺棄犬이 된다는 것을 강조함으로써 '노력 없는 선성善性'은 아예 없다는 것을 가르치고 있습니다. 그 점에서는 성악설性惡說과의 차이점도 별로 없는 듯합니다. 가만히 있으면 인간은 어차피 방심放心, 제 길을 벗어난 유기견처럼, '개 같이' 살아가는 것이기 때문입니다(어제도 그런 경우를 봤습니다. 조근조근 이야기를 한번 해 보자는 사람을 두고는 혼자서 흥분해서 (개 짖는 시늉?) 으르렁거리다가 이쪽 이야기는 아예 듣지도 않고 그냥 자리를 뜨는 인사를 봤습니다. 아마 자기에게 그 정도의 힘은 있다고 생각하는 것 같았는데, 당하는 쪽에서는 여러 사람이 피해보는 일이고 법으로도 지금 당장은 해서는 안 될 일인데도 앞뒤 안 가리고 자기 불만과 주장만 늘어놓았습니다).

요즘처럼 주위에서 '유기견'을 많이 보는 때가 없습니다. 아마 경제 사정이 좀 어려워지는 탓도 있을 듯합니다. 여기저기서 들개로 적응(?)해가는 '집 나온 개'들을 많이 봅니다. 어쩌면 개들도 '길고양이'의 신세를 답습하게 될지도 모르겠습니다. 고양이는 집고양이보다 길고양이가 더 대세인 것 같습니다. '도둑고양이'라는 말이 없어지고 '길고양이'란 말이 새로 등장한 것만 보더라도 충분히 짐작할 수 있는 일입니다. 인생의 동반자로서 그 오랜 세월을 인간의 곁을 지켜온 개들에게는 '길개'라는 명칭이 주어지는 일은 생기지 않았으면 좋겠습니다. 집 나간 개들은 즉각즉각 찾아왔으면 좋겠습니다. 그러다 보면, 누가 알겠습니까,

저렇게 바글거리는 '인심의 유기견'들, 저 숱한 개 같은 방심放心들도 좀 수거가 될지.

# 아비를 꾸준히 교화시켜

: 대효

순舜임금과 그 아비 고수瞽瞍와의 일화는 아주 유명합니다. 아버지 고수는 아들의 재산을 취하려고 자신의 아들을 사지死地로 몰아넣는 비정한 아버지입니다. 아내를 잃은 눈 먼 고수('고수瞽瞍'라는 말은 소경을 뜻합니다)는 후처를 얻고 그 사이에서 아들을 또 낳습니다. 계모와 고수는 순을 제거해서 자신들의 아들에게 순이 가진 것들이 물려지기를 바랍니다. 창고를 고치라고 해서 지붕에 순이 올라가도록 만들고는 아래에서 불을 지르기도 하고, 우물을 손보라고 한 후 순이 내려간 사이에 우물을 봉封해 그를 생매장하려고도 합니다. 그때마다 요임금의 두 딸들이 그를 살려내지요. 요임금은 순을 자기 후계로 생각해서 미리 두 딸을 그에게 시집보낸 터였습니다. 비정하고 못된, 금수만도 못한 인간들이었지만, 순임금은 그런 어버이와 동생을 끝내 벌주지 않고 교화시킵니다. 그 교화教化가 천하가 그에게 순종하게 되는 계기가 됩니다. 그래서 순임금의 고사는 바람직한 군주에게 요구되는 덕치의 행위 모델이 됩니다. 순임금 이야기는 지금도 치자治者의 윤리를 이야기할 때 자주 회자膾炙되는 고사입니다.

맹자께서 말씀하셨다. "천하 사람들이 크게 좋아하면서 장차 자신에게 돌아오려 하였는데, 천하 사람들이 좋아하면서 자신에게 돌아옴을 보기를 초개(草芥)와 같이 여기신 것은 오직 순임금이 그러하셨다. 어버이에게 기쁨을 얻지 못하면 사람이 될 수 없고, 어버이를 (도(道)에) 순(順)하게 하지 못하면 자식이 될 수 없다고 여기셨다(孟子曰 天下大悅而將歸己 視天下悅而歸己 猶草芥也 惟舜爲然 不得乎親 不可以爲人 不順乎親 不可以爲子)."

▶▶▶『맹자』「이루장구상」

천하가 자신에게 돌아오는 것을 초개와 같이 여기고, 오직 어버이의 친애親愛와 (도에의) 순응順應을 중하게 여긴 순임금의 효행을 설명한 부분입니다. '사람이 된다'라는 것보다도 '자식이 된다'라는 것을 웃길에 두고 말씀하신 것이 특별히 인상적입니다. '자식 된 도리' 중에 어버이를 깨우쳐서 도道에 순한 삶을 영위케 하는 것도 있다는 걸 비로소 알게 하는 가르침이기도 합니다. 그것이 치자治者의 제일 덕목이라는 것은 어쩌면 당연한 귀결인지도 모르겠습니다. 그것이 바로 '대효大孝'라고 맹자님은 강조하십니다.

"순임금이 어버이 섬기는 도리를 다함에 고수가 기쁨을 이루었으니, 고수가 기쁨을 이룸에 천하가 교화되었으며, 고수가 기쁨을 이룸에 천하의 부자 간(父子間)이 된 자들이 안정되었으니, 이것을 일러 대효(大孝)라 하는 것이다(舜盡事親之道而瞽瞍底豫 瞽瞍底豫而天下化 瞽瞍底豫而天下之爲父子者定 此之謂大孝)."

▶ ▶ ▶ 『맹자』「이루장구상」

요임금이나 순임금과 같은 현명한 군주가 나기를 기대하는 것은 백성 된 자들의 공통된 바람일 것입니다. 그야말로 인지상정일 것입니다. 그러나 그런 군주가 하늘에서 툭하고 그냥 떨어지기를 바라는 것은 너무 무책임한(道에 順하지 못한?) 태도인 것 같습니다. 각기 집집마다, 순임금이 그랬던 것처럼, 눈 먼 아비들을 교화하는 일이 선행되어야 할 것 같습니다. 대효大孝가 꼭 순임금과 같은 '타고난 현인賢人'들만 하는 일이 아니라는 것도 알아야 할 것 같습니다. 요즘과 같은 민주사회에서는 국민이야 말로 순임금을 고르는 요임금이니까요.

화제를 바꾸겠습니다. 지금까지 순舜임금의 '대효大孝'에 대해서 말씀드렸습니다. 순임금이 못난 아버지를 벌하지 않고 감화시켜서 그 부자간이 만인의 본보기가 되게 한 것이 '대효大孝'였다고 맹자님은 말씀하셨습니다. 그 일을 『삼국사기』의 저자 김부식은 고구려 대무신왕과 그의 아들 호동왕자의 경우에 대입代入합니다. 호동이 순임금처럼 '대효'를 이루지 못하고, 자기 생각에 사로잡혀서, 그나마 작은 효도도 제대로 못한 채, 큰 불효를 저질렀다고 말합니다. '소절小節'에 사로잡혀 '대의大義'를 생각하지 못했다는 것이지요. 아비를 앞에 두고 먼저 세상을 버렸으니, 이는 자식 된 도리로서는 절대 범해서는 안 될 잘못이라는 겁니다(이런 사정을 잘 알고 있는 그 누군가가 자기네 학교 대입 논술시험에 그 취지를 원용했습니다). 그 전말은 다음과 같습니다.

[가]
여름 4월에 왕자(王子) 호동(好童)이 옥저(沃沮)에서 유람하고 있는데, 낙랑왕(樂浪王) 최리(崔理)가 길을 나섰다가 마주쳐서 물었다.
"그대의 얼굴을 보니 예사 사람이 아니오. 북국(北國) 신왕(神王)[1]의 아드님이시지요?"
그러고는 함께 돌아가서 자기 딸을 아내로 삼게 했다. 뒤에 호동이 귀국해서는 사람을 시켜 최리의 딸에게 몰래 전갈했다.
"만약 그대 나라의 무기고에 들어가서 고각(鼓角)을 부숴버리면

---

1) 북국(北國) 신왕(神王): 고구려 제3대 왕 대무신왕(大武神王)

내가 혼인의 예(禮)를 갖추어 맞이할 것이고, 그렇지 않으면 그만두
겠소."

예전부터 낙랑에는 적병이 올 때마다 스스로 소리를 내는 고각이
있었다. 그래서 그것을 부수도록 시킨 것이다. 이에 최리의 딸이 예
리한 칼을 가지고 무기고 안에 몰래 들어가 고각을 부수어 버리고
호동에게 알려주었다. 호동은 왕에게 권해 낙랑을 기습하게 했다.
최리는 고각이 울리지 않으니 대비하지 못하고 있었다. 고구려 군대
가 성 아래까지 엄습해 온 다음에야 고각이 부수어진 것을 알고, 딸
을 죽이고, 나와서 항복했다. (다른 기록에 따르면, 고구려왕이 낙랑
을 멸망시키고자 청혼하여 그 딸을 호동의 처로 삼아 데려 왔다가,
뒤에 낙랑에 돌아가서 고각을 부수도록 시켰다고 한다.)

같은 해 겨울 11월에 왕자 호동이 자살했다. 호동은 왕의 차비(次
妃)인 갈사왕(曷思王) 손녀의 소생이다. 아주 잘 생겨서 왕이 매우
사랑하고, 그래서 이름을 호동이라 했다. 원비(元妃)는 왕이 적자(嫡
子)의 자리를 빼앗아 호동을 태자로 삼을까 염려해 왕에게 참소(讒
訴)했다.

"호동이 저를 예(禮)로 대하지 않으니, 왕실을 어지럽히려고 할지
모릅니다."

왕이 말했다.

"당신은 남의 자식이라고 미워하는 것 아니오?"

원비는 왕이 자기의 말을 믿지 않는 것을 알고는, 장차 화(禍)가
자신에게 미칠까 염려해 눈물을 흘리면서 고했다.

"대왕께서는 은밀하게 조사해 보시기 바랍니다. 그런 일이 없으면 제가 죄를 받겠습니다."

이에 대왕은 호동을 의심하지 않을 수 없게 되어 장차 죄를 주려고 하였다. 어떤 사람이 호동에게 이렇게 말했다.

"그대는 어찌 스스로 밝히려고 하지 않는가?"

호동이 대답했다.

"내가 밝히면 어머니의 잘못을 드러내게 되고, 그러면 대왕에게 근심을 끼치게 되니, 효도라 할 수 있겠는가?"

그러고는 칼에 엎어져 죽었다.


[나]

(나 김부식은) 논(論)하여 말한다. 이 대목에서 왕이 참언(讒言)을 믿어 죄가 없음에도 사랑하던 아들을 죽였으므로 그 어질지 못함은 논할 여지도 없다. 그러나 호동도 죄가 없다고 할 수는 없다. 어째서 그러한가? 자식으로서 아비의 책망을 받을 때는 마땅히 순(舜) 임금이 아버지 고수(瞽瞍)에게 하듯[2] 해야 한다. 작은 매는 맞되 큰 매는 달아나 아버지를 불의에 빠뜨리지 않게 해야 하는 법인데, 호동은 큰 매를 피해야 함을 미처 깨닫지 못해서 죽지 말아야 할 곳에서 죽었다. 이는 소절(小節)에 집착하다가 대의(大義)에 어둡게 된 경우

---

2) 순(舜) 임금이 아버지 고수(瞽瞍)에게 하듯: 순의 아버지 고수와 계모는 순을 학대했다. 고수는 순을 매일같이 때렸는데, 순은 참고 맞다가 큰 몽둥이로 때리면 도망갔다. 그것은 큰 몽둥이에 맞아 죽으면 아버지에게 불효가 될까 해서였다고 한다.

라 할 수 있다.

[가]와 [나] 공히 김부식의『삼국사기』에 실려 있는 글입니다. 이 두 글을 읽고 호동의 행위와, 그 행위에 대한 김부식의 평가에 대해서 한번 논해보라는 것이 출제자의 주문입니다.

사관史官으로서 김부식은 '대의'와 '소절'로 간단하게 호동의 행위를 재단裁斷하지만, 그런 일도양단一刀兩斷 식 언사가 호동이 빠져 있던 소위 '효·불효의 딜레마'를 적절하게 평가한 것은 아니라는 생각이 듭니다. 호동에게는 '효孝'의 기회가 없었습니다. 이를테면, '살아도 불효고 죽어도 불효'인 것이 호동의 딜레마였습니다. 그것은 혼자된 어머니의 개가改嫁를 도와야 할 것인가 막아야 할 것인가를 두고 고민하는 마음씨 고운 효자의 경우와는 전혀 다른 '효·불효 게임(딜레마)'입니다. 살아계신 어머니에 대한 효도가 죽은 아버지에 대한 불효가 되는 그런 (명목적인) 차원의 '효·불효 게임'과는 전혀 다른 차원의 딜레마였습니다. 호동의 경우는 '산 목숨을 존중한다(어머니의 개가를 돕는다)'는 식의 정해진 결론이 없었습니다. 오히려 자신의 목숨까지 걸어야 하는 비정한 정치 게임의 한 가운데에 호동은 놓여 있었습니다. 참언에 휘둘려서 아들을 문책하겠다는 아버지의 부름에 응해서 도성으로 나아가 정적들과의 정치적 투쟁을 벌일 것인지, 아니면 자기 혼자 희생양이 되어서 나머지 식솔들의 안전한 삶을 담보 받을 것인지를 선택했어야 했습니다. 그럴 공산이 큰 상황이었습니다. 호동처럼 자기 아내까지도 사지死地로 몰아넣는 강심장(철면피?)의 사나이가 자결을 했을 때는 그것이 그만한 이유가 있었다는 반증이 되는 것이기도 하기 때문입니다. 어쨌든 당시의 시대적 정황을 고려하지 않고 그것을 '대의'와 '소절'로 간명하게 나누는 김부식의 유교적 '효 이데올로기'는 호동 왕자가 처한 어려운 상황(딜레마)을 제대로 평가할 수 있는 용의주도한 수단은 못되는 것 같습니다. 아무리 생각해도 전혀 설득력이 없습니다.

그렇게 관점을 바꾸어 본다면, 호동의 죽음은 사실상 심청이가 인당수에 몸을 던진 것과 하등의 차이가 없습니다. 둘 다 못난 아버지 때문에 생긴 일이고, 살아서는 도저히 효를 실천할 수 없었다는 것도 같고, 두 사람 공히 '갑'이 아니라 '을'이었다는 것도 같습니다. 결국 두 사람 모두 제단祭壇을 쌓고 스스로 희생양이 된 제주의 신세였습니다. 그것만이 자신이 처한 상황 자체를 무너뜨릴 수 있는 유일한 타개책이었습니다. 다만 호동은 일국의 왕자로서 국제 정치의 어떤 역학관계나 국내 정치상의 권력 암투에 따른 희생양이 되었던 것이고, 심청은 헤어날 수 없는 질곡의 삶을 어떻게든 견디어내지 않을 수 없었던 18세기 조선의 서민을 대표해서 스스로 희생양이 되었던 것만 다를 뿐입니다. 애초에 순舜임금과는 동렬同列의 비교가 허락되지 않는 경우였습니다.

맹자님은 "어버이에게 기쁨을 얻지 못하면 사람이 될 수 없고, 어버이를 (도道에) 순順하게 하지 못하면 자식이 될 수 없다고 여기셨다(孟子曰 天下大悅而將歸己 視天下悅而歸己 猶草芥也 惟舜爲然 不得乎親 不可以爲人 不順乎親 不可以爲子)"고 순임금의 경우를 설명했습니다. 순임금에게는 천하가 자신에게 돌아옴보다 '어버이의 기쁨'을 얻는 것이 더 가치 있는 일이었습니다. 그렇게 자신의 효행을 내세울 수 있는 여건이 허락되었습니다. 어버이가 도에 순응한 삶을 살게 할 수도 있었습니다. 그만큼 여유가 있었습니다. 그러나 왕자 호동은 순임금이 아니었습니다. 순임금처럼, 천하가 자신을 향해 돌아오는 '갑'도 아니었고 임금의 사위가 되어 훗날 임금의 자리가 보장된 처지도 아니었습니다. 그런 마당에서 호동에게 주어진 길은 오직 하나뿐이었습니다. 그는 '어버이의 기쁨'을 얻는 일 하나라도 '목숨을 걸고' 얻어야 했습니다. 그에게는 보전해야 할, 그 자신 이외의, 어머니를 위시해서, 또 여러 사람의 목숨이 있었을 것이기 때문입니다. 그런 단하나의 길 위에 선 그에게 어버이의 '도에 순응하는 삶'까지 요구한다는 것은 좀 무리지 싶습니다. 김부식은 전혀 다른 두 경우를 하나의 관점에서 비교 평가하였습니다. 언감생심, 바랄 수도 없는 일을 호동 왕자에게 요구한 것이었습니다.

대입 논술고사를 두고 여러 가지 말이 많습니다. 너무 어렵게 출제된다는 여론도 꽤나 있습니다(출제자만 답을 알고 있다는 말도 나옵니다). 며칠 전에 한 방송에서 각 영역의 베테랑 강사들이 나와서 논술고사에 대해 조언을 하는 것을 봤습니다. '고등학교

전 교과과정을 잘 이해하고 있으면 그것을 응용해서 풀 수 있는 대학 1학년(교양과정) 수준의 문제가 출제된다'고 한 강사분이 말하는 것도 인상 깊게 들었습니다. 세간에서 대학에 가서 공부해야 알 수 있는 내용을 고등학생들에게 강요한다는 비판이 나돌고 있는 것에 대한 재미난(해명 아닌?) 해명이라는 생각이 들었습니다. 그래서 문득 이 논술 문제가 생각이 난 것입니다. 물론 앞에서 말씀드린 순임금의 '대효大孝'가 연상의 고리가 되었음은 당연지사입니다.

논술고사를 시행하는 측에서 져야 하는 첫째 부담은 예측 타당도predictive validity가 높은 문항을 개발해야 한다는 것입니다. 대학 입학시험으로서의 논술이 예측하여야 하는 것은 두 말 할 것도 없이 학생들의 향후 '학업 성취도'일 것입니다. 만약, 논술고사의 성적이 대학 내신 성적과의 상호관련성이 현저히 낮거나, 논술 능력이 다른 교과에서의 학업 성취도와 매우 다른 독특한 인간 능력이라는 것이 밝혀진다면 그 논술고사는 대학 입학시험으로서의 자격이 의심받을 수도 있는 것입니다. 우리가 살펴본 '호동왕자의 효·불효의 딜레마'를 주테마로 삼고 있는 위의 논술문제는 그러한 측면에서 다소 '예측타당도'가 떨어지는 문제라고 볼 수 있습니다. 앞에서도 설명했지만, '근거가 되고 예시가 되는 이미 많이 알려진 지식'으로서의 순舜과 그 아비와의 관계는 호동 왕자와 부왕父王의 관계를 논하는데 적절한(용의주도한) 기준이 되지 못하고 있었습니다. '논제'의 주된 취지는 김부식이 그러한 점에서 잘못된 논지를 전개하였는 바 그것을 지적하고 나름대로의 설득력 있는 논리전개를 꾀하라는 주문이었습니다. 그러나 그러한 '논리의 허점'을 발견하는 고등학생이 과연 몇 명이나 될 것인가를 출제자들은 전혀 고려하지 않았습니다. 이를테면 고등학생 수준에서의 고등사고력, 혹은 인문주의적 지적 감수성을 고무하고 동시에 측정하는 역할(창의적 문식력에 대한 자극)을 만족스럽게 수행하지 못하는 문제였다는 겁니다. 결과적으로 그런 우려가 현실화되고 말았습니다. 대학 측에서 언론에 발표한 '가장 우수한 답안'이 너무 가관可觀이 되고 말았습니다. '호동 왕자 자신은 그렇게 효에 철저하였으면서 왜 낙랑공주에게는 자명고를 찢게 하여 불효를 저지르게 하였는가'라는 논자의 ―사관의 입장에서의― 논평이 있었고, 그 '기발함'이 가장 높은 평가를 받은 것으로 소개되고 있었습니다. '호동의 딜레마'가 그렇게 왜곡되어서는 안 되는 것이 분명함에도 불구하고 그런 '오답'이 최고 점수를 받았다는 것은 아무래도, 그야말로, 웃기는 일이 아닐 수 없었습니다. 신문 지상에 발표된 것처럼 그러한 논자의 논평이 창의적인 고등사고력으로 측정되었다면 큰 문제가 아닐 수 없는 것입니다. 참고로, 실제로 출제된 '논제'의 내용을 소개하겠습니다.

＊ [제시문 가]와 [제시문 나]는 김부식의 삼국사기에 실려 있는 글이다. 삼국사기를 다시 편찬한다고 가정하고, [제시문 가]의 사실에 대해 [제시문

나]와 같은 성격의 글을 작성하라. (단, 아래의 조건을 만족시킬 것)

- 호동과 김부식은 같은 문제에 대해 서로 다른 답을 제시하고 있다. 어떠한 가치들이 갈등하는 문제인지 딜레마의 형태로 그 문제를 정의하라.
- 호동의 대응과 김부식의 논평에 드러난 양자의 가치관과 가치 실현 방법을 비교 분석하라.
- [제시문 나]에 대한 평가를 포함하라.

▶▶▶2007 서울대 수시 특기자 논술

'논제'의 요구에 부응하려면 다음과 같이 요구되는 '조건'을 만족시켜야 합니다. 첫째 '효·불효의 딜레마'로 호동의 행위(사랑에 눈먼 낙랑공주의 행위도 포함해야 하는지는 의문)를 규정하고 '호동의 대응'과 '김부식의 논평'에 나타난 양자의 가치관을 비교 분석하여야 합니다. 앞에서 우리가 순임금의 '대효大孝'를 끌어들여 호동의 행위를 평가한 것도 바로 그것 때문이었습니다. 호동에게는 '대효大孝'를 추구할 수 있는 여유가 없었고 '소효小孝'라도 취하여 절대 권력자인 아버지의 동정을 살 필요가 있었을 지도 모른다는 유추를 해야 했기 때문입니다. 그리고 마지막으로 김부식이 호동에게 내린 평가를 비판적으로 메타(평가)해야 합니다. 그 두 경우가 동렬의 비교 대상이 아니었음에도 불구하고 김부식은 자신의 이데올로기에 매몰되어 아전인수, 견강부회, 호동에게 유교적 효孝를 강요했다는 것을 밝혀야 하는 것입니다. 그래야 '논제'의 '조건'을 만족시킬 수 있는 것입니다.

그러나 최고 점수를 받았다는 학생의 논술은 전혀 그런 '논제'의 요구에 부응하지 못했습니다. 논점이 제대로 설정되지 못했고, 설정된 논점 그 자체도 설득적이지 못했습니다. 가장 높은 점수를 받았다는 작품인데 전혀 엉뚱한 이야기를 하고 있었습니다. 자기 생각(느낌?)만 이야기하고 있을 뿐, '논제'가 원하는 답이 무엇인지에 대해서는 아무런 '생각'이 없었습니다.

수험자들의 수준에 문제가 있었던 것이든, 출제자의 의도가 석연치 못한 점이 있었던 것이든, 제대로 된 답안이 없었다는 것은 결국 출제에 문제가 있었다는 반증이 됩니다. '공인 타당도'는 문제가 없어 보입니다. 제가 앞에서 설명한 내용이 전혀 근거 없는 것이 아니라면 '답이 없는 문제'는 아니라는 겁니다. 그러나 이 문제가 고등학생의 수준에서 과연 답을 낼 수 있는 문제인가, 그리고 이 문제의 해결이 과연 앞으로의 학업 성취와 어떤 관련성을 가질 수 있겠는가라는 물음에는 분명한 해답을 낼 수 없는 상황입니다. 이를테면, '예측 타당도'라는 측면에서의 신뢰도에는 아무래도 문제가 있다는 판정을 받을 수밖에 없다는 것입니다. 대학교수라는 동업자의 처지에서 볼 때, 보다 철저한 자기반성이 있어야 할 대목인 듯합니다.

사족 한 마디, 공인 타당도와 예측타당도를 모두 만족시킬 수 있는 내용을 구비한 논술 시험 문항을 구축하는 일은 전형 주체

(출제자)들의 매우 세심하고도 면밀한 검토가 요구되는 부분입니다. 특히 전형 주체의 전공 영역이나 취미 영역, 관심 영역이 문항 구축에 개입하는 일이 없도록 해야 하며, 전형 주체 간 '지식의 쟁투'가 벌어지지 않도록 유의해야 합니다. 무엇보다도 '논술'이 무엇인지를 분명히 알고 있는 출제자들을 물색해야만 합니다. '많이 아는 자'와 '좋은 논술 문제를 만드는 자'는 전혀 별개의 인물입니다. 당연히 좋은 대학, 좋은 학과를 나오고 좋은 대학에 근무한다고 다 좋은 논술 문제를 출제할 수 있는 것도 아닙니다. 그런 조건을 가진 이들이 '논술'에서 특히 유리할 아무런 이유가 없습니다. '논술'은 나이 들어서 서서히 자기를 깨쳐온 사람들에게 더 쉽게 다가오는 장르일 수도 있습니다. 어려서 세상을 먼저 깨친 사람들이 간과할 수도 있는 것들을 그 '늙다리 학생'들은 놓치지 않습니다. 앎의 세계에서는 가장 늦게 깨친 자가 가장 많이 아는 법입니다. 돌아온 길이 그만큼 멀기 때문입니다. 또 하나, 지식과 인생이 둘이 아니라는 것이 '논술'에서는 특히 강조되는 부분입니다. 글이 곧 사람이라는 명제가 '논술'에서는 명실공히 제1의 진리이기 때문입니다.

## 외편 外篇

읽기, 싸움의 기술: 공성이불거 | 누가 찌꺼기를 먹나: 윤편조륜 | 소를 보지 말아야: 포정해우 | 한 가지 일에만: 막신일호 | 불 속으로: 입화자소 | 나의 운세: 『유배지에서 보낸 편지』 | 들어가서 조용히: 뉴질랜드에서 온 편지 | 놀부라는 이름의 사나이: 『흥부전』 | 하나로 감싸는, 사람의 몸: 『심청전』 | 아이들은 배운다: 「도자설」, 「관재기」 | 불패의 진서: 「출사표」 | 눈물을 삼키며: 읍참마속 | 호협과 유협: 「협객행」 | 때를 알아야: 질도 이야기 | 망한 나라에는 반드시: 이사와 조고 | 환상 혹은 환멸: 『산해경』 | 천 개의 칼을 본 이후에야: 『문심조룡』 | 따라 짖지 않으려면: 『분서』 | 사람들이 알아주지 않더라도: 길 없는 길

# 읽기, 싸움의 기술

: 공성이불거

옛날 기록을 읽을 때는 당시의 문화적, 역사적 환경을 잘 살펴서 읽어야 합니다. 언어는 사회적 약속의 소산이므로 옛날 문헌을 읽을 때에는 일단 그 시대와 그 장소에서의 사용법을 알아야 합니다. 그것도 모르고 마냥 '지금 우리의 코드'로만 읽으면 터무니없는 오독이 될 때가 있습니다. '읽기'라는 게 원래부터 그런 것이니 정독正讀, 오독誤讀을 가릴 이유가 없다고 주장한다면 딱히 막을 수도 없는 일이긴 합니다만, 무엇이든 지나치면 독이 되는 법이니 주의를 기울여야 할 일인 것만큼은 틀림없는 것 같습니다. 제 생각으로는, 텍스트의 역사성을 무시하고 온전하게(?) '지금 우리의 코드'로만 읽어내는 것은 '읽기'의 가치를 많이 퇴색시키는 일입니다. 의미를 구성해내는 데 문제가 있어서가 아닙니다. '그때 그곳에서의 코드'를 누락시키면 그만큼 '지금 우리'를 비추어볼 거울 하나를 잃는 일이 되기 때문입니다. 오래 살아남은 기록들은 언제나 당대의 절실한 화두를 기록한 것들입니다. 그 '절실함'을 아는 것이 '읽기'의 목적과 효능 중에서도 아주 중요한 위치를 점합니다. 이 지구 위에서의 삶에서, 무엇이 우리 인간에게 절실했던 문제였던가를 아는 것은 매우 중요한 일입니다. 그것이 '읽기'의 가장 원초적인 목적 중의 하나라는 것은 지극히 당연한 일입니다. 이른바 맥락적 독서나 자기주도적 독서는 언제나 그러한 '절실함'을 아는 것에서부터 출발해야 합니다. 그래야 오독을 면할 수 있습니다.

언젠가 페이스북에서 노자 『도덕경』에 나오는 구절 하나를 소개한 적이 있습니다(그 부분은 이 책에 기재되어 있지 않습니다). '공성이불거功成而弗居'에 관한 이야기였습니다. 그때 저는 그 뜻과 관련해서가 아니라, 그것을 강조하는 우리네 인심에 대해서 한마디 토를 달았습니다. 일단 그 내용부터 소개하겠습니다.

천하 모두가 아름다운 것이 아름다운 줄 알지만 (꾸며서 이목을 현혹시킨 것이라면) 이것은 미운 것일 뿐이다. 천하 모두가 착한 것만이 착한 줄 알지만 (의도해서 만든 것이라면) 이것은 착하지 않을 뿐이다. 그러므로 유와 무는 서로를 낳고, 어려움과 쉬움은 서로를 이루며, 길고 짧음은 서로 비교하며, 높고 낮음은 서로 바뀌고, 소리와 울림은 서로 어울리고, 앞과 뒤는 서로를 따른다(는 것을 알아야 한다).(天下皆知美之爲美, 斯惡已; 皆知善之爲善, 斯不善已, 故有無相生, 難易相成, 長短相較, 高下相傾, 音聲相和, 前後相隨.)

▶▶▶『도덕경』 2장[1]


기실, 예쁘다, 아름답다, 하는 것들은 보는 이의 마음이 대상에 매혹되어 그것을 좋아하기 때문에 생기는 감정입니다. 못난 것을 두고 '밉다'라는 표현을 쓰는 것도 그 이치지 싶습니다. 옛날 어른들은 '곱다'의 반대말로 '밉다'를 일상적으로 사용했습니다. 집안의 한 어른도 그랬습니다. 자신의 외모를 두고 늘 '내가 좀 밉게 생겨서...'라고 표현하셨습니다. '내가 못 생겨서...'라는 말은 단 한 번도 듣지 못했습니다. 아름답게 여기는 것과 추하게 여기는 것이 좋아하고 미워하는 일과 한가지이고 착하고 착하지 않는 것은 곧 '옳고 그름'과 같다는 말씀으로 들렸습니다. 그것처럼, 다르다고 여기는 것, 심지어는 상반된다고 여기는 것들이 사실은 하나의 문으로 출입하는 것들임을 아는 것이 중요하다고 옛 성인은 가르칩니다.

그 다음 내용이 내려놓기, 비우기의 중요함을 가르치는 '공성이불거功成而弗居' 대목입니다. 나이 들면서 점점 안에서 더 크게

---

1) 김경돈, 『신역 노자』, 현암사, 1984; 이경숙, 『도덕경』, 명상, 2004; 도올 〈노자 강의〉, 원문 및 해석 참조. 이하 『노자』 인용은 모두 같음.

울리는 말씀입니다. 대저 성인은 처함에 작위함이 없고 말로 가르치려 들지 않는다고 했습니다. 만물은 스스로 자라나는 법이며 간섭할 필요가 없다는 겁니다. 그러므로 생육했더라도 그것을 소유해선 안 되며, 자기가 했더라도 그것을 뽐내지 않으며, 공功을 세웠더라도 그 공로를 차지하지 않아야 하는 것입니다. 무릇 공을 차지하지 않음으로써 그 공이 사라지지 않는다는 말씀입니다. (是以聖人 處無爲之事 行 不言之敎 萬物作焉而不辭 生而不有 爲而不恃 功成而弗居 夫唯弗居 是以不去: 『도덕경』 2장)

내려놓기가 중요하다는 것은 누구나 아는 사실입니다. 그러나 그런 '세간으로부터의 일탈逸脫'이 왜 필요하고, 왜 강조되는가를 생각해 보면 달리 생각해 볼 거리가 전혀 없는 것도 아닙니다. 굳이 그렇게 하려는 의도가 무엇인가를 생각해 보자는 겁니다. 결국은 '잘 살자', '편하게 살자'는 것일 겁니다. 그런 '내려놓기'에도 결국은 편하게 살고 싶다는 세간적 욕심이 그 바탕에 깔려 있는 것이 아니냐는 겁니다. 공功을 버리기는 싫은데, 그 편하게 살고 싶은 욕심 때문에(그렇지 않으면 꼴꼴이 험악해 지니까) 애써 버린다는 것이니 그 또한 뽐내고 싶은 마음과 무엇이 다르겠습니까? 결국 그 세간적 욕심이 개입해서 옛 성인의 말씀을 거스르는 것이 됩니다. 불언지교不言之敎이고 불사不辭라 했는데 굳이 이렇게 말로 가르치려 들고 남의 인생에 간섭을 늘어놓는 까닭이 무엇이냐는 겁니다. 그 '집착'부터 버려야 하는 것이 아니겠습니까?

'공을 세우고도 그 공에 머무르지 않고 떠나면 영구히 그 공이 자기에게 머무른다'는 노자의 말씀에 집착하는 것이 결국 '공을 영구히 제 것으로 삼고 싶은 마음'에서 나온 결과가 아니었겠는가라는 말씀이었습니다. 그런 억지스러움은 따지고 보면 노장老莊에서 주장하는 무위자연설無爲自然說에도 맞지 않는 것입니다. 공을 세울 수밖에 없었던 어떤 필연이 있었으면 그것을 '자기 것'으로 주장하는 것도 필연일 것입니다. 그게 자연自然의 이치일 듯싶습니다. 그런데도 불구하고 '떠나라, 떠나라' 하는 것은 결국 그 집착에서 벗어나지 못하고 있음을 드러내는 것일 수도 있다는 것입니다. 어쨌든, 그 부분에서는 독자들의 '읽기'가 혼연일치, 서로 다른 독법이 나타나지를 않습니다. 그 앞의 '만물작언이불사 생이불유萬物作焉而不辭 生而不有'에서 나타나는 미묘한 혼선들과는 대조적입니다.

대저 성인은 처함에 작위함이 없고 말로 가르치려 들지 않는다. 만물은 스스로 자라나는 법이며 간섭할 필요가 없다. 생육했더라도 그것을 소유해선 안 되며, 자기가 했더라도 그것을 뽐내지 않으며, 공(功)을 세웠더라도 그 공로를 차지하지 않는다. 무릇 공을 차지하지 않음으로써 그 공이 사라지지 않는다. (是以聖人 處無爲之事 行不言之敎 萬物作焉而不辭 生而不有 爲而不恃 功成而弗居 夫唯弗居 是以不去)

▶▶▶『도덕경』 2장

'만물작언이불사 생이불유萬物作焉而不辭 生而不有'를 '만물은 스스로 자라는 법, 그것에 이러쿵저러쿵 간섭하지 않는다. 스스로 자라서 살아 있는 것을 내 것인 양 소유해서는 안 된다'로 읽으면 '만물萬物'이 이 글의 의미상의 주체가 되는 것입니다. 그런데 이 구절을 '성인聖人'을 주어로 보면, '성인은 만물을 만들어도 그것에 대해 말(떠들어 자랑하기)을 하지 않는다. (성인은) 살아 있으면서도 마치 없는 듯한 사람이다'라는 해석이 나옵니다. 저로서는, 불학무식한 처지로, 자세한 것은 알 수 없으나, '만물'을 주어로 보는 것이 현재로는 『노자』라는 텍스트의 텍스트성을 고려한 '읽기'인 것 같습니다. 그래야 그 책이 '응집성(의미적 결속관계)' 있는 텍스트가 될 것 같습니다. 후자의 해석도 불가능한 것은 아닙니다만 그것은 '지금 우리의 (단순 소박한 한자 지식에 토대한) 코드'에 입각한 것, 내지는 '응결성(문법적 결속관계)' 차원에만 충실한 것이어서 '문자의 역사성'에서 너무 멀리 떨어져 나온 것이 아닌가라는 생각이 듭니다.

　'싸움의 기술'로서의 읽기를 말하자면서 불문곡직 노자 이야기를 꺼내는 소이가 무엇이냐고 나무라실 것 같습니다. 제가 노자의 '만물작언이불사 생이불유萬物作焉而不辭 生而不有'를 인용한 것은, 싸움의 달인, 혹은 싸움의 성인聖人은 '일이관지, 모든 공방의 기술을 스스로 작作한다'라는 말씀을 드리기 위해서입니다. 유사한 경우를 하나 들겠습니다. 검도에서는 '선先의 선先', '대對의 선', '후後의 선'이라는 말이 있습니다. 상대보다 앞서서 공격의 기회를 잡는 것을 뜻합니다. 이 세 가지 공격의 기회를 두루 터득해야만 이른바 '기술의 경지'를 알게 됩니다. 이 중에서도 역시 으뜸은 '선의 선'입니다. 상대가 꼼짝없이 당하는(당하게 만드는) 선제공격입니다. 당하는 입장에서는, 때로는 어떻게 맞았는지도 모르고 맞는 경우도 있고, 때로는 두 분 멀쩡히 뜨고 서서 그냥 맞는 경우도 있습니다. 어떤 경우든 당하는 이는 기술을 일으키지 못한 상태에서 맞게 됩니다.

'선의 선'을 막연히 상대의 방심이나 지심止心의 틈을 노려서 치는 것으로 잘못 이해하는 이들도 있습니다. 그것들이 외부에서 주어지는 기회인 것이라 여기는 것입니다. 그러나 싸움의 달인이나 성인은 그것마저도 자신이 작作하는 것임을 알고 있는 사람들입니다. 시종일관 공세攻勢의 기氣를 유지하면서 상대를 압도해야만 그런 상황이 도래한다는 것을 그들은 몸으로 터득한 사람들인 것입니다. 그런 도저한 기氣 부림 위에서 만들어지는 기술만이 진정한 '싸움의 기술'일 것입니다.

읽기 역시 그러한 '싸움의 기술'임을 잊지 말아야 할 것입니다. 텍스트에 끌려 다녀서는 내게 필요한 '의미'를 때에 맞게 생산해낼 수 없습니다. 내게 '피가 되고 살이 되는' 의미는 반드시 '선의 선'으로 쟁취해야 합니다. 내 '콘텍스트'가 항상 먼저 치고 나가야 하는 것입니다.

# 누가 찌꺼기를 먹나

: 윤편조륜

유명한 이야기가 있습니다. 장자의 우화입니다. 중국 제齊나라 환공桓公 때 평생을 임금님 수레 만드는 일로 보낸 노인이 있었습니다. 그 노인이 하루는 궁전 뜰에서 수레바퀴 손질을 하고 있었습니다. 그때 마침 환공도 대청 위에서 책을 읽고 있었습니다. 그러기를 한참, 문득 수레바퀴 깎던 목수 노인이 끌과 망치를 놓고 단상으로 올라가서 조심스럽게 환공에게 물었습니다.

"임금께서는 무슨 책을 읽고 계시는 겁니까?"

환공은 잠시 눈길을 돌려 목수를 바라보았습니다. 독서 삼매경이었던지라, 마치 잠시 다른 세계를 다녀온 듯 아연해 하면서도 품위를 잃지 않고 답했습니다.

"성인의 말씀을 보고 있다네."

목수가 물었습니다.

"그분은 현재 살아 계십니까?"

환공이 대답했습니다.

"이미 돌아가셨지."

그러자 목수가 반문했습니다.

"그렇다면 나리께서는 그분이 먹다 남긴 음식 찌꺼기를 맛보고 계시는군요."

그 말을 들은 환공은 크게 노했습니다. 그리고 목수 노인을 쳐다보며 말했습니다.

"내가 성인이 남긴 책을 읽는데 감히 망치와 끌과 정 따위를 써서 수레바퀴를 만드는 자 주제에 어찌 참견을 하느냐! 지금 즉시 그 이유를 분명하게 설명하지 못하면 너를 죽이고야 말리라."

그러자 목수 노인이 말했습니다.

"제가 하는 일로 비유를 들어보겠습니다. 나무로 수레바퀴를 깎을 때, 끌과 정을 사용하게 되는데, 통나무를 둥글게 깎아 가는 과정에서 깎는 속도와 손끝에 가하는 힘의 정도, 그리고 마음가짐에 따라서 만족스런 수레바퀴가 만들어지기도 하고 그렇지 못할 경우도 있습니다."

거기서 노인은 잠시 환공의 눈치를 살폈습니다. 환공이 그의 말에 귀를 기울이는 듯하자 이내 다시 말했습니다.

"저는 이 일을 평생토록 해 왔습니다. 그렇지만 이 일을 자식에게 가르쳐 주려고 해도 도저히 그 요체를 전할 수가 없습니다. 수레바퀴가 적당한 탄력성과 견고함, 그리고 유연성을 갖도록 만들려면 오직 손끝으로 전해지는 직감과 오랜 세월동안 눈에 익은 목측目測이 있어야 하는데, 아무리 옆에서 도와도 그 비법을 전해줄 수가 없었습니다. 수레바퀴를 깎을 때 많이 깎으면 굴대가 헐거워서 튼튼하지 못하고, 덜 깎으면 빡빡하여 굴대가 들어가지 않습니다. 더도 덜도 아니게 정확하게 깎는 것은 손짐작으로 터득하고 마음으로 느낄 수 있을 뿐, 입으로 말할 수는 없습니다. 물론 더 깎고 덜 깎는 그 어름에 정확한 치수가 있을 것입니다만 제가 제 자식에게 깨우쳐 줄 수 없고 제 자식 역시 저로부터 전수받을 수가 없습니다. 그래서 나이 칠십에도 불구하고 손수 수레바퀴를 깎고 있는 것입니다. 옛날의 성인도 그와 마찬가지로 가장 핵심적인 깨달음은 책에 전하지 못하고 세상을 떠났을 것입니다. 그러니 대왕께서 읽고 계신 것이 옛사람의 찌꺼기일 뿐이라고 말씀드린 것입니다."1)

그 말을 들은 환공의 얼굴이 갑자기 딱딱하게 굳어졌습니다. 환공은 가만히 책장을 덮고 깊은 생각에 잠겼습니다. 말을 마친 노인은 묵묵히 단하로 내려갔습니다. 제나라 환공이 그 후 중원의 패자가 된 데에는 그런 현자들의 도움이 있었기 때문이랍니

---

1) 윤재근, 『우화로 즐기는 장자(莊子)』, 동학사, 2002; 안동림 역주, 『장자』(개정판), 현암사, 1992; 조관희 역해, 『장자』, 청아출판사, 1988 참조. 이하 『장자』 인용은 모두 같음.

다. 물론 그것을 귀담아 듣는 환공의 그릇도 그릇이었고요.

윤편조륜輪扁造輪 이야깁니다. 제가 들은 장자의 우화 중에서 가장 합리적인 논설인 것 같습니다. 포정庖丁이나 설검說劍에서 보이는 과장도 없고, 내용도 실용적인 데서 가져온 것이어서 설득력이 더 있는 것 같습니다. 스스로 몸으로 깨치지 못하면 쓸모 있는 재간은 여간해서는 얻을 수가 없는 법이지요. 말로 듣고, 글로 배워서는 경지에 오르지 못합니다. 그래서 저도 나이들어 배운 이런저런 공부를 할 때, 가급적이면 남의 문자나 영상을 멀리하려고 합니다. 그건 결국 그 사람들 것이지 제 것이 아니기 때문입니다.

관련해서, '허위전환'이라는 말도 겸해서 생각해 봅니다. 허위전환 문제는 정치, 행정, 복지, 교육, 통일 문제 등 공공 분야와, 개인의 삶의 만족이라는 사적인 분야에 이르기까지 현재 우리 사회가 알게 모르게 겪고 있는, 일종의 광범위한 보편적 자기기만 현상으로 자리 잡고 있는 것 같습니다.

공공부문에서의 허위전환은 일반적으로 당시의 정치 논리와 밀접한 관련을 맺고 있습니다. 대중들의 정치의식은 늘상 '부적절한 자원資源, 경쟁, 의심, 비판, 질시, 단순한 어리석음, 우매한 떼거리 의식'으로 가득 차 있는 것이어서, 정치가들은 언제나 허위전환을 통해 그들을 적절히 통제할 수 있는 길을 모색하려고 애쏩니다. 윤편輪扁의 말처럼, 자칫 그들의 말에 속아 넘어가면 결국 '음식 찌꺼기'나 덮어쓰고, 헛된 '말과 글의 잔치' 속에서 진정한 자유와 복리는 사라지고, 너나없이 소외되고 굶주린 삶을 살아야 되는 일이 생기고 말 것입니다. 우리가 믿을 것은 오랜 손끝의 감각과 그 세월 동안 절로 먹게 된 마음가짐, 그 두 개밖에 없다는 것을 명심해야 할 듯합니다. 윤편이 그걸 가르칩니다.

# 소를 보지 말아야

: 포정해우

요즘의 소 파동에도 불구하고, "소는 누가 키우나?"라는 말은 여전한 유행어입니다. 한 코미디 프로에서, 한 덜떨어진 인사가 시대착오적 관점에서 '여성들의 분수에 넘치는 행태'를 나무랄 때 사용한 성동격서聲東擊西식, 웃자고 한 만담漫談이었는데, 이제는 어디서고 마치 조우커(와일드카드)처럼, 조자룡 헌 칼 쓰듯, 사용되고 있습니다. 무엇이든 틈을 보이는 행실이나 격이 떨어지는 행투를 앞에 두면 너나없이 "소는 누가 키우나?"라고 일갈합니다. 그 말로 그 분수 넘침이나 멋모름이나 무책임함을 나무랍니다. 그런 식으로, 소가 인간의 행투를 빗대어 말하는 이야기의 소재로 사용된 것은 이미 오래 전부터 있어온 일입니다. 그 소를 빗대어 말하는 습성이 비단 어제 오늘의 일이 아니라는 겁니다. 아주 옛날부터 소는 여러 가지 이야기를 전달하는 유용한 수단으로 사용되어 왔습니다. 그만큼 우리와 가까운 동물이라는 것이겠습니다만, 유독 소는 유토피아를 가리키는 말에 많이 등장합니다. 유명한 낙토樂土의 이름은 으레 우면牛眠이거나 우두牛頭, 아니면 우배牛背였습니다. 소가 자는 곳, 소의 머리, 소의 등처럼 생긴 곳이라는 뜻입니다. 산의 이름들이 주로 그렇게 불렸습니다만, 생긴 것만 본 것은 아니고 사실은 그렇게, 소처럼, 평화롭게 생을 영위할 수 있는 땅을 고대하는 심리를 의탁하였던 호명 행위였습니다. 단순히 산의 생긴 모습이 그래서였던 것은 아니었습니다. 산의 모습은 보는 방향이나 거리에 따라 천차만별, 천변만화하는 것입니다. 그것을 굳이 소와 관련된 형상으로 고정하려 했던 것은 소의 그 평화로운 심성을 공간적 속성으로 환치하려는 일종의 공감주술이라 할 수 있는 것이었습니다. 소는 그만큼 우리 인간의 삶에 긍정적인 이미지로 각인되어 있었던 것입니다. 유명한 이야기 중에서, 소가 그런 낙토의 공간적 의미를 떠나서 사용되고 있는 경우는 아마도 『장자』의 「포정해우庖丁解牛」가 유일할 것 같습니다. 그 이야기도 물론 평화로운 삶을 가져오는 정치에 대한 우화입니다만 이때의 소가 주된 공간 표상으로 등장하는 것이 아닙니다. 정치행위가 대상 삼는 인간들의 총체적인 삶을 뜻합니다. 봉건적 군주에게는 '다루기(해체하기) 어려운 집단(백성)'이나 '정사政事'를 뜻하는 말이었겠지요. 장자는 그 정치행위를 만백성을 먹여 살리는 일이므로 군주의 '양생養生의 도道'라고 말합니다. 포정이 19년 동안 소를 잡아도 칼이 방금 숫돌에 갈아낸 것과 같이 생생한 것처럼, 군주는 그렇게 순리에 맞게 양생의 정치를 베풀어야 한다고 그는 강조합니다. 임금이 정사를 돌볼 때 순리에 어긋나는 일이 없도록, 마치 포정의 칼이 소의 빈 곳을 노리고 들어가는 까닭에 19년 동안 써도 흠집 하나 남지 않은 것처럼, 천리에 따라야 한다고 강조합니다. 그렇지만 모든 이야기가 그렇듯이 감동은 언제나 '묘사'에서 나옵니다. 포정이 자신의 기술의 경지를 말로 설명하는 부분이 재미있습니다.

포정이 문혜군(文惠君)을 위해 소를 잡은 일이 있었다. 손을 대고, 어깨를 기울이고, 발로 짓누르고, 무릎을 구부리는 동작에 따라 서걱서걱, 빠극빠극 소리를 내고, 칼이 움직이는 대로 싹둑싹둑 울렸다. 그 소리는 모두 음률에 맞고, 상림(桑林, 은나라 탕왕 때의 명곡)의 무악(舞樂)에도 조화되며, 또 경수(經首, 요임금 때의 명곡)의 음절에도 맞았다.

문혜군은 '아, 훌륭하구나. 기술이 어찌하면 저런 경지에까지 이를 수가 있느냐?'라고 말했다. 포정은 칼을 놓고 말했다. '제가 반기는 것은 도(道)입니다. 재주(기술) 따위보다야 우월한 것이죠. 제가 처음 소를 잡을 때는 눈에 보이는 것이란 모두 소뿐이었으나, 3년이

지나자 이미 소의 온 모습은 눈에 안 띄게 되었습니다. 요즘 저는 정신으로 소를 대하고 있고 눈으로 보지는 않습죠. 눈의 작용이 멎으니 정신의 자연스런 작용만 남습니다. 천리(天理, 자연스런 본래의 줄기)를 따라 커다란 틈새와 빈 곳에 칼을 놀리고 움직여 소 몸이 생긴 그대로를 따라갑니다. 그 기술의 미묘함은 아직 한 번도 살이나 뼈를 다친 일이 없습니다. 하물며 큰 뼈야 더 말할 나위 있겠습니까? 솜씨 좋은 소잡이(良庖)가 1년 만에 칼을 바꾸는 것은, 살을 가르기 때문입죠. 수준낮은 보통 소잡이(族庖)는 달마다 칼을 바꿉니다. 뼈를 자르니까 그렇습죠. 그렇지만 제 칼은 19년이나 되어 수천 마리의 소를 잡았지만 칼날은 방금 숫돌에 간 것 같습니다. 저 뼈마디에는 틈새가 있고 칼날에는 두께가 없습니다. 두께 없는 것을 틈새에 넣으니, 널찍하여 칼날을 움직이는 데도 여유가 있습니다. 그러니까 19년이 되었어도 칼날이 방금 숫돌에 간 것 같습죠. 하지만 근육과 뼈가 엉긴 곳에 이를 때마다, 저는 그 일의 어려움을 알아채고 두려움을 지닌 채, 경계하여 눈길을 거기 모으고 천천히 손을 움직여서 칼의 움직임을 아주 미묘하게 합니다. 살이 뼈에서 털썩하고 떨어지는 소리가 마치 흙덩이가 땅에 떨어지는 것 같습니다. 칼을 든 채 일어나서 둘레를 살펴보며 잠시 머뭇거리다 마음이 흐뭇해지면 칼을 씻어 챙겨 넣습니다.' 문혜군은 말했다. '훌륭하도다. 나는 포정의 말을 듣고 양생(養生)의 도를 터득했다.'

▶ ▶ ▶ 『장자(莊子)』「양생주」

문혜군이 말한 '양생의 도'가 정치政治를 가리키는 말이라는 것은 앞에서도 말씀드렸습니다. 순리에 따라서, '칼을 다치지 않고 소를 해체하는 경지'처럼 천리를 따라 정사를 돌보아야 한다는 것이 그가 포정으로부터 받은 가르침입니다. 그렇게 보면 그 말도 결국 '소는 누가 키우나?'라는 말과 일맥상통하는 말입니다. '소는 누가 키우나?'라는 말 역시, 순리대로 하지 않고 때를 모르고 나서는 이들을 나무라는 취지를 가진 말이니까, 확장하면 그렇게 볼 수도 있을 것입니다. 그 두 이야기를 합치면 이렇습니다. 그저 묵묵히 소를 키우고 있다가, 족포도 거치고, 양포도 거쳐서, 자타 공인, 포정의 경지에 들었다 싶으면 그때 비로소 날 선 칼 한 자루 지고, 발걸음도 가벼이, '소를 잡으러' 나서라는 말이 됩니다. 음악의 경지에 기꺼이 들 수 있는 '소 잡기', 즉 천리에 순응하는 정치를 할 수 있을 때 비로소 세상으로 나서야 한다는 겁니다. 그렇지 못한 경우에는 당연히 집에서 소나 키우고 있어야 하는 것이고요.

장자는 정세가 급격하고도 복잡하게 변하고 전란이 끊이지 않던 전국戰國 시대 중기에 살았습니다. 그는 사회적 지위가 낮아서 기껏해야 옻나무 밭을 관리하는 낮은 관리를 지냈을 뿐입니다. 만년에 그는 더욱 궁핍한 생활을 하였는데, 어떤 때는 짚신을 삼아서 생활하였고, 또 어떤 때는 돈을 꾸러 다니기도 하였다고 합니다. 그런 사정에서 이와 같은 재미있는 이야기를 지어낼 수 있었다는 것이 신통하기까지 합니다. 결국 그렇게 '소만 키우다' 말았지만, 장자는 수천 년에 걸쳐 '하나 살아남는 인간' 이 되었습니다. 소만 잘 키워도 이름을 길이 남길 수 있다는 선례를 남겼습니다.

하나 첨가하겠습니다. 장자의 이야기가 현대의 시의時宜와 만나 어떻게 발효되어야 할까의 문제입니다. 장자가 역설한 포정의 이야기가 그 주의主意를 '양생의 도道' 즉, 올바른 정치에 두고 있다는 것을 모르는 이는 없습니다. 그러나 '소'를 '소'로 보면 '소'를 잡을 수 없다는 말 또한 그냥 넘길 수 없는 말입니다. 그러한 역설은, 포퓰리즘과 같은 대중추수주의로는 제대로 된 정치를 할 수 없다는 것을 지적하고 있는 것으로 해석됩니다. 포정은 자신도 처음에는 소를 소로밖에 볼 수 없었다고 합니다(그래서 소잡는 일을 그르쳤습니다). 그러나 눈의 작용을 멈추게 하자 천리를 보는 데 성공할 수 있었다고 합니다. 그 부분을 포퓰리즘의 유혹과 그것이 정치에 끼치는 해악을 경계하는 말로 이해하는 것이 중요할 것 같습니다. 그래야 '포정해우' 역시 '소를 가져다가 인간의 평화로운 삶을 이야기하는 전통'에 속하게 될 것입니다. 낙토樂土 이야기로 편입될 수 있다는 거지요. 소를 잡으려면 소를 봐서는 안 된다는 것, 눈의 작용을 멈추고 정신의 자연스런 작용만 남겨야 한다는 것은 결국, 민생을 길러내는 일養生의 요체가 곧 대중이라는 살점 덩어리에만, 시류에 영합해, 그저 연연戀戀해서는 안 된다는 말입니다. 그렇게 읽어야 합니다. 그게 '포정해우'를 읽어내는 오늘의 문식력일 것 같습니다.

# 한 가지 일에만

## : 막신일호

● ● ●

 '막신일호莫神一好'라는 말은 '한 가지 일에 몰두해 크게 성취하
는 것보다 더 신명나는 일은 없다'라는 뜻입니다. 2200여 년 전
중국 전국시대의 순자荀子가 말한 것으로 전해지고 있지요. '막
신莫神'이란 '더 이상 신명나는 일이 없다'라는 뜻이고, '일호一好'
는 '오직 한 가지 일에 몰두하다'라는 뜻이랍니다.

 무릇 기를 다스리고 마음을 순양하는 방법은, 예로 가는 길보다
지름길이 없고 스승을 얻어서 하는 것보다 중요한 것이 없으며 하나
(의 선(善))를 좋아하는 것보다 신명나는(신묘한) 것이 없는 것이다

(凡治氣養心之術 莫經有禮 莫要得師 莫神一好).

▶▶▶『순자』「修身」편1)

'일호' 하나만을 떼어내서 보면 요즘 말로 마니아mania라는 뜻
이 됩니다. 천학비재淺學卑才인 제게는 순자라 하면 성악설性惡說만
생각날 뿐입니다. 성악설로 유명한 순자가 마니아적 삶을 긍정,
예찬했다는 것이 좀 생뚱맞습니다(성악설과 마니아적 삶이 어떤 상
호텍스트성이 있는지는 현재로는 알 수 없습니다). 사실, 굳이 선善이
아니더라도 '하나에 몰두하라'는 가르침은 어디서나 쉽게 접할
수 있는 것입니다. 굵은 선 하나로 일상을 만들어 가라, 생략할
것은 과감하게 생략하고 버릴 것은 미련 없이 버려라, 무소의
뿔처럼, 좌고우면左顧右眄하지 말고 직진하라, 그런 말들은 어디서
나 들을 수 있습니다. 하나에 몰두하다 보면 성취는 자연스럽게
따라 올 것이고, 어느 한 곳에서 성취를 알면 인생살이의 참된
의미를 맛볼 수 있는 것은 당연한 일일 것입니다.

그것이 굳이 선善을 지목하는 것이든 그렇지 않은 것이든, '막
신일호'라는 말은 성악설을 외친 순자가 한 말이라는 점에서 좀
더 각별합니다. '막신일호'의 구문론적 구성은 '일호-好(하나만을
좋아함)'의 의미를 '막신莫神(더 이상 신명날 수 없음)'이라는 말로 보
강하고 완성시키는 구조로 되어 있습니다. 그러나 의미론적으

---

1) 순자, 김학주 옮김, 『순자』, 을유문화사, 2008 참조.

로 본다면 그런 순서는 별로 중요하지 않은 것이 됩니다. 적어도 성악설을 주장한 순자가 한 말일 때에는 그렇게 볼 수밖에 없다는 생각입니다. '일호'가 '인생살이의 참된 의미'를 알 수 있게 하는 삶의 태도가 되는 것은 오히려 '막신莫神'이라는 말이 그 앞에 있기 때문이라는 것입니다. 앞에서 사용된 막경莫經이나 막요莫要와는 좀 차원이 다릅니다. 이 말이 좀 더 각별한 이유는 다음과 같습니다. 막신莫神, 즉 '더 이상 신명나는 일이 없다'라는 말은 이미 그 전제로 '인생은 신명나는 것이어야 한다'는 뜻을 가지고 있습니다. 그 또한 별다른 노력 없이는 '인생은 본디 신명날 일이 없는 것이다'라는 뜻을 전제합니다(여기서 성악설과 만나는 것인지도 모르겠습니다). '막신'이라는 말 속에서, 본디 신명 없는 삶이지만, 인생은 신명을 위해 노력해야 하는 것이라는 '순자식 성악설 스타일'이 엿보인다는 것입니다. 순자는 성악설을 주장하였다지만 인생을 비관하지는 않았던 것 같습니다. 신명 없는 삶은 이미 죽은 삶이고, 진정한 삶을 위해 신명을 얻으려면 다름 아닌 '일호一好'의 경지가 필수적이라는 것을 강조했으니까요. 그것이 2200여 년 전 이미 순자가 터득한 인생의 속알갱이였던 것입니다. 작고 사소한 일일지언정 우리는 어느 하나에 '미쳐 살아야' 한다는 것(어느 하나에도 미치지 않은 삶이 있다면 그것이야말로 진정 위험한 상태, 진짜 미친 상태라는 것), 아무런 절실한 것 없이 인생을 살아간다는 것은 그야말로 '죽음을 향한 의미 없는 발걸음'에 지나지 않는다는 것을 순자는 그렇게 말했던 것입니다. 제가 보기에는 그렇습니다. 막신일호莫神一好라는 짧은 말로, 촌철살인寸鐵殺人, '생의 한 가운데'를 관통하는 표현의 묘를 득하였습니다.

반복해서 스스로 다짐해 봅니다. 생활을 단순화시켜 사소한 일상에서도 우주적 즐거움을 만끽할 것, 끝까지 한 가지 일에 미칠 것, 미친다는 것은 언제나 자신의 내부內部를 깨끗이 연소燃燒하는 것임을 명심할 것.

# 불 속으로

: 입화자소

● ● ● ●

"좀 으스스 한데요. 이런 휘호揮毫는 처음이네요."

부탁받은 글귀를 보고, 서예가 선생이 그렇게 말했답니다. 시를 쓰는 대학 선배님이 일 년여 저와 함께 운동을 같이 한 후 선물을 하나 하사하셨습니다. 고급스럽게 표구까지 해서 갖다 주셨습니다. 그 며칠 전, 좌우명이 무어냐고 물으시길래 '입화자소入火自燒'라고 말씀드렸더니 친하게 지내는 서예가 선생에게 일필휘지—筆揮之를 부탁해 액자를 하나 만들어 오신 겁니다. 서예가 선생은 저와는 아직도 일대면도 없는 형편이지만 친구의 친구인 사이로 이름은 서로 알고 지내고 있었습니다. 세 사람 모두 불혹을 갓 넘겼을 때의 일입니다. 거실에 걸어두고 있다가 지금은 제 연구실 잘 보이는 곳에 모셔놓고 있습니다.

입화자소入火自燒는 '불 속에 들어가 제 몸을 태우다'라는 뜻입니다. 갑자기 웬 소신공양燒身供養이냐라고 반문하실 지도 모르겠습니다. 입화자소入火自燒라는 말은, 제게는, 막신일호莫神一好의 연장선 위에 있습니다. 앞에서 막신일호를 말하면서 글의 말미에 '(어느 하나에) 미친다는 것은 자신의 내부가 연소된다는 것'에 다름 아니라고 쓴 적이 있습니다. 바로 그 '내부內部의 연소燃燒'라는 말의 출처가 되는 것이 이 입화자소라는 말입니다. 본디 입화자소入火自燒라는 말은 동양적 신비주의의 관점에서 신선神仙과 관련되어 생성된 것입니다.[1]

『열선전列仙傳』에 기록된 초기 신선 중의 일부는 직업이 아예 야장冶匠(대장장이)이거나 최소한 불의 탁월한 운용자였습니다. 유명한 신선이었던 적송자赤松子는 '불 속에 들어가 제 몸을 태우는(能入火自燒)' 능력을 지녔고, 영봉자는 도공陶工의 우두머리(불로 도자기를 굽는 기술을 아는 자)였으며 양모梁母, 사문師門 같은 신선들도 모두 불을 다루는 기술을 터득한 인물들이었습니다. 불의 통어mastery of fire가 주술적 비상magical flight의 능력(득선의 경지)으로 직결된다는 생각이 고대인들을(특히 우리 동이계 문화권에서) 지배했다는 설명입니다.

---

1) 정재서, 『동양적인 것의 슬픔』, 살림, 1996 참조. 이하 모두 같음.

불의 통어는 야금술적 단계(용광로에서 철을 제련하는)에서 연금술적 단계(화로 속에서 단약丹藥을 제련하는)로 변화합니다. 후한인後漢人 위백양이 장백산의 진인眞人으로부터 금단의 비결을 전수받아 이루어진 것이 바로 금단도교金丹道敎라는 기록이 송인宋人 증조가 편찬한 『도추道樞』라는 책에 실려 있는데, 이는 일찍이 불의 통어를 중시하던 우리 선조들의 사유思惟가 중원으로 흘러 들어갔던 역사적 사실을 입증하고 있는 것으로도 볼 수 있습니다(그 뒤 수와 당 이후의 중국 도교에서는 수련의 비중이 외단外丹에서 내단內丹으로 바뀌어져 외부의 불이 아니라 신체 내부의 화후火候(불기운)를 조절하는 것을 득선의 중요한 과제로 여기게 되었다고 합니다). 어쨌든 고구려에서 단약 제련을 중심으로 하는 금단도교金丹道敎가 발원했다는 것은, 문화사적으로 우리 민족이 야금술 및 연단술에 일찍부터 통달해 있었다는 사실과도 부합하는 것입니다. 고구려 벽화에 나타나는 야장신冶匠神을 치우 혹은 그에 상당하는 신화적인 영웅으로 추정하는 것이 최근의 학계 동향이고 보면, 우리 민족이 예로부터 '불의 철학'을 깊이 있게 추구해 왔으리라는 짐작을 능히 할 수 있는 것입니다.

앞에서 중국 도교의 흐름이 외단에서 내단으로 그 수련의 비중이 변화하였다는 말을 했는데, '불사不死의 단약丹藥-금단金丹'을 제련하는 일을 그만두었다는 차원에서 보면 그것은 큰 변화이겠으나, 그런 이해는 물질적 세계관의 전통(혹은 실용, 실리적 세계관의 전통)이 깊은 중국의 사유체계에서 본 관점이고, 우리

선조들의 사유체계, 즉 우리 민족 고유의 형이상학으로 내려오는 불의 철학이라는 차원에서 보면 사실상 그것은 본질적 차원의 변화라고는 볼 수 없는 것이 아닌가 싶습니다. 우리 선조들은 외부의 불을 통어함으로써 자신의 내부에 존재하는 불기운도 통어할 수 있다는 신념을 가지고 있었던 것이지 외부의 불을 통어하는 그 자체를 목적으로 가졌던 것은 아니었습니다. 우리 민족의 불의 철학을 역설적으로 예증하는 것이 바로 전 세계적으로 우리 민족에게만 그 존재가 확인된다는 이른바 '화병火病', 혹은 '울화병'의 실재성일 것입니다. 의학적으로도 그 사실이 공인된 바 있다는 '화병'은 결국, 우리 자신 내부의 불기운이 제대로 조절되지 않음으로써 발병되는 질환이 아니겠습니까? 왜 '화병火病'이 우리 민족에게만 존재하는가? 우리 민족의 '불의 철학'을 전제하지 않고서는 설명될 수 없는 물음일 것입니다. 그렇게 보면, 입화자소入火自燒는 먼 나라의 신선놀음이 아니라 당면한 우리의 문제일 것입니다. '불 속에 들어가 능히 자신을 태운다'는 것은 곧 '내부의 불기운을 조절한다'라는 뜻이고, 심리학 용어로는 '자기 내적 심리 에너지의 변환'일 것이고, 비약이 허락된다면, 우리 민족에게는 그와 같은 '불의 철학'이 이미 태어날 때부터 주어져 있으므로(그것에 실패하면 '화병'에 걸릴 지도 모릅니다) 너나 할 것 없이 입화자소의 경지를 향해 나아가야 한다는 것이 되겠습니다.

# 나의 운세

: 『유배지에서 보낸 편지』

세상이 빠르게 변하고 있습니다. 오늘의 코드code, 오늘의 맥락context은 내일이 되면 어느새 오해와 편견을 낳는 흉물이 됩니다. 우리 사회 안에서 세대 간의 불화, 계층 간의 갈등이 첨예하게 대두되고 있는 이 시점, 그러면서도 전조前兆로나마 어떤 민의民意의 분출 같은 것을 목도하고 있는 이 시점에서는 그런 '속도감 있게 변화하는 의미작용'에 성심을 다해 민감하게 대응하는 것도 나쁘지는 않을 것 같습니다. 더군다나 그 변화의 방향이 제대로 앞으로 나아가는 것이라는 생각이나 느낌이 들 때는 더 그럴 것 같습니다. 변화의 흐름 속에서 내가 해야 할 일들이 그 작업을 통해 좀 더 명료하게 확인될 것이기 때문입니다.

모든 것이 변하고 있는데 안 변하는 것이 있습니다. 인간의 허황된 꿈이라고도 할 수 있는 점복술占卜術에 대한 기대가 그것입니다. 점복에 대한 선호選好는 예나제나 변한 것이 없어 보입니다. 최근에는 타로점이라는 게 나와서 젊은이들 사이에서 꽤나 유행하고 있습니다. 심심풀이로 한다고 하지만 은근히 중독성이 있어서 한다는 가게마다 문전성시를 이루고 있습니다. 그 모습을 보면서 저는 씁쓸한 느낌을 지울 수가 없습니다. 미래의 길흉화복을 미리 알 수 있다는 것은 누가 봐도 엉터리 신념입니다. 그건 제가 어려서 속칭 점쟁이 골목에서 살아보았기 때문에 잘 아는 일입니다.

제가 어릴 때 아버지가 선술집을 여신 적이 있습니다. 공원 앞인데 유명한 '점집 골목'이 자리 잡고 있는 곳이었지요. 아버지 가게의 단골손님 중에 황씨 아저씨라는 분이 계셨습니다. 아버지와 연세도 비슷하고 학벌도 비슷하신 말동무였는데 세칭 '도사' 분이셨지요. 그 동네에서 가장 멋지게 생기신 분이었습니다. 얼굴이 관옥처럼 붉고, 표정이 늘 잔잔한 호수처럼 맑은 아저씬데 전쟁 중에 다리 한쪽을 잃어 계룡산에서 공부를 배워 생계형 '도사'가 되신 분입니다. 그때 그 아저씨가 한 젊은이를 데려와서 소주 한 잔을 기울이며 하시던 이야기가 생각납니다. "본디 사람은 남의 일을 알 수가 없다. 네가 공부를 배우겠다고 하니 말리지는 않겠지만, 남의 앞날을 알려고 애쓰지 말고 네 자신을 알기에나 힘써라. 그러다 보면 길이 보인다." 아마 그런 내용이었던 것 같습니다. 지금 정리하자면 그렇다는 겁니다. 황씨 아저씨는 동네에서 가장 점잖은 분이니까 그렇게 말씀하셨지만, 다른 아저씨나 할아버지들은 자기들끼리 모이면 대놓고 시쳇말로 '쌩을 까'셨습니다. 얼큰하게 취기가 돌면 낮에 있었던 무용담(?)도 욕지거리를 섞어가며 재미있게 들려주곤 했습니다 (자세한 것은 약하겠습니다). 그런 환경에서 자란 저였기 때문에 평생 동안 점복을 믿지도 않았고 점집을 찾아다닌 적도 없었습니다. 그런데 기이한 일이 벌어졌습니다. 언제부턴가 제가 점복술의 실재를 은근 인정하고 있는 것이었습니다. 그뿐이 아닙니다. 얼떨결에 이미 운명론자가 되어 있는 것이었습니다. 이미 팔자가 정해진 것이어서 달리 그것을 벗어날 방도가 없다고 무심결에 믿고 있는 것이었습니다. 그렇게 된 이유가 무엇인지는 확실치 않습니다. 저도 모르는 사이에, 제 스스로 예감한 것이나 예측했던 일들이 하나 없이 다 현실로 닥쳐왔다고 믿고 있었고, 제 인생은 마치 멜로드라마가 그런 것처럼, 주인공에게 닥친 가까운 앞날의 실패와 고통들이 결국 먼 미래의 성공과 보상으로 변환되어 오는 정해진 플롯을 가지고 있을 것이라고 굳게 믿고 있는 것이었습니다. 그런 턱없는 낙관樂觀이 왜 생겼는지 저로서는 도무지 알 수가 없습니다(중간 중간에, 집사람이 용하다는 집을 찾아가서 저의 운세를 보고 온 사실은 있습니다). 저는 본래 그런 성격의 소유자가 아니었습니다. 그저 전전긍긍, 전전반측, 오매불망,

노심초사하는 햄릿형 캐릭터가 제 성격이었습니다. 결코 낙관론자가 아니었습니다. 시간 약속이 있으면 꼭 10분이라도 먼저 나가 앉아 있어야 직성이 풀리고, 마감 날짜를 적어도 일주일은 앞당겨서 원고를 넘겨야 마음이 편한 사람이었습니다. 고료가 미리 정해진 단편소설 한 편이라도 원고 매수는 항상 넉넉하게 보내야 마음이 편했습니다. 성적 처리나 (출장·연수)결과 보고서 작성, 논문 투고도 늘 선두를 달렸습니다. 그래야 제 마음이 편했습니다. 지금 쓰고 있는 이 글들도 마찬가집니다. 약속도 대가(보상)도 없는 자발적인 글쓰기인데 꼭 무엇에 매인 자처럼 쓰고 있습니다. 이 모든 것이 저의 그 턱없는 낙관의 정체를 의심케 하는 것입니다(아마 여러 번, 저도 모르는 사이에 그것이 저를 찾아온 계기가 있었을 것이라는 짐작은 듭니다). 어쨌든, 제 스스로 생각해도 제가 조금 변한 것 같습니다. 특히 요즘 들어 별의 별 낙관적 예감이 많이 듭니다. 전에 같으면 망상증을 의심해 보기도 할 텐데 요즘은 자기를 찬찬히 돌아다보는 그런 스캐닝도 별 재미가 없습니다. 어쩌면 백약이 무효, 병이 너무 깊어 그럴 단계마저 훌쩍 넘어선 것이 아닌가 싶기도 합니다.

말이 길어졌습니다. 페이스북에서 어떤 분이 『주역周易』을 펼치고 스스로 점괘를 한번 뽑아보셨다는 글을 얼마 전에 올리신 적이 있었습니다. 저도 몇 년 전 모종의 출사표를 쓰면서 그런 식의 자충수(?)를 한 번(딱 한 번!) 두어 본 경험이 있었습니다. 결과만 말씀드리면 이렇습니다. "너는 지금 나가면 죽는다. 건너지 마라"였습니다. 그걸 저는 "지금 건너지 않으면 죽는다"로 읽었습니다. 다른 의미는 한 구절도 눈에 들어오지 않았습니다. 그래서 결국 나갔다가 '죽고' 말았습니다. '죽고' 나서 보니 그 문의文意가 너무 뚜렷해서 글자가 책 밖으로 튀어나올 지경이었습니다. 그걸 거꾸로 읽은 제가 제 스스로 생각해도 도무지 이해되지 않았습니다. 그런 게 인간인 모양입니다. 그때 그일 이후로는 절대로 주역 근처에 가지 않습니다. 이미 한 번 죽었기 때문입니다. 그렇게 한 번 죽으니 점볼 일이 없어져서 편했습니다. 그러고는 그냥 덮어놓고 낙관하기 시작했습니다. 어차피 제 운명은 정해져 있는 것이니까 점을 보든 안 보든, 그리고 나가든 안 나가든, 모든 것이 팔자대로 이루어질 것이기 때문입니다. 그게 현재 저의 '코드와 맥락'인 것 같습니다.

다산의 '유배지에서 보낸 편지' 중에도 200년 전 당대의 코드와 맥락에 대해 논하고 있는 대목이 있습니다. 『주역周易』이라는 책이 인격 수양의 한 지침으로 고려되지 않고 오로지 길흉화복을 예측하는 도구로만 사용되는 당시의 풍조를 나무라고 있습니다. 지금 우리 사회에서도 '도적처럼 다가오는 미래'에 대한 구구하고 구차한 해석이 남발되고 있습니다. 제가 보기에는 이미 그것은 '해석'이나 '설명'의 대상은 아닌 듯싶습니다. 더군다나 자신의 운세와 연관시킨 섣부른 '예측'은 절대 금물일 듯합니다. 다산의 표현을 빌리자면, 현상을 해석하고 미래를 예측하는 바탕에는 '하늘을 섬기는 마음'이 자리 잡고 있어야 하는데 그런 것도 없이 마구 자신의 부귀영달에만 목적을 두고 점을 (감히!) 쳐서는 안 될 것입니다. 그런 뜻에서, 다산의 목소리를 직접 한번 접하는 것도, 자성의 차원에서, 그리 무용한 일은 아닐 듯싶습니다.

『주역(周易)』으로 말하더라도 요즘 사람은 하늘을 섬기지 않는데 어찌 감히 점을 칠 수 있겠습니까. 한선자(韓宣子)[1]가 노나라에 사신으로 가서 역상(易象)을 보고서, "주나라의 예(禮)가 노나라에 있구나"라고 하였습니다. 『역전(易箋)』[2]을 자세히 보면, 서주(西周)의 예법 가운데 환히 알 수 있는 것들이 부지기수인데, 지금 점치는 것이라 하여 그 예법마저 고찰하지 않는대서야 되겠습니까. 공자는 점치는 것 외에 별도로 단전(彖傳)과 대상전(大象傳)[3]을 지었으니, 『주역』이 어찌 점치는 책일 뿐이겠습니까?

옛날에는 봉건제도를 썼으나 지금은 봉건제도를 쓰지 않고, 옛날에는 정전(井田)제도를 썼으나 지금은 정전제도를 쓰지 않고, 옛날에는 육형(肉刑)제도를 썼으나 지금은 육형제도를 쓰지 않으며, 옛날에는 순수(巡狩)를 하였으나 지금은 순수를 하지 않고, 옛날에는 제사 때 시동(尸童)[4]을 세웠으나 지금은 시동을 세우지 않습니다.

---

1) 중국 춘추시대 진나라의 대부(大夫)인 한기(韓起)로 '선자'는 그의 시호.
2) 다산의 『주역사전(周易四箋)』.
3) 『주역』의 편명.
4) 옛날에 제사지낼 때 신위(神位) 대신으로 그 자리에 앉히던 어린 아이.

점치는 일을 지금 세상에 다시 행하게 할 수 없는 것은 이런 몇 가지 일보다 더 어려운 게 있습니다. 그래서 저는 갑자년(1804)부터 『주역』 공부에 전심하여 지금까지 10년이 되었지만 하루도 시초(蓍草)5)를 세어 괘(卦)를 만들어 어떤 일을 점쳐본 적이 없습니다. 제가 만약 뜻을 얻는다면 조정에 아뢰어 점치는 일을 금하게 하기에 겨를이 없을 것입니다. 이는 오늘날의 복서는 옛날의 복서가 아니어서 하는 말은 아닙니다. 비록 문왕(文王)이나 주공(周公)이 지금 세상에 태어난다 하더라도 결코 점으로써 의심나는 일을 해결하려 하지는 않을 것입니다. 선생께서는 어찌하여 이러한 뜻을 천명하여 따로 책하나를 짓지는 아니하고 『주역』의 원리가 지나치게 밝혀졌다고 근심까지 하시는 것입니까?

무릇 하늘을 섬기지 않는 사람은 감히 점을 치지 않는데 저는 지금 하늘을 섬긴다 하더라도 점을 치지는 않겠습니다. 제가 이런 뜻에 매우 엄격하지 않은 것은 아닙니다만, 『주역』이란 주나라 사람들의 예법이 들어있는 것이어서 유자(儒者)라면 그 깊이 있는 말과 오묘한 뜻을 발휘하여 밝히지 않을 수가 없기 때문입니다.

그러나 옛날 성인은 모든 깊이 있는 말과 오묘한 뜻에 대해 그 단서만 살짝 드러내어 사람들로 하여금 스스로 생각하고 스스로 깨닫게 하였습니다. 만약 하나도 숨겨진 것이 없이 훤히 드러나 볼 수 있다면 재미가 없을 것입니다. 지금 이 『역전(易箋)』은 너무 자세하

---

5) 톱풀. 엉거시과에 속하는 다년생풀. 고대에는 이 풀을 점칠 때에 썼다.

게 밝혀놓았으니 이 점에 대해서는 깊이 후회하는 바입니다.

▶▶▶정약용, 박석무 편역, 「둘째형님께 답합니다 2」,

『유배지에서 보낸 편지』 중에서

# 들어가서 조용히

: 뉴질랜드에서 온 편지

살면서 '행장行藏'에 대해서 갈등을 느낄 때가 간혹 있습니다. 물론 '거룩한' 것들은 아닙니다. 일개 시골무사 주제에, 공자님이 수제자 안회에게만 허여하신, '때를 얻으면 나서서 정사를 돌보고 그렇지 않을 경우에는 들어가서 조용히 덕을 쌓는다'와 같은 경지는 언감생심, 제 신세로는 바랄 수도 없는 가당치 않은 상정想定입니다. 그냥 직장 일이나 협회(검도) 일에 직분을 가지고 나설 것인가 말 것인가, 주로 그런 소박한 선택 앞에서의 망설임 수준입니다. 현재로서는 '조용히 덕을 쌓는 일'에 치중하고 싶은 마음입니다. 나이가 그런 선택을 부추기고, 또 우연히

접한 페이스북이 또 그런 마음가짐을 갖게 하는데 큰 도움을 주고 있습니다. 젊어서는 물론 달랐습니다. 죽이 되든 밥이 되든 나가서 사람들과 부지런히 부대껴야 한다고 여겼습니다. 그때 일을 생각하면 공연히 쓴웃음이 나오기도 합니다. 40대 중반 무렵에 그런 심사에서 한 지인과 주고받은 편지를 소개합니다. 참고로, '도치(칼에 미친 놈)'는 당시 저의 별명입니다.

　도치(刀痴) 형께.
　편지 고맙습니다. 첨부하신 글도 잘 읽었습니다. 뒤의 글(사람들과 부대껴야 한다는 취지)은 전에 읽었던 것이지만 다시 읽으니 새롭습니다. 방금 H교수가 처음으로 편지를 했기에 장문의 답장을 보냈는데 보내고 나니 조금 찜찜한 데가 있습니다. 다른 것이 아니고 H교수가 자신의 보편이론에 너무 집착하는 것 같아서, 그것은 마치 『장자』「천지」편에 나오는 '문둥이가 밤중에 자식을 낳고 허겁지겁 등불로 비춰보는 것처럼 어리석은 일'이라고 한마디 충고를 했습니다만 막상 보내놓고 보니 마음이 무거워지는군요. 보낸 편지를 되돌릴 수도 없고…. 장자를 읽다가 도치 형이 문득 떠오르는 구절을 발견했습니다. '샘물이 말라 물고기가 땅위에 서로 모여 축축한 숨으로 적셔주고 거품으로 적셔주는 것은 강이나 호수에서 서로를 잊고 지내는 것만 못하다(泉涸 魚相與處於陸 相呴以濕 相濡以沫 不如相忘於江湖).' 이 말은 우리가 서로를 위한다고 하는 일이 물고기가 진탕에서 뻐끔거리며 기포를 내뿜는 것과 같다는 말입니다. 우리가 구태여 나는 너에게 너는 나에게 의미 있는 존재가 되기보다는 서로 잊고 유유히 사는 것이 더 낫다는 뜻으로 새겼습니다. 맞습니까? 그리고 제 유언장에 써 넣을 구절도 찾아냈습니다. '천지는 그 위에 나를 실어 형체가 있게 하였다. 나에게 삶을 주어 수고하게 하고 늙음을 주어 빈둥거리도록 했으며 죽음으로써 나를 쉬게 하였다(夫大塊載我以形 勞我以生 佚我以老 息我以死). 이제 나는 천지를 커다란 화로로 여기고 조화를 훌륭한 대장장이로 생각하여 편안히 잠들겠다. 그리고 (다시 태어나면) 퍼뜩 깨어날 것이다(以天地爲大鑪 以造化爲大冶 成然寐 蘧然覺).' 어떻습니까?

뉴질랜드에서 걸아(傑兒) 드림

걸(傑) 형께.

이제야 답장 올리게 되어서 송구합니다. 후학기 시간표도 짜야 되고 논문 심사도 해야 되고, 조금 바빴습니다. H교수에게는 조금 심한 말을 하신 것 같군요. 저한테는 무슨 말씀을 하셔도 괜찮습니다만(우리는 죽마고우니까요), H교수는 마음이 여린 분이라(거기다가 우리보다 물경 1년이나 후배지 않습니까), 또 형을 끔찍하게 따르고 위하시는 분이라 상처가 클 겁니다. 빨리 사과하십시오. 늦었다고 생각될 때가 가장 빠를 때입니다. 그냥 '너의 훌륭한 업적을 보니 샘이 나서 그렇게 내질렀다'고 발뺌을 하십시오. 아무래도 그런 혹평 짓거리는 저에게나 어울리는 것이지 형에게는 어울리는 일이 아닌 것 같습니다. 꼭 그리 하시길 기대합니다. 담배 맛은 여전하신지요? 끊고 나니 졸지에 복부비만 3기로 접어든 것 같습니다. 담배 한 개비 빠져나간 자리가 이렇게 클 줄은 예전에 미처 몰랐습니다. 세 번째 금연 시도니까 더 이상 굴할 수 없는 형편입니다. 죽기 살기로 덤비고 있습니다. 그 전에는 왜 이런 '죽기 살기'가 없었는지 모르겠습니다. 그것도 의식 못한 채 담배를 끊겠다고 덤빈 모양입니다. 아무런 기억이 없군요. 장자에 대해서는 별로 말씀드릴 것이 없군요. 제겐 그저 인기지리무신(闉跂支離無脤說衛靈公, 靈公說之. 而視全人, 其脰肩肩. [『莊子』 德充符])만 의연합니다. 어디고 진실은 없고 현실만 의연합니다. 다른 것은 아직 어렵습니다. 『장자』는 제가 볼 때, 우리 수준에서는 좀 버거운 책인 것 같습니다. '우리'라고 해서 죄송합니다만, 인간에 대한 절망은 아무나 막 하는 것이 아니라는 느낌이 듭니다. 어제 김용옥 선생의 수운 최제우와 동학에 관한 강의를 시청했습니다만, 이미 그 당시에도 수운이 '서학(西學)'이 대단한 것임에는 분명하다고 생각했다는군요. 선생의 자세한 설명은 없었지만(워낙 기초적인 내용이니까요) 그 강의를 들으며 생각하기를, 서학이 대단하다면, 그 '말도 안 되는 사랑'밖에 더 있겠는가? 기독교의 형이상학은 결국 '사랑'인데, 그것이야말로 이 세상 모든 절망을 건너뛰도록 하는 힘을 제공하는 것이 아닌가? 수운도 그걸 보았다는 말씀이구나, 그렇게 이해했습니다. 그래서 저는 형의 말씀에 약간의 이견을 제출합니다. 인간들이 하는 짓이 고작 '진탕에서 삐꿈거리는' 것에 불과하더라도, 그것이 사랑(자기희생을 바탕으로 한)을 통해서 함께 무엇을 이루려는 노력이 될 때는 가치있는 일이라고요. 그래야 후일을 기약할 수 있는 것이지, 당대에 소용이 보이지 않는다고 해서 '유유히 깊은 물속에서 홀로 자족하는 것'은 결국 아무런 이룸을 이룰 수 없는 그야말로 허무맹랑한 짓거리에 불과한 것이지 싶습니다. 그냥 그런 생각이 든다는 것이니 형이 H교수에게 한 말씀처럼 듣지는 말아주시기 바랍니다.

어제 집에서 독서일기를 보유하다가, 젊어서 청주에서 검도를 배울 때 우리보다 10여 년은 더 젊은 사범이 '검도가 실은 별 것 없어요'라고 한 말을 다시 고쳐 써야겠다는 생각이 들었습니다. 그때는 그 말이 지닌 내포를 자세히 몰랐습니다. 지금 와서 저도 제자들에게 그런 말을 해 주고 싶을 때가 종종 있습니다. 똑같은 짓을 매일 하면서, 별 것 없는 동작들을 반복하면서, 하루하루 그 미세한 경지의 차이를 느끼는 것, 그게 결국은 도(道)가 아니겠나, 그런 생각이 드는군요. 화려한 볼거리, 유별난 동작만 찾아서도 안 되고, 아예 뒷짐 지고 들어가 앉아버려서도 안 되는 것이 아니겠나 싶습니다. 그러면 결국 아무 것도 이루는 것이 없을 것이기 때문입니다. 무엇보다 '행동의 깊이'를 느낄 시간을 가지는 것이 중요하다 싶습니다. 문득, 행동의 깊이가 인격으로 확장·전이되는 것이 무도(武道)겠구나라는 생각도 드는군요. 어쨌든 '불편한 것들'을 어루만지며, 속절없이 '삐꿈거리며' 살아야 하는 것이 인생인 것 같습니다.

그래서 장자가 어렵습니다. 정작 장자는 '사는 게 별 것 있나요?'라고 말하고 있는데 우리는 그 말속에서 자꾸 '별 것'들을 찾아내거든요. 찾아내어서 마구 휘두르기도 하고요(심지어 그것으로 유서까지 쓰는군요). 별 것 없어야 되는 거 아닐까요? 독서일기 보유한 것이 지난 번 것보다 조금 나은 것 같아서 보내드리고 싶은데, 그것도 그만 두기로 하였습니다. 오늘 생각해 보니 그 글도 어차피 사람을 '사랑'하는 것보다는 사람에게 '상처'입을까봐 두려워하는 제 가식(假飾)의 진열장인 것 같습니다. 그럼,

또 연락드리겠습니다.

도치 드림.


10년 저편에 있는 것들이지만 새로 읽어보니 여전히 감회가 새롭습니다. 당시에는 모질게 폄하했지만 요즘은 친구의 '은둔 자족형' 인생관이 많이 이해가 됩니다. 그 행실은 여전히 밉지만, 공감될 때가 많습니다. 그 당시 주고받은 편지들을 보며 저도 뉴질랜드에나 한 일 년쯤 갔다 왔으면 좋겠다는 생각도 해봅니다. TV를 봐도 매일같이 물에 물탄 듯한 뉴스거리밖에 없다는 곳에서 '무념무상 명경지수'의 삶을 제대로 한번 실행해 보고 싶습니다. 그러면서 결국 세계관은 자기 환경에 대한 해석에 다름 아닐 것이라는 생각도 해봅니다. 자청하는 유배 생활을 통해서 아직 다 모르는 '은둔 자족'하는 삶의 기쁨을 한번 찾아보아야 하겠습니다. 더 늙기 전에 말입니다.

# 놀부라는 이름의 사나이

: 『흥부전』

고등학교 동기 중에 '놀부'가 두 명 있었습니다. 물론 별명입니다. 놀부 별명이 붙은 까닭이 재미있습니다. 한 명은 이름이 흥보興甫입니다. 그래서 반대로 놀부(놀보)라고 불렀습니다. 또 한 명은 너무 부지런한 친굽니다. 친구들 일이라면 일일이 챙깁니다(지금도 사정은 마찬가집니다). 그런데, 다른 이름도 많을 건데, 하필이면 놀부로 불렸습니다. 누가 처음 그렇게 불렀는지는 모르겠습니다(본인은 어려서 생긴 게 놀부 같아서 초등학교 담임선생님한테 처음 그렇게 불렀다고 주장합니다). 부지런한 그에게 놀부 별명을 붙인 것은 아마 소설 속의 놀부에게 '부지런한 인물'이라는 이

미지가 있었기 때문이 아닌가 싶습니다. '착하지만 게으른 흥부'
와 '악하지만 부지런한 놀부'라는 일종의 스테레오 타입의 인물
관이 우리에게 거의 고정관념 수준으로 내려앉아 있다고 생각
되기 때문입니다. 선악은 흐릿해지고, 근면과 나태, 혹은 부富와
빈貧만이 부각되는 지금에 와서 보면 그런 그에게 놀부라는 별
명은 어쩌면 당연한 닉네임입니다.

젊어서는 누구든 '놀부' 이야기를 꺼내려면, 두 사람 중 누구
인지, 신원 확인부터 했어야 했습니다. 그래야 혼동이 없었습니
다. 요즘은 그렇지 않습니다. 근자에는 흥보보고 놀부라고 부르
는 친구들이 거의 없습니다. 흥보는 그냥 흥봅니다(아마 본명이
더 유명해진 모양입니다). 그래서 지금의 놀부만 아직 놀붑니다.

우리나라 사람 중 '놀부'를 모르는 사람은 없을 것입니다. 그
는 모진 형, 악행惡行으로 유명한 자입니다. 그런데, 왜 매사에
부지런떠는 친구를 놀부 친구들(제 친구들은 거의 놀부 타입입니다)
은 놀부라고 불렀을까요? 저하고는 출신계급도 다르고(그는 있
는 집 아이들이 다니던 사대부국 출신입니다) 고등학교 때 반도 달라
어릴 때의 사연을 속속들이 알 수는 없습니다. 다만, 요즘도 제
가 페이스북에 실은 글을 고등학교 동기회 홈페이지로 시시때
때로, 자기 입맛에 맞는 것만 골라서, 부지런히 실어 나르는 것
을 보면 미루어 짐작은 할 수 있습니다(물론 그의 업무 중 1%도
안 되는 분량입니다). 그 성정性情이 아마 직선적이고 물불 안 가리
고 참견 잘 하고 매사에 항상 정력이 넘치기 때문인 것 같습니

다. 나 같은 가난하고 힘없고 못난 홍부 동생이 어쩌다 페이스 북이라는 속빈 박을 하나 얻었습니다. 오랜만에 주린 배를 채우기 위해 박 속이라도 한번 긁어볼 량으로, 있는 가식 없는 재주다 부리며 '페이스 박'을 타는데, 그냥 그렇게 좀 놀게 두면 어디가 덧나, 그게 무슨 호사好事라고, 놀부동네(?)에다 거기 실은 글을 옮겨 방榜까지 붙일 것까지야 무에 있었겠습니까? 그런데 놀부가 그렇게 남의 일에 초를 칩니다. 그 동네가 어떤 동네라고(거기 주소가 '놀부본동 1번지'입니다) 거기다가 저의 '못난 홍부 짓'을 떡하고 게시를 한답니까? 그걸 봐서도 하는 짓이 딱 놀붑니다. 거기에도 그런 글을 싣는 코너(자유게시판)가 있어도 굳이 안 싣는 이 '못난 홍부'의 심정도 좀 헤아려야 할 것인데, 놀부 심사로는 아예 막무가냅니다. 보기 싫은 얼굴, 읽기 싫은 글, 억지로 봐야하는 친구들 생각도 좀 해야 할 건데, 아예 그런 배려는 안중에 없습니다. 그러니 오나가나 당연 놀붑니다. 놀부라는 이름을 누가 지었는지 그 어린 나이 때 그렇게 수십 년 뒤의 일까지 내다보았다니 정말이지 신통하기 짝이 없는 일입니다.

본론으로 들어가겠습니다. 놀부의 악행을 희석시키는 것은 언필칭 그의 경제력입니다. 물론 『홍부전』이라는 작품 안에서 그런 식의 '리얼리티'가 보장된다는 말은 아닙니다. 작품 안에서는 결코 그렇지 않습니다. 오히려 그 반대지요. 놀부의 악행과 경제력은 동전의 양면처럼 묘사됩니다. '돈 있는 것들이 더 악하다'라는 식입니다. 그런데 왜 '놀부의 경제력'일까요? 왜 그는

'부지런하고 근면한 인간'으로 승격되어 있는 걸까요? 텍스트 외적인 어떤 불순물이 스며들어(배금주의?) 있는 것은 아닐까요? 별다른 문맥도 찾을 수 없는데도, '놀부만 탓할 수 없다. 적어도 그는 부지런하지 않았느냐. 악하긴 했어도 경제적 인간으로의 존재가치는 높다'는 식의 견강부회가 남발되고 있다면 오로지 그 이유밖에는 없을 듯합니다. 사실은 그런 해석행위는 해서는 안 되는 것입니다. 그것은 놀부가 하는 것처럼 악惡에 해당하는 겁니다. 작품의 취지를 뒤집어서 자기 이익에 갖다 붙이는 것이기 때문입니다. 더 안 좋은 것은 그 영향이 '흥부(흥부적 인간에 대한 우리의 인식)'에게도 미친다는 겁니다. 그럴 때(놀부가 '경제적 인간'으로 자리매김 될 때) 흥부는 흔히 '도덕적 인간'으로 자리매김 됩니다. 덩달아 모든 '도덕적 인간들'도 흥부처럼 '무능한 인간'이 될 수밖에 없게 됩니다. 그런 막무가내가 어디 있겠습니까(흥부가 도덕적 인간이란 증거는 작품 어디에도 없습니다)? 그런데도 사람들은 '도덕적 인간'과 '경제적 인간'의 대립으로 흥부전을 설명하려고 기를 씁니다. 인간은 그 둘을 다 갖추어야 완전한 인간이 되는데 흥부나 놀부나 그것을 다 갖추지 못한 인물들이며 그래서 그들 『흥부전』의 주인공들은 결국 '인간의 불완전성'을 보여주기 위해서 『흥부전』에 등장하는 것이다라는 억지까지 등장하게 됩니다. 텍스트는(작가는), 인간이라면 의당 갖추어야 할 그 두 가지 능력(자질)을 강조하기 위해 흥부와 놀부라는 반쪽 인간들을 작품 속에 등장시킨 것이라는 것이지요. 그 교훈을 위해서 『흥부전』이라는 소설이 있다는 겁니다. 고전소설이 무슨 철학 강의 시간도 아니고 그런 억지 설명이 어디 있겠습니까만 현실적으로 그런 '억지'들이 먹히고 있는 것 또한 현실입니다. 그래서 좋든 싫든, 결말(해결)이 오기 전까지는, 모든 도덕적 인간은 무능해야 하고, 경제적 인간은 필히 악해야 하는, 그야말로 웃지 못할 '스테레오 타입'의 단순유치한 인간관이 만들어지게 되는 것입니다. 조금 웃기지 않습니까?

놀부는 악입니다. 누가 뭐래도 악입니다. 세상 모든 것이 다 바뀌어도 그 사실은 바뀌지 않습니다(춘향이가 기생딸이라는 것도 마찬 가지입니다). 그게 바뀌면 『흥부전』도 없습니다. 그게 『흥부전』이 있는 이유이기 때문입니다. 『흥부전』은 힘 없고 가난한 자들이 악에 대항하고 선善을 지키기 위한 몸부림이라는 겁니다. 그래서 그걸 희석시키는 해석행위 역시 비『흥부전』적인 것이며 당연히 악입니다. 거듭 말씀드리지만, 놀부는 인성에 내재한 악성惡性을 대신代身해서 드러내는 인물입니다. 그는 악을 벗어던지면 안 됩니다. 장자 상속의 폐해를 그렇게 돌려(직설적으로?) 말했을 수도 있겠습니다. 그나저나 어쨌든 놀부는 악입니다. 예나 제나 힘이 없는 자가 악을 징벌할 현실적인 방도는 어디에도 없습니다. 도덕도 마찬가지입니다. 흥부는 도덕을 생각할 만한 여유조차 없는 힘없고 불쌍한 인물이었습니다. 그에게는 오직 '감당할 수 없는 힘'의 가호만이 필요했을 뿐입니다. 지금과 같은 대명천지, 민주공화국 사회에서도, 그런 '흥부들'의

사정은 매 한 가지인데(영화 〈부러진 화살〉이 좋은 참조가 됩니다),
봉건사회에서의 '찢어지게 가난하기만 했던 흥부들'의 사정이
야 오죽했겠습니까. 오직 제비가 전해주는 하늘의 뜻에만 기댈
수 있었을 뿐입니다. 흥부전은 그것뿐입니다. 선과 악의 대립에
서 선의 손을 들어주는 것뿐입니다. 나머지는 다 사족입니다.
사족으로 작품의 본의本意를 대신할 수야 없는 일이 아니겠습니
까. 악은 악일 뿐, 다른 무엇으로 호도되어서는 안 될 일입니다.

　이제 알 것 같습니다. 이 글을 쓰면서 든 생각입니다(절대 아부
도 음모도 아닙니다). 내 친구 놀부가 왜 놀부라는 이름을 얻게 되
었는지 비로소 알 것 같습니다. 소싯적부터 놀부 동네에서 살면
서 그런 식의, 악惡을 호도하고 희석시키는 놀부식 망동妄動을,
끝까지 조롱하는 그의 집요함에 질린 친구들이 어쩔 수 없이
'네가 바로 놀부다'라고, 반어적인 경탄을 표현한 것이 아닌가
싶습니다. 놀부 잡는 놀부, 그에게 결국 항복한 것입니다. 그래
서 그의 별명은 '놀부 친구들에게 받은 작위爵位'라고 생각이 된
다는 것입니다. 틀림없을 것 같습니다. 내일 모레가 환갑인데도
여즉 놀부짓을 아끼지 않는 그와 그런 그를 변함없이 아끼고
사랑하는 놀부 친구들을 볼 때 그렇습니다. 어쨌든 놀부는 영원
합니다.

# 하나로 감싸는, 사람의 몸

: 『심청전』

1. 사람이 괴물怪物, monster이 되는 건 시간문제입니다. 부지불식不知不識, 자기도 모르는 사이에 괴물이 되는 경우도 많습니다. 어릴 때 친구를 수십 년 만에 만나는 일은 항상 가슴 조마조마한 일입니다. 필경 누구 하나가 괴물이 되어 있을 공산이 큽니다. 무슨 망발妄發이냐고 하실 지도 모르겠습니다. 그러나 그런 생각은 60년 가까이 인생에 복무(?)하면서 얻은 교훈, 혹은 지혜, 혹은 환멸의 결과입니다. 오랜 동안 서로 보지 못했다면, 십중팔구, 그 친구가 아니면 제가 괴물이 되어 있습니다. 제가 괴물이 되어 있는 경우는 아마 이런 것일 겁니다. 고집불통 완고

한 시골 늙은이의 아집我執, 사람을 무시하는 듯한 독선주의자의 오만傲慢, 혼자서 모든 것을 꿰뚫어 보고 있다는 투의 과대, 혹은 피해망상妄想, 무언가 열심히 이루며 살아왔다는 소시민적 자만自慢, 누구든 가르치려 드는 선생 근성, 위장된 도덕주의자의 공연한 투정과 그로 인한 차단감 또는 불통감, 아마 그런 것들이 오랜 만에 저를 만난 어릴 적 옛 친구의 대면對面 소감이 될 공산이 큽니다. 룸살롱 같은 데서 술도 한 잔씩 하면서 살아온 친구의 입장에서는 그런 것들이 당연 눈에 많이 거슬리는 것들이될 겁니다. 저도 물론 마찬가지입니다. 어릴 적 옛 친구가, 그 어릴 때의 순수성은 모두 사라져 버리고, 돈이나 권력의 화신, 오직 속악俗惡의 화신으로만 제 앞에 나타났을 때, 그 당혹감은 이루 말로 설명할 수가 없었습니다. 그렇게 우리는 서로서로 괴물이 되고 있었던 것입니다. 그야말로 부지불식간의 일입니다.

그렇게 보면 '괴물'이 그리 신기할 것도 없습니다. 인간 도처에 괴물입니다. 최초의 괴물로 여성을 지목한 아리스토텔레스도, 그런 관점에서라면, 한 번은 봐 줄 만합니다.

여성을 괴물과 연관시키는 것은 아리스토텔레스까지 거슬러 올라가는데, 그는 『동물의 발생(The Generation of Animals)』에서 남성 모형에 기초한 신체구조의 관점에서 인간의 규범을 가정한다. 따라서 생식에서 모든 일이 표준에 따라 진행된다면 남자 아이가 생기고, 생식과정에서 무엇인가가 잘못되었거나 일어나지 않았을 때만 여자 아이가 생긴다. 그러므로 여성은 변칙이고, 남성 중심의 인류(man-kind)라는 주제에서 변종이다. 아리스토텔레스가 인간의 표준으로서 남성성을 강조한 것은 그의 수태의 이론에도 반영되어 있다. 그는 생명의 원리는 배타적으로 정자에 의해 전해지고, 여성의 생식기관은 다만 인간의 생명을 담는 수동적인 그릇을 제공할 뿐이라고 주장한다. 그러므로 생식에 대한 이 초기 이론의 정자 중심성은 주체성에 대한 아리스토텔레스의 이론 전반에 걸친 엄청난 남성 편향성과 연관되어 있다. 아리스토텔레스에게 여성은 당연히 합리적 정신을 부여받지 않은 존재다.

비정상의 기호이며, 따라서 열등의 낙인으로서의 차이의 기호인 여성이라는 주제는 서구 과학 담론에서 불변하는 것으로 남아 있었다. 이 연관은 무엇보다도 여성의 몸에 대한 공포심을 담고 있는 여성 혐오 문학양식을 낳았는데, 『걸리버 여행기』를 읽은 사람이면 누구나 이것을 잘 알 것이다. 괴물로서의 여성을 문학 텍스트와 상호연관시키는 것은 특히 풍자문학 장르에서 흔히 일어난다. 어떤 의미에서 풍자문학 텍스트는 은연중에 괴물 같고, 그 자체로 그것은 상궤를 일탈한 것이며 비정상적인 것이다. 두드러지게 상궤를 벗어나기 때문에 풍자문학은 대단한 정도로 여성 혐오를 표현할 수 있는데, 이 정도의 여성 혐오는 다른 문학 장르에서라면 충격을 줄 수 있는 것이다.

그러나 문학 전통 바깥에서 여성성을 괴물과 연관시키는 것은 남근 중심적 담론 질서의 특징인 대립적 이항 논리에 내재한 경멸체계를 가리킨다. 부정성의 극, 즉 극단적인 경멸의 대상으로서 괴물은 그 규범이 무엇이든지 간에 기존의 규범과는 다른 것인 여성성과 구조적으로 유사하다.

결과적으로 담론의 여성 혐오는 비합리적인 예외라기보다는 오히려 규범의 절대성을 세우기 위해 경멸의 대상으로서 차이를 필요로 하는 단단하게 구축된 체계라 할 수 있다.

▶▶▶케티 콘보이 외, 조애리 외 옮김, 『여성의 몸, 어떻게 읽을 것인가』 참조

여성성이 괴물과 연관되는 것은 '에덴동산'에서도 마찬가지였습니다. 원죄의 근원에 여성성이 있습니다. 왜 그런지 모르겠습니다. 모권사회에서 부권사회로 넘어오는 과정에서 자연발생적으로 그런 정치적 스토리텔링이 이루어진 것인지, 아니면 아들을 영원히 소유할 수 없는 부성父性의 끈질긴, 의식, 무의식적 테러인지, 그런 담론의 형성에 직접 개입해 보지 못한 저로서는 확실히 알 수 없는 일입니다. 다만 그런 편향적인 사고체계로는 '세계의 평화'가 도모될 수 없다는 것만은 분명한 듯합니다. 굳이 '후천개벽'이 아니더라도 그런 남성 편향의 거세적 담론들이 자행하는 세계의 '괴물화'에 저항하는 구축 담론構築談論들은 어디서나(언제나) 요구되는 법입니다. 실제로 여성 창조주 신화나 여성 영웅 설화는 각 시대별로 활발하게 개진되어 왔습니다. 우리나라를 비롯한 동아시아 여러 나라에서 발견되고 있는 바리데기 설화도 그중의 하나일 것입니다. '여성성의 괴물화'라는 거

세담론去勢談論에 보다 적극적으로 저항하는 '대통합 서사', 사랑의 스토리텔링이라고 할 것입니다.

심청과 바리공주 이야기는 한마디로 자기실현의 과정을 상징적으로 나타낸 이야기라 할 수 있다. 김열규는 바리데기류의 타계(他界) 여행담은 탈령무속(脫靈巫俗)의 이념을 반영하면서 통고(痛苦)에 찬 죽음의 영역을 지나가야 하는 성무(成巫)과정에 대응하고 있다고 하였다. 또 바리데기가 시베리아 샤머니즘에서의 여무속무사(女巫俗武士), 그리고 키르키스의 영웅시에 등장하는 여자 영웅 및 지하계 여행을 돕는 여무(女巫), 여성무사를 주인공으로 삼는 조선조 소설과 상통함을 시사하였다.

이 이야기에 나오는 효는 반드시 집단이 의도적으로 필요에 의해 만들어낸 도덕규범에 불과한 것이 아니라 누미노제를 가진 신성한 존재에 대한 원초적 경외의 태도, 즉 일종의 종교적 헌신이라는 원형적 체험을 바탕으로 만들어낸 집단적 도덕규범이다. 그래서 그 깊은 곳에는 집단적 무의식의 정동이 흐르고 있다. 또한 심청은 결코 세속적인 '효녀'가 아니다. 만약 그렇다면 아버지의 요청대로 몸 판 돈을 도로 물리고 아버지 곁에 있어야 한다. 그러나 그녀는 인당수로 향한다. 여기에는 아버지에 대한 사적인 인정과 의존을 넘은, 보다 큰 원칙에 자기를 맡기고 보다 큰 사명에 봉사하려는 비장한 각오가 엿보인다. 그것은 오직 천상의 신에 봉사하는 자만이 할 수 있는 일이다.

▶▶▶이부영, 『아니마와 아니무스』, 중에서

『심청전』이나 「바리데기 설화」에서 여성성이 하는 일은 '모든 갈라지고 차별진 것들을 하나로 감싸는 역할'입니다. 그 역할에는 '사적인 인정과 의존을 넘은, 보다 큰 원칙에 자기를 맡기고 보다 큰 사명에 봉사하려는 비장한 각오'가 반드시 필요합니다. 만약, '아버지에 대한 사적인 인정과 의존'을 뛰어넘지 못하면 바리데기 공주는 또 하나의 '괴물'에 지나지 않는 것입니다. 바리데기 공주는 '아버지의 딸'이 아니라 '천상의 신에 봉사하는 자'이기 때문입니다.

2. '사람의 몸'은 언제나 최후의 수단입니다. 먼저 마음이나 재물로 정성을 다합니다. 그러나 그것만으로 원하는 것이 얻어지지 않을 경우, 사람들은 '사람의 몸'을 바칩니다. 에밀레종 설화나 『심청전』에 나오는 희생공양犧牲供養도 그런 차원에서 이해됩니다. 온갖 방법을 다 동원해도 대종大鐘을 만들 수 없고, 서해안(백령도 근처)의 격한 풍랑을 가라앉힐 수가 없습니다. 마지막으로 선택한 것이 사람의 몸, '인신人身 공양'입니다. 인간의 온갖 노력이 닿을 수 없는 그 '신비의 심연深淵'에 사람의 몸을 하나 갖다 바칩니다. 우리가 만들고 사는 인간 세상의 안녕과 질서를 위해서 작은 인간 세계 하나를 희생합니다. 치성을 드려 낳은 자기 아이를 펄펄 끓는 쇳물 안에 던져 넣거나 가난한 집 처녀를 '공양미 삼백 석'에 사서 바닷물에 수장水葬시킵니다(그들 희생물들은 권력, 권위와는 가장 멀리 떨어져 있는 존재들입니다). 그러면 인

간의 의지가 미치지 못하는 그 '신비의 심연' 쪽에서 모종의 화답이 옵니다. 지금까지 만들어보지 못한 큰 종도 만들어 낼 수있게 되고, 바다를 건너 중국으로 항해하는 배들이 풍랑을 만나바다 속으로 가라앉는 일도 확연히 줄어들게 됩니다. 거기까지는, 믿거나 말거나, 자기에게 가장 소중한 것을 갖다 바치는 일을 통해 '미래의 불확실성'이 주는 불안과 공포에서 벗어나고자하는 인간들의 절박한 심리상태를 보여주고 있는 부분입니다.

그러나 『심청전』의 주인공 심청이는 조금 다릅니다. 그녀는그저 범박하게 '효孝의 화신'으로 자리매김 될 때가 많습니다.그녀가 효녀로 자리매김 된다는 것은 희생제물을 자청했다는것에서 비롯됩니다. 무엇보다도, 본인이 제 스스로 그 자리를찾아갔다는 것을 높이 친다는 말입니다. 그런데, 심청이의 '자청自請' 부분을 그렇게 '효행 사상'을 선양하는 데에만 활용하는것은 제대로 된 독법이 아닙니다. 앞에서도 살폈지만, 그 부분을 우리는 조금 더 확대(확장)해서 생각해야 한다는 겁니다. 다들 아시다시피 이런저런 '다른 길'이 있었음에도 그녀는 그 길을 우정 찾아갑니다. 부잣집(장 승상 댁)에 양녀로 들어가는 길도 있었고(그 정도의 재물을 아버지에게 안길 수 있었는지는 의문이지만), 그 정도 총명한 아이라면 어떻게든 아버지와 함께 호구지책을 마련할 수도 있었을 겁니다. 그러나 그녀는 진정 '아버지의 눈을 뜨게 하려고' 기꺼이 자신의 몸을 바칩니다. 그 부분에서 그녀의 한은 그 '아버지의 눈먼 자로서의 한'과 합치됩니다.

그리고 그것 하나에 세상의 불평등을 죄다 투사시킵니다. 그것만 깨면 세상이 뒤집어진다고 여깁니다. 심청이는 그리 여겼음이 분명합니다. 그 '세상 뒤집기'에 '사람의 몸', 자신의 희생이 필요하다고 여겼던 것입니다. 바리데기의 부활이었던 심청이 정도라면 그렇게 여길 만도 했을 겁니다. 결과론적이지만, 심청이의 그런 용단勇斷은 적중했습니다. 믿거나 말거나, 심청이는 부활했고, 역사에 길이 남게 되었습니다. 한 사람이 바친 공양미 삼백 석이 불전佛殿에서 얻을 수 있는 은혜로는 도저히 해낼 수 없던 것을 그녀는 결국 해내고 말았습니다. 제 아비 한 사람의 눈만 뜨게 한 것이 아니라는 겁니다. 몽매蒙昧한 대중들 모두에게 개안開眼의 시혜를 베풀었던 것입니다.

그러니까, 심청이는 희생 제물이 아니라 본인 스스로가 제주 祭主가 되었던 것입니다. 거기서 심청이는 '제왕의 권위'를 지닌 큰무당이 됩니다. 겉으로는 '눈 먼' 아버지가 믿는 '공양미 삼백 석'의 효험을 내세우지만 속으로는 자기 몸을 던져서 세상을 한 번 크게 뒤집어엎을 꿈을 꿈니다. 그렇게 심청이는 뱃전에서 떨어집니다. 그렇습니다. 그녀는 한갓 제물이 아닙니다. 스스로 천지 조물주를 찾아가 '사람의 몸'으로 담판을 짓습니다. 치성致誠이 아니라 담판이었던 것입니다. 그녀의 투신은 우주의 질서를 제 자리로 돌려놓는 '제왕의 죽음'이었던 것입니다. 심청이의 투신投身이 치성이 아니라 담판이라는 것은 〈심청가〉 '범피중류' 대목의 그 장엄함만 보더라도(듣더라도) 담박에 알 수 있는 일입니다. 잘못된 우주의 질서를 바로 잡으러 나가는 큰무당의 엄숙 장엄함은 모든 듣는 이의 몸뚱아리에 전율을 심습니다. 그리고 이어지는 '심청이 물에 빠지는 대목'에서는 사람은 물론이고 모든 산천초목까지 울음으로 자신을 비워내게 합니다. 이제 봉사 심학규가 눈을 뜨는 일은 그저 한갓 잡사雜事에 지나지 않는 것이 됩니다. 그것보다 더 중한 일이 있습니다. 세상이 뒤집혀집니다. 안 되는 것이 됩니다. 가련한 소경의 딸 심청이는 이미 심황후가 되어 있습니다. 당달봉사 심학규의 눈은 세상이 뒤집혀진 다음에야 떨어지게 됩니다. 인간들의 눈은 늘상 세상이 뒤집혀져야 번쩍 뜨이는 법이니까요. 그래서 인당수는 고작 돈이나 대는 중국 상인들의 제단이 아니라 심청이의 제단, 세상을 뒤집어 엎는 '제왕의 제단'이었던 것입니다.

셋째 부분에서, 앞부분은 심청의 기도, 남경 뱃사람의 등장, 인당수로 떠나기 전날 밤의 심청 탄식, 사실을 알게 된 심봉사의 통곡, 심청이 뱃사람을 따라가는 대목들로 되어 있는데, 남경 뱃사람들이 나타나는 대목만 빼고는 모두 슬픈 계면조로 불린다.

뒷부분은 배가 인당수로 가는 범피중류 대목, 물에 들기 전의 심청의 탄식과 인당수 묘사 대목, 고사 지내는 대목, 물에 빠지는 대목 따위로 되어 있는데, 유유한 장면에서 긴박한 장면으로 바뀌면서 소리도 진양 장단에 우조, 진양 장단에 계면조, 잦은몰이 장단에 우-계면조, 휘몰이 장단에 우-계면조와 같이 변화가 심하게 짜여 있다.

〈심청가〉의 노른자위 부분이라고 할 수 있다.

▶▶▶Daum 지식

거듭 말씀드리지만, 〈심청가〉의 노른자위가 바로 그 '제단' 묘사 부분, 심청이가 물에 빠지는 대목과 그 전후라는 것, 그리고 그 대목에서 모두 일심동체—心同體, 하나 되어 목을 놓아 울었다는 것은 심청이가 단순한 희생제물이 아니라는 것을 우리 모두가 인정했다는 것입니다. 심청이는 그냥 심청이가 아니었습니다. 어떻게든 한 번 이 세상을 바꾸어 놓고 싶었던 민초들의 깊은 속마음이 그렇게, 심청이라는 '사람의 몸'으로, 드러난 것이었습니다. 가진 건 '사람의 몸' 하나밖에 없었던 민초들이 그렇게 자신의 몸이라도 던져서 어떻게든 세상을 한 번 바꾸고 싶었던 것입니다. 그래서 그렇게 어이없는 이야기를 만들어놓고 서로를 부여잡고 울었던 것입니다. 그렇게 모두가 죽어서라도 제주祭主가 되고자 했던 심청이를 원했던 것입니다.

사족 한 마디, 『심청전』에서 심청이가 눈먼 아버지의 눈을 뜨게 하기 위해 자기 몸을 바닷물에 던지는 행위를 두고 그것이 과연 진정한 효행孝行이었던가를 아이들에게 묻는 것은 그러므로 우둔한(악의적인) 질문입니다. 기본적으로, 사회적 코드(효행 사상)가 심미적 코드(예술품)에 기생할 때에는 비논리성을 띨 수밖에 없습니다. 그 비논리성이 극단화 되는 것이 일반적입니다. 그런데 그것을 두고 '(사리에) 맞는가 틀리는가' 선택하라고 하는 것은 정말이지 무식해도 너무 무식한 질문입니다. 그것뿐만이 아닙니다. 그런 질문은 우정 심청이의 존재성 자체를 몰각하려고 하는 '나쁜 이데올로기'의 소산일 공산이 큽니다. 그래서 더 나쁜 것입니다.

앞에서 말씀드린 바와 같이, 심청이는 이 세상의 질서를 크게 한 번 바꾸어 보려는 꿈을 가지고 스스로 제주祭主가 되어 자기 몸을 희생제물로 바친 큰무당이었습니다. 그의 굿은 그렇게 크게 세상을 쇄신했습니다. 지금도 그녀의 '큰 굿판'은 여전히 효력을 발휘하고 있습니다. 그렇게 크게 한 번 죽어서 세상을 구했던 모범이, 눈먼 애비의 눈을 뜨게 한 기적이, 지금껏 엄연히 기억되고 있기 때문입니다. 힘없고 가난한 자들의 세상을 바꾸고자 하는 염원이 엄연한 이상 심청이의 '큰 굿판'은 언제 어디서고, 그때그때 시의에 맞는 제주를 불러내어, 재연再演될 수밖에 없는 것입니다.

참조:

누미노제(Numinose): 이 말은 독일의 신학자 루돌프 오토(Rudolf Otto)가 한 말로, 인간이 거룩한 존재 앞에 섰을 때 자신이 진실로 피조물임을 존재론적으로 통감하는 감정적, 미학적, 직관적체험이라고 하였다. 한마디로 누미노제는 "거룩의 체험"이라고 번역할 수 있다. 그는 이 누미노제 체험 안에는 무엇이라 말할 수 없는 신비하고 매혹적이며 두렵고 떨려오는 요소가 있다고 말한다. 오토는 모든 종교의 시작에는 이런 누미노스적 차원이 실재한다고 보았다.

▶▶▶다음 블로그 청현서재

# 아이들은 배운다

: 「도자설」, 「관재기」

두 편의 글을 소개할까 합니다. 「도자설盜子說」과 「관재기觀齋記」라는 글입니다. 「도자설盜子說」은 아비와 아들이 같이 도둑질을 하는데, 아비가 일부러 아들을 사지死地에 밀어 넣고 아들 혼자서 헤쳐 나오도록 한다는 이야기입니다. 임기응변臨機應變의 지혜를 스스로 터득하도록 배려해서 아들이 자립自立할 수 있는 힘을 키우게 한다는 내용입니다. 아는 것보다 스스로 터득한 것, 들어서 아는 것보다 스스로 체득해서 아는 것의 소중함을 강조하는 이야기입니다. '도자설盜子說'이 아니더라도 살다보면 '체험하는 것'들의 중요성을 너나없이 느낄 수 있습니다. 특히 '읽고 쓰는 일'

에 있어서의 이치는 더 그렇습니다. 스스로 직접 해 보지 않고서는 그 경지를 알 수 없습니다. 부수적인 것이지만, 임기응변臨機應變의 지혜 역시 매우 중요하다는 생각입니다. 일반적으로 임기응변이라 하면, 마치 '조변석개朝變夕改'와 유사한 뉘앙스를 지닌 말로 이해하기 쉽지만, 실상은 그렇지 않습니다. 창의적인 활동 능력의 다른 표현으로 이해해야 합니다. 한자성어 중에서 21세기적 어휘로 가장 잘 어울리는 말이 바로 이 '임기응변'이라는 말입니다. 이제 하나로 고정된 것, 불변하는 것들은 창의(창조)적인 것이 될 수 없습니다. 무엇이든 시의時宜에 맞게 변할 수 있어야 합니다. 그게 임기응변의 현재-미래적 가치입니다.

또 있습니다. 세상에는 '아비만한 아들이 없는 법'입니다. 아비는 아들의 자생력을 키워주기 위해 큰 모험을 합니다. 어느 것도 확실한 것이 없는 데 아들을 사지로 몰아넣습니다. 아들은 그런 아비의 의중을 헤아리고 절차탁마, 스스로 '도신盜神'이 됩니다. 거기까지는 '자득自得의 묘'로 압축이 됩니다. 그러나 그러한 지혜도 아비로부터 대물림되는 것입니다. 그래서 그 다음은 '장유유서長幼有序'입니다. '세월이 인간을 가르친다'라는 주제도 간과할 수 없는 이 글의 중요한 메시지입니다.

그 다음 글은 연암 박지원이 가까운 벗 서상수徐常修(1735~1793)라는 이에게 써준 기문記文 「관재기」의 일부입니다. '관재觀齋'는 '보는 집(방)'이라는 뜻인데, 두루 사물의 이치를 살피고 스스로를 성찰하는 거처로 삼겠다는 의지를 밝히는 방 이름입니다. 집

주인이 스스로 그렇게 방 이름을 짓고 글을 부탁하니 문득 연암이 '보는 이치'와 '앎의 수준'에 대해 한 수 훈수를 두는 심정으로 적어 보낸 글입니다. 치준 대사의 일화를 적어 보낸 것은 '보는 것'에 집착하다 보면 '볼 것 안 볼 것' 다 보다가 정작 아무것도 보지 못할 것이라는 경계警戒와 또 본다고 다 아는 것도 아니며 보고 아는 것이 그리 중요한 것도 아니라는 훈계를 전하기 위해서인 것 같습니다. 중요한 것은 정작 '공덕을 어디에다 베풀 것인가?'인데, 속인들은 그저 '저 하나 깨칠 것'에만 욕심을 낸다는 것입니다. 근본이 허무인 것을 알고, 무엇보다도 세상에 베풀 일에 관심하라고 가르칩니다. 아는 것만으로는 공덕이 되지 않는다는 걸 알아야 한다는 가르침입니다. 저에게도 좋은 반성의 계기를 준 글입니다.

## 도자설(盜子說)

도둑질을 직업으로 삼는 사람이 있었다. 그는 아들에게 자신의 솜씨를 모두 가르쳐주었다. 아들은 자신의 재능을 자부하여 자기가 아비보다도 훨씬 낫다고 생각했다. 도둑질을 나갈 때는 반드시 아들이 먼저 들어가고 나중에 나오며 가벼운 것은 아비에게 맡기고 무거운 것을 들고 나왔다. 게다가 먼 곳에서 나는 소리까지도 들을 수 있고 어둠 속에서도 사물을 분별하는 능력이 있어서 도둑들 간에 기림의 대상이 되었다.

하루는 아비에게 자랑삼아서

"내가 아버지의 솜씨에 비해 조금도 손색이 없고, 억센 힘은 오히려 나으니 이대로 나간다면 무엇은 못하겠습니까?" 하니, 아비 도둑이 "아직 멀었다. 지혜란 배워서 이르는 데는 한계가 있는 법이어서 스스로 터득함이 있어야 되는 것이다. 아직 멀었다." 하였다. 아들 도둑이

"도둑이란 재물을 많이 얻는 것이 제일인데, 나는 아버지에 비해 소득이 항상 배나 되고 나이도 아직 젊으니 아버지의 연배가 되면 틀림없이 특별한 재주를 터득하게 될 것입니다." 하니, 아비 도둑이 다시

"그렇지 않다. 나의 방법을 그대로 행하기만 해도 겹겹의 성에도 들어갈 수 있고 깊이 감춘 물건도 찾아낼 수는 있다. 그러나 조금이라도 실수를 하면 화가 따른다. 아무런 단서도 남기지 않고 임기응변하여 거침이 없는 그런 수준은 자득의 묘를 터득한 자만이 할 수 있는 것이다. 너는 아직 멀었다." 하였지만 아들은 건성으로 들어 넘겼다.

다음날 밤 아비 도둑은 아들을 데리고 어느 부잣집에 들어갔다. 아들을 보물 창고 안으로 들어가게 하고는 아들이 보물을 챙기느라 정신이 없을 때쯤 밖에서 문을 닫고 자물쇠를 건 다음 자물통을 흔들어 주인이 듣게 하였다. 주인이 달려 와 쫓아가다가 돌아보니 창고의 자물쇠는 잠긴 채였다. 주인은 방으로 되돌아갔고 아들 도둑은 창고 속에 갇힌 채 빠져 나올 길이 없었다. 그래서 손톱으로 박박

쥐가 문짝을 긁는 소리를 냈다. 주인이 소리를 듣고

"창고 속에 쥐가 들었군. 물건을 망치겠다. 쫓아버려야지."

하고는 등불을 들고 나와 자물쇠를 열고 살펴보려는 순간, 아들 도둑이 쏜살같이 빠져 달아났다. 주인집 식구들이 모두 뛰어나와 쫓았다. 아들 도둑은 더욱 다급해져서 벗어나지 못할 것을 알고는 연못가를 돌아 달아나다가 큰 돌을 들어 못으로 던졌다. 뒤쫓던 사람들이

"도둑이 물 속으로 뛰어들었다."

하고는 못 가에 빙 둘러서서 찾았다. 아들 도둑은 그 사이에 빠져나갔다. 집으로 돌아와 아비에게

"새나 짐승도 제 새끼를 보호할 줄 아는데, 제가 무슨 큰 잘못을 했다고 이렇게 욕을 보이십니까?" 하며 원망하였다. (…하략…)

▶▶▶강희맹, 「도자설(盜子說)」, 민족문화추진회, 『고전 읽기의 즐거움』 중에서

## 관재기(觀齋記)

을유년 가을, 팔담에서부터 거슬러 가서 마하연으로 들어가 치준 대사를 방문하였다. 대사는 손가락을 깍지 껴서 인상을 만들고는 눈은 코끝을 바라보고 있었다. 작은 동자가 화로를 뒤적이며 향에 불을 붙이는데, 연기가 동글동글한 것이 마치 헝클어진 머리털을 비끌어 매어놓은 것도 같고, 자욱한 것은 지초가 무성히 돋아나는 듯도 하여, 그대로 곧게 오르다가는 바람도 없는데 절로 물결쳐서 너울너

울 춤추듯 흔들려 마치 가누지 못하는 것 같았다. 동자가 홀연히 묘오(妙悟:깨달음)를 발하여 웃으며 말하였다.

"공덕이 이미 원만하다가 지나는 바람에도 움직여 도는구나. 내가 부처를 이룸도 한낱 무지개가 일어남과 같겠구나."

대사가 눈을 뜨며 말하였다.

"애야! 너는 그 향을 맡은 게로구나. 나는 그 재를 볼 뿐이니라. 너는 그 연기를 기뻐하나, 나는 그 공(空)을 바라보나니. 움직이고 고요함이 이미 적막할진대 공덕은 어디에다 베풀어야 할꼬?"

동자가 말하였다.

"감히 여쭙겠습니다. 무슨 말씀이신가요?"

대사가 말하였다.

"너는 시험 삼아 그 재의 냄새를 맡아보아라. 다시 무슨 냄새가 나더냐? 그 텅 빈 것을 보거라. 또 무엇이 있더냐?"

동자가 눈물을 줄줄 흘리며 말했다.

"옛날에 스승님께서 제 정수리를 문지르시며 제게 다섯 가지 계율을 내리시고 법명을 주셨습니다. 이제 스승님께서 말씀하시길, 이름은 내가 아니요 나는 곧 공(空)이라 하십니다. 공은 형체가 없는 것이니 이름을 장차 어디에다 베푼답니까? 청컨대 그 이름을 돌려드리렵니다."

대사가 말하였다.

"너는 순순히 받아서 이를 보내도록 해라. 내가 예순 해 동안 세상을 살펴보았으되, 사물은 한 자리에 머무는 법 없이 도도히 모두 가

버리는 것이더구나. 해와 달도 흘러가 잠시도 쉬지 않느니, 내일의 해는 오늘이 아닌 것이다. 그럴진대 맞이한다는 것은 거스르는 것이요. 끌어당기는 것은 애만 쓰는 것이니라. 보내는 것을 순리대로 하면, 너는 마음에 머무는 것도 없게 되고, 기운이 막히는 것도 없게 되겠지. 명(命)에 따라 순응하여 명으로써 아(我)를 보고, 이(理)로써 떠나보내 이로써 물(物)을 보면, 흐르는 물이 손가락에 있고 흰 구름이 피어날 것이니라."

내가 이때 턱을 받치고 곁에 앉아 이를 듣고 있었는데 참으로 아마득하였다.

서상수가 그 집을 관재(觀齋)라고 이름짓고서 내게 서문을 부탁하였다. 대저 그가 어찌 치준 스님의 설법을 들었단 말인가? 드디어 그 말을 써서 기문으로 삼는다.

▶▶▶박지원, 「관재기」, 정민, 『미쳐야 미친다』 중에서


사족 한 마디. 아는 것은 사실 중요한 것이 아닙니다. '아는 것만으로는 항상 부족하다'라는 말이 있습니다. 인문학을 하는 이들이 자나깨나 주문처럼 외워야 할 말입니다. 때론 일부러 눈을 감고 알기를(보기를) 그쳐야 할 때도 있습니다. '아는 것'으로 그 나머지 것들을 대신하려는 나태와 몰염치를 방비하기 위한 한 방편입니다. 거듭 말씀드리지만, 안들 무슨 소용입니까(김이듬)?

# 불패의 진서

: 「출사표」

제갈공명의 「출사표出師表」는 언필칭, '오래 지속되는 것'입니다. 사람의 심금을 울리는 힘이 있습니다. 사람이나 물건이나 '오래 지속되는 것'은 어디서나 시대를 뛰어넘는 힘을 지니고 있습니다. 글은 곧 사람이라 했으니 위대한 이가 쓴 것이라면 한 편의 글이 시대를 초월해 뭇 인간의 심금을 울린다는 것이 하등 이상할 것도 없겠습니다. 종교나 예술, 문학이나 역사가 추구하는 것도 결국은 그와 같다고 생각합니다. 아리스토텔레스는 보편성과 특수성이라는 말로 문학적 기록과 역사적 기록이 추구하는 바를 분별하였습니다만, 제 생각으로는 역사도 '오래 지속되는 것'을 동경하기는 마찬가지인 것 같습니다. 역사가들에 의해서 채록되는 특수한 개별적 기록들이 한데 모아져서 만들어내는 아우라 역시 그렇기 때문입니다. 객관적인 사실史實에 충실할 뿐이라고 하지만 어차피 선택적인 기록인 한 그 텍스트는 무의식을 가질 수밖에 없습니다. 역사든 철학이든 그들의 텍스트 무의식은 문학이나 하등 다를 것이 없다는 것이 제 생각입니다. 이유는 간단합니다. 그런 것들(불멸이거나 오래 지속되는 것)이 있어야 우리의 답답하고 유한한 인생이 좀 더 멋있고 영속적인 것으로 간주될 여지를 남기기 때문입니다. 어쩌면 그것이 인문학이라 불리는 것들이 너나없이 추구하는 공동 목표인지도 모르겠습니다. '불멸하는 것', '오래 지속되는 것', 혹은 우리의 삶을 허무로부터 구제하는 '힘', 그것을 찾아 헤매는 자들이 곧 인문학자, 혹은 성기성물成己成物을 바라는 문식가文識家들이 아닌가 싶기도 합니다.

언젠가 그런 '힘'이 유난한 책들을 가리켜 '불패의 진서眞書'라고 부른 적이 있습니다. 이청준 소설을 짧게 리뷰 하던 자리에서였습니다. 그렇게 밖에는 달리 요약할 도리가 없었습니다. 오늘 당장 죽어도, 내일의 진리를 포기하지 않는 책들을 그렇게 말고는 달리 표현할 방도를 찾을 수가 없었습니다. 유치한 무협지적인 뉘앙스를 풍기긴 했지만 '오래 지속되는 글'들의 가치와 효능을 고려할 때 그것 이상의 표현이 없다는 생각도 들었습니다.

현실을 압도하고, 그것을 선도先導, 善導하는 불패의 진서가 되려면 일단 현실로부터의 어떠한 오수汚水도 새어 들어올 틈을 가지지 않아야 합니다. 자체적으로 균열이 없어야 합니다. 그것을 둘러 친 옹벽擁壁의 길이는 만리장성보다 길어야 하고, 출입문의 무게는 팔만 근을 웃돌아야 합니다. 그래야 물샐 틈이 없습니다. 그래야 더러운 것들이, 짧게 살다 가는 것들이, 감히 넘보지 못합니다. 그렇지 않으면 현실에게 집니다. 아시다시피 현실의 힘은 도저합니다. 겉으로는 진서를 표방하면서도 가재미 눈초리를 하고, 현실을 힐끔힐끔 넘보는 것들은 언젠가는 반드시 그들에게 점령당합니다. 현실이 그만큼 집요하고 힘이 세기 때문입니다. '오른쪽 뺨을 맞거든 왼쪽 뺨을 내밀어라(그게 사랑이다)', '누가 알아주지 않는다고 해도 서운해 하지 마라(그게 군자다)', '500년 비에 맞고雨打 기다렸다가 그녀를 건너게 해라(그게 자비심이다)' 정도는 되어야 합니다. 그래야 그들이 감히 넘보지 못합니다. 아니면, 아예 쳐다볼 염도 갖지 못하도록 그냥 콱, '말 안 되는 소리'로 쐐기를 박는 수밖에 없습니다. '미쳐야 미친다'라고 겁을 줘서 쫓아내버려야 합니다. 마치 정감록이나 일본의 천황제처럼 말입니다. 그런 식으로, 이청준 소설의 이상주의적 경향을 우의寓意했던 것입니다.

「출사표出師表」가 그런 류의 '불패의 진서'에 속한다는 것을 저는, 나이 먹고서야 알았습니다. 그 곡진함이 심금을 울리는 것을 반백의 머리를 허옇게 이고서야 알았습니다. 제가 그만큼 우둔한 인간이었다는 것도 그때 비로소 알았습니다. 자기만 알고 모질게 한 평생 살아온 것을 비로소 알았습니다. 눈을 뜨면 '나에 게 어떤 이로운 일이 생길까'만을 생각하고, 눈 감으면 세상 모든 것을 한꺼번에 다 잊어버리는 세월만 보내온 인생이었습니다. 그렇게 살아왔습니다. 어쩔 수 없이 아이들도 다 키워서 출가를 시킬 때 쯤 되고, 이것저것 손댄 일에서 쓴맛도 좀 보고, 틈만 나면 등 돌리는 자들 틈에서 사람 귀한 줄도 좀 알고, 이놈 저놈 인간 이하 것들 속에서 인간 이하로도 충분히 놀아본 뒤에 야 비로소 그것의 진서적眞書的 가치를 알 수 있었습니다. 뒤늦은 후회였지만, 그렇게 소귀小鬼처럼 살 필요가 없는 일이었습니다. 「출사표出師表」를 모르는 자로 살아온 세월은 인생의 공백기와도 같은 것이었습니다. 그것을 알아야 왼쪽 뺨도 알고, 오백년 우타 도 알 것이기 때문입니다. 저는 그렇게 생각합니다. 천천히, 조금씩 끊어서, 글맛을 한번 음미해보시기를 권합니다. 그러면 '오래 지속되는 것'을 담고 있는 글이 주는 당대의 계명誡命도 읽을 수 있습니다.

출사표(出師表)

선제(先帝)께서는 창업의 뜻을 반도 이루시기 전에 붕어하시고 지금 천하는 셋으로 나뉘어져 있습니다. 거기다가 우리 익주(益州) 는 싸움으로 피폐해 있으니 이는 실로 나라가 흥하느냐, 망하느냐가 걸린 위급한 때라 할 수 있을 것입니다.

그러하되 폐하를 곁에서 모시는 신하는 안에서 게으르지 않고 충성된 무사는 밖에서 스스로의 몸을 잊음은, 모두가 선제와의 특별했던 만남(先帝之殊遇)을 추모하여 폐하께 이를 보답하려 함인 줄 압니다.

진실로 마땅히 폐하의 귀를 넓게 여시어, 선제께서 끼친 덕을 더욱 빛나게 하시며, 뜻있는 선비들의 의기를 더욱 넓히고 키우셔야 할 것입니다. 결코 스스로 덕이 엷고 재주가 모자란다고 함부로 단정하셔서는 아니 되며, 옳지 않은 비유로 의를 잃으심으로써 충성된 간언이 들어오는 길을 막으셔도 아니 됩니다.

폐하께서 거처하시는 궁중과 관원들이 정사를 보는 조정은 하나가 되어야 합니다. 벼슬을 올리는 일과 벌을 내리는 일은 그 착함과 악함에 따라야 한다는 것이 궁중 다르고 조정 달라서는 아니 됩니다. 간사한 죄를 범한 자나 충성되고 착한 일을 한 자는 마땅히 그 일을 맡은 관원에게 넘겨 그 형벌과 상을 결정하게 함으로써 폐하의 공평하고 밝은 다스림을 세상에 뚜렷하게 내비치도록 하십시오. 사사로이 한 쪽으로 치우쳐 안과 밖의 법이 서로 달라지게 해서는 아니 됩니다.

시중 벼슬 시랑 벼슬에 있는 곽유지, 비위, 동윤은 모두 선량하고 진실되며 뜻과 헤아림이 충성되고 깨끗합니다. 선제께서는 그 때문에 그들을 여럿 가운데서 뽑아 쓰시고 폐하께까지 넘겨주신 것입니다. 어리석은 생각으로는, 궁중의 일은 일의 크고 작음을 가림 없이 그들에게 물어 그대로 따르심이 좋겠습니다. 그들은 빠지거나 새는 일 없도록 폐하를 보필하여 이로움을 넓혀 줄 것입니다.

장군 상총은 그 성품과 행동이 맑고 치우침이 없으며 군사를 부리는 일에도 구석구석 밝습니다. 지난날 선제께서도 그를 써보시고 능력이 있다고 말씀하신 바 있어 여럿과 의논 끝에 그를 도독으로 삼은 것입니다. 어리석은 생각으로는, 군사에 관한 일이면 크고 작음을 가림이 없이 그와 의논하시는 게 좋겠습니다. 반드시 진중의 군사들을 화목하게 하고 뛰어난 자와 못한 자를 가려 각기 그 있어야 할 곳에 서게 할 것입니다.

어질고 밝은 신하를 가까이 하고 소인을 멀리 한 까닭에 전한은 흥성하였고, 소인을 가까이 하고 어진 신하를 멀리 한 까닭에 후한은 기울어졌습니다. 선제께서 살아 계실 때 이 일을 논하다 보면 환제, 영제 시절의 어지러움을 통탄하고 한스럽게 여기지 않을 수 없었습니다. 시중상서(侍中尙書), 장사(長史), 참군(參軍) 자리의 세 사람은 곧고 발라 절의를 지켜 죽을 만한 신하들입니다. 폐하께서 그들을 가까이 하시고 믿어 주시면 한실이 다시 융성하기를 날을 헤며 기다릴 수 있을 것입니다.

신은 본래 아무런 벼슬도 하지 못한 평민으로 남양에서 몸소 밭이나 갈며 살았습니다. 어지러운 세상에서 목숨이나 지키며 지낼 뿐 조금이라도 제 이름이 제후의 귀에 들어가 그들에게 쓰이게 되기를 바라지 않았습니다.

선제께서는 신의 낮고 보잘것없음을 꺼리지 않으시고, 귀한 몸을 굽혀 신의 오두막집을 세 번이나 찾으시고 제게 지금 세상에서 해야 할 일을 물으셨습니다. 이에 감격한 신은 선제를 위해 개나 말처럼 닫고 혜맴을 받아들였던 것입니다.

그 뒤 선제의 세력이 없어지고 뒤집히려 할 때 신은 싸움에 진 군사들 틈에서 소임(싸움에 진 군사를 되살리는)을 맡고 위태롭고 어려운 지경에서 명(그 위태로움과 어려움에서 구해 달라는)을 받았습니다. 그로부터 스물 하고도 한 해, 선제께서는 신이 삼가고 성실함을 알아주시고, 돌아가실 즈음하여 신에게 나라의 큰일을 맡기셨던 것입니다. 명을 받은 이래, 아침부터 밤까지 신이 걱정하기는 두렵게도 그 당부를 들어드리지 못하여 선제의 밝으심을 다치지나 않을까 하는 것이었습니다. 그리하여 지난 5월에는 노수를 건너 그 거친 오랑캐 땅 깊이까지 들어갔습니다. 이제 다행히 남방은 이미 평정되었고, 싸움에 쓸 무기며 인마도 넉넉합니다. 마땅히 3군을 격려하고 이끌어 북으로 중원을 정벌해야 합니다. 느린 말과 무딘 칼 같은 재주나마 힘을 다해 간사하고 흉악한 무리를 쳐 없애고 한실을 부흥시켜 옛 서울(장안)로 되돌리겠습니다

이는 신이 선제께 보답하는 길일뿐만 아니라 폐하께 충성하기 위해 마땅히 해야 할 일이기도 합니다. 그 동안 이곳에 남아 나라에 이롭고 해로움을 헤아려 폐하께 충언 올리는 것은 곽유지와 비위, 동윤의 일이 될 것입니다.

바라옵건대 폐하께서는 신에게 역적을 치고 나라를 되살리는 일을 맡겨 주시옵소서. 그리고 신이 만약 제대로 그 일을 해내지 못하면 그 죄를 다스리시고 선제의 영전에 알리옵소서. 만일 폐하의 덕을 흥하게 할 충언이 없으면 곽유지와 비위, 동윤을 꾸짖어 그 게으름을 밝히옵소서.

폐하 또한 착한 길을 자주 의논하시어 스스로 그 길로 드시기를 꾀하소서. 아름다운 말은 살피시어 받아들이시고 선제께서 남기신 가르치심을 마음 깊이 새겨 좇으시옵소서. 신은 받은 은혜에 감격하여 이제 먼 길을 떠나거니와, 떠남에 즈음하여 표문을 올리려 하니 눈물이 솟아 더 말할 바를 알지 못하겠습니다.

▶▶▶제갈량,「출사표」전문


옛말에 '출사표를 읽고 눈물을 흘리지 않는 자는 선비가 아니다'라는 말이 있습니다. 또 '여인은 자기를 사랑해줄 자를 위하여 화장을 하고, 선비는 자기를 알아주는 자를 위하여 목숨을 바친다'라는 말도 있습니다. 물론 지금의 시대상에 비추어볼 때 다분히 어폐가 있는 말들입니다. 선비도 그렇고 여인도 그렇습니다. 식자들은 그저 곡학아세曲學阿世 하기 바쁘고, 여인들은 오직 자신들을 위해 화장을 합니다. 여성이 남성의 시선 안에 갇혀있다는 것도 그저 옛날 일일 뿐입니다. 여성 정치인들이 남성들보다 더 비중 있는 역할을 맡고 있는 것이 작금의 우리 현실입니다. 그래서 그런 옛말들을 곧이곧대로 받아들일 수 없다는 것이 명백합니다. 다만, '사람은 누구나 자기를 알아주는 이를 위해서 목숨을 건다'라는 뜻을 강조한 말로만 여기면 될 것 같습니다. 그래서 저는 오래된 글「출사표出師表」가, 더도 덜도 없이, 우리를 위해서, 자신을 알아준 우리를 위해서, 기꺼이 자신의 목숨을 던진 사람을 생각게 하는 글로 읽혀야 된다고 생각합니다. 우리를 불신과 나태와 비굴과 도피의 나락에서 구하기 위해 죽음을 택한 '오래 지속되는 인간', 그 불패의 진인을 기억하는 제의로서의 읽기, 그런 읽기만이「출사표」를 불패의 진서가 되게 하는 우리 시대의 문식력일 것이라고 생각합니다.

# 눈물을 삼키며

## : 읍참마속

　"촉(蜀)의 제갈량(諸葛亮)은 마속(馬謖)의 재능을 아껴 유비(劉備)의 유언을 저버리면서까지 중용한다. 그러나 마속은 제갈량의 제1차 북벌(北伐)때 위(魏)의 장합과 벌인 가정전투(街亭戰鬪)에서 제갈량의 지시를 어기고 자기의 얕은 생각으로 부대를 움직였다가 대패한다. 제갈량은 마속을 아끼는 마음을 억누르고 눈물을 삼키며 군율에 따라 목을 베어 군율의 엄함을 보였다.『삼국지(三國志)』「촉지(蜀志)·마속전(馬謖傳)」은 당시를 이렇게 기록한다. '한중으로 돌아온 제갈량은 마속을 옥에 가두고 군법에 의해 그를 사형에 처했다. 제갈량은 그의 죽음을 두고 눈물을 흘렸다. 마속의 나이 그때 서른아홉이었다."

▶▶▶인터넷 검색

저에게는 삼국지 하면 제갈공명, 제갈공명 하면 읍참마속泣斬馬謖입니다. 이유는 잘 모르겠습니다. 그냥 그렇습니다. 사실, 읍참마속처럼 기분 나쁜 말도 없습니다. '실수 한 번 하면 죽는다'는 말로 언제든지 바뀔 수 있는 것이기 때문에 그렇습니다. 아무리 애지중지, 총애하던 부하라도 군령과 군율을 세우기 위해서는 눈물을 머금고 목을 베지 않을 수 없다는 말인데, 사람이 살다보면 늘 제갈공명처럼 '목을 베는 입장'에만 서 있을 수는 없는 법, 오히려 마속 신세일 공산이 더 큰 우리 입장에서는 그 말을 들을 때마다 모골이 송연해지는 느낌을 지울 수가 없는 것입니다. 본디 권력자들은 자신의 권력을 지키기 위해 여러 가지 올가미를 만들어 사용합니다. 권력을 잃는 첩경이 섣부른 후계자 양성이라는 것은 누대의 역사가 증명하는 일이기 때문에 제 정신인 권력자들은 절대로 후계자를 만들지 않습니다. 오히려 후계자 또는 2인자 제거 프로젝트를 상시 가동합니다. 올가미를 설치하고 누구든 그 올가미에 들어오면 '읍참마속' 신세로 만들어 버립니다. 그래야 늘 '물 좋은 권력'으로 살아남을 수 있습니다. 그런 느낌이 읍참마속이라는 말에 항상 붙어 다닌다는 겁니다. 그런 차에 '읍참마속'에 대한 재미있는 해석을 하고 있는 책을 한 권 봤습니다. 그 내용을 조금 소개합니다.

마속을 부하로 부림에 있어서 제갈량이 유비의 말을 듣지 않는 모습이 나온다. 이는 자신의 마속을 믿는 마음이 유비의 충고보다 훨씬 굳었기 때문이다. 그것만으로도 제갈량은 사람 볼 줄 모르며, 그런 주제에 자신의 주장을 절대 굽히지 않았다. 이는 자신의 눈을 믿은 것이지 마속을 믿은 것이 아니라는 점이다.

말만 앞서고 이론만 아는 이를 가정 싸움이라는 큰 전투에 내보내다니, 이는 제갈량이 마속을 너무 믿었기 때문이었을까? 결국, 마속은 전쟁에서 패하고 제갈량에게 읍참마속을 당하기에 이른다. 그러나 제갈량은 자신이 사람을 잘못 봤다는 것을 인정하지 않았다. 마속의 죽음 이후, 패전한 전투에서 혹은 인재를 배치함에 있어서도 '마속만 있어서도...'라고 되뇌고 있으니 말이다.

그런데 왜 굳이 마속이란 말인가? 참으로 알 수 없는 노릇이다. 그러나 제갈량도 마속을 딱 한 번 제대로 본다. 제갈량이 동생 제갈균을 생각하며 "균이 마속만큼 만이라도 됐으면 얼마나 좋겠는가? 시키는 대로만 해서는 안 되는데..."라고 늘 균의 부족을 탓하던 제갈량. 그러나 가정의 싸움에서 마속이 진을 구축한 것을 보고받은 제갈량은 분노해서 말한다.

"차라리 균이 낫군. 균은 시키는 대로나 하지. 왜 마속은 제멋대로야?"

비록 인재난이었다고는 하지만, 제갈량의 마속 참수는 자신에 대한 징벌이기도 했다.

▶▶▶이형근, 『삼국지 죽이기』

예나제나 상사上司가 아랫것들을 보는 관점은 대체로 다음 세 가지 중의 하나입니다. ① 안 시켜도 알아서 잘 하는 것들, ② 시키는 일만 곧잘 하는 것들, ③ 시키는 일도 제대로 못 하는 것들이 바로 그것입니다.

①에 해당하는 부하나 후배를 둔 상사나 선배들은 하는 일 없이도 '일마다 천복天福'인 신세를 누립니다. 매사가 부드럽게 진행됩니다. 사는 맛이 납니다. 그러나 ②나 ③의 아랫것들을 둔 '복 없는 자'들은 사는 게 하루하루가 고역입니다. 매일매일 고됩니다. 모든 것을 손수 기획하고 점검해야 합니다. 짜증도 수시로 내야 합니다. 사는 게 사는 게 아닙니다. 마속은 분명 ①에 해당되던 부하였습니다. 그래서 제갈공명은 그를 총애합니다. 그런데, 한 번의 실수로(혹은 불운으로) 마속은 자신의 의지와는 관계없이 순식간에 ①에서 ③으로 미끄러지면서 죽임을 당합니다. 인용문의 필자는 그 점을 강조합니다. 제갈공명의 자기 징벌이라는 겁니다. 마속은 그대로인데 제갈량이 그에 대한 평가를 자기 편의적인 발상(혹은 자책감)으로 좌지우지, 제멋대로 한 인간의 삶과 죽음을 결정했다는 겁니다.

물론, 그러한 해석과 주장은 맞을 수도 있고 틀릴 수도 있는 것입니다. 우리가 알고 있는 것은 '한중으로 돌아온 제갈량은 마속을 옥에 가두고 군법에 의해 그를 사형에 처했다. 제갈량은 그의 죽음을 두고 눈물을 흘렸다. 마속의 나이 그때 서른아홉이었다.'라고 끝을 맺는 마속전의 내용입니다. 그리고 삼국지연의에 나오는 몇 가지의 서사적인 내용(스토리텔링)입니다. 몇 줄의 문장文章으로 모든 것을 재단하는 것은 오래된 기록을 읽어나갈 때 우리가 가장 조심해야 될 부분입니다. 뼈에다 살을 붙일 때는 지금 것으로 붙여서는 안 됩니다. 반드시 그때 것을 가져다 써야 됩니다. 경전이나 사서를 읽을 때는 충분하고 또 충분할 만큼 맥락적인 이해를 도모해야 한다는 것은 주지의 사실입니다. 그래서 '읍참마속'도 일단은 전해지는 대로 당연히 그럴만한 맥락을 지니고 있었다고 보는 것이 옳습니다. 제갈량은 자신이 아끼던 재능 있는 부하를 보다 큰 목적을 위해서 희생시켰습니다. 그렇게 하지 않으면 군율 자체가 무너져 더 이상 군대를 통솔할 수 없게 될지도 모를 일이었습니다. 제갈량으로서는 부득이한 선택이었습니다. 그렇게 생각하는 것이 맞을 것 같습니다.

그러나 읍참마속은 여전히 기분 나쁜 말입니다. 사람의 능력은 누구나 한계가 있기 마련입니다. 사람의 능력은 행운과 불운 속에서 전혀 다른 결과를 만들어냅니다. 세상사世上事는 때에 달린 것이지 사람에 달린 것이 아닙니다. 마속의 실패는 그도 예상치 못한 결과입니다. 그가 본인의 의지와 무관하게 ①에서 ③으로 미끄러지면서 죽임을 당하는 일은 아무래도 그와 비슷한 인생을 살아나가는 우리들로서는 찝찝한, 그래서 당연히 동병상련할 일입니다. 전하는 이야기들은 모두 결과를 합리화하는 방향으로 스토리텔링이 이루어지므로 마속의 죽음은 어디서나 쉽게 독자의 동의를 얻습니다. 그가 죽는 것은 어쩔 수 없는 필연으로 여겨집니다. 그래서 읍참마속은 더 기분 나쁜 말입니다.

# 호협과 유협

: 「협객행」

『중국의 은자들』(이나미 리츠코)을 읽다가 덮었습니다. 책상 위에 올린 지 두어 시간 만에 내렸습니다. 주인공들의 삶이 공명共鳴이 되지 않았습니다. 초독初讀 때도 그랬던 것 같습니다. 몰입을 이끌 신기新奇가 많이 부족했습니다. 너무 평이한 기술이었습니다. 여러 명의 역사적 인물들을 골라서 그들의 가계家系를 섭렵하고 알려진 일화를 나열하는 단순소박한 기술체계로 독자들의 주의를 끌려고 했던 저자의 용기가 오히려 가상했습니다. 그쪽(일본) 출판 풍토는 그런 용기를 용납하는지 모르겠습니다. 우리 경우로 본다면, 작가가 자기 몫을 다 하지 못하고 있었습니다.

독자의 공고한 불신의 장벽을 무너뜨릴 강력한 이야기의 화력火
力도 없이 출판을 요구하다가는 미친놈 소리 듣기가 십상인 것
이 우리 출판 풍토입니다. 은자隱者는 본디 숨어 지내는 자이기
때문에 스스로 재미있는 이야기를 남기기가 어렵습니다. 그들
에 관한 이야기는 그들을 동경하는 타자他者들이 만듭니다. 작가
는 이야기를 만드는 대표적인 타자입니다. 타자들의 욕망을 대
리 표현해 주는 것이 작가지요. 은자의 이름을 빌려 다른 이야
깃거리를 많이 가져와야 할 건데 그러지를 못했습니다. 빌려올
게 없으면 자기 이야기라도 족히 섞어야 했는데 그러지도 못했
습니다. 고작해야 주인공들이 은자가 된 이유나 설명하는 것으
로는 '책'에 값하는 내용을 가질 수 없는 법입니다. 그 안에서는
참조할 만한 내용을 찾지 못했습니다. 그 대신 페이스북에서 친
구의 글에 댓글을 달기 위해 뽑았던 『협객의 나라 중국』(강효백
의 중국역사인물기행)을 읽었습니다. 난세에는 협객의 활약이 요
구되는 법, 요즘과 같은 군웅할거群雄割據, 천하쟁패天下爭覇의 시절
에는 행장行藏의 이치를 살피는 것도 전혀 무의미한 일은 아닐
것입니다. 두 책에는 비슷한 내용도 꽤 있습니다. 시선詩仙이자
시협詩俠이었던 이백 같은 이는 양쪽에서 다 포착되는 인물입니
다. 그의 시 한 편을 옮깁니다. 그 유명한 「협객행」입니다. 장자
의 '설검說劍'과 많이 겹치는 시입니다. 조나라 협객의 행색이나
'열 걸음에 한 사람 죽여도 천리에 자취조차 없어라十步殺一人 千里不
留行'라는 부분은 글자 한 자 다르지 않습니다. 나머지 인명이나

사건들도 모두 사기 등 전장典章 고사故事에서 가져온 것들입니다.

## 협객행(俠客行)

조나라 협객 거친 갓끈 늘어뜨리고
오나라 검은 서릿발 같은 빛을 발한다
은안장 빛나는 백마
유성처럼 바람 가른다
열 걸음에 한 사람 죽여도
천리에 자취조차 없어라
일 끝내고 옷을 털어
몸과 이름 깊이 숨긴다
한가히 신릉 지나 술 마시며
검 풀어 무릎에 걸쳐 놓는다
주해(朱亥)와 더불어 구운 고기 먹고
후영에게 잔을 권한다
술 석 잔에 좋다 하고
오악(五岳) 뒤집는 일조차
가벼이 여기더라
술에 취하니
의기는 무지개처럼 뻗치노라
조나라 구하러 금철퇴 휘두르니

한단이 먼저 놀랐다

천추의 두 장사가

대량성을 빛냈으니

협객은 죽어도 기개는 향기로워

천하영웅이 부끄럽지 않아라

그 누가 천녹각에 파묻혀

백발이 다 되도록 태현경을 지으리

▶▶▶강효백, 『협객의 나라 중국』(강효백의 중국역사인물기행)


협객행이 혈혈단신의 독행도獨行道를 버리고 무리를 지어 업業을 이루는 단계로 정치화되는 시초는 앞에서 말씀드린 바와 같이 난세, 즉 군웅할거, 천하쟁패의 시대상에 있습니다. 그 결과로 초래된 것이 또 한나라의 건국이지요. 한고조 유방劉邦은 중국 역사상 최초의 호협豪俠이었습니다. 속된 말로는 왕건달입니다. 진시황 정政이나 항우 같은 이들은 왕족이거나 태생 귀족이었으므로 애초부터 호협과는 거리가 멀었습니다. 그런 의미에서 한나라의 건국은 중국역사상 최초의 서민(민중) 왕조의 성립이라는 의미를 띠는 것이었습니다.

한나라는 항우(項羽)와의 최후의 한판승부에서 승리한 호협, 유방(劉邦)이 세웠다. 따라서 한나라에 이르면 협객의 무대는 개인플레이의 유협(遊俠) 중심에서 호협이 유협을 조직하여 리드하는 호협

중심의 무대로 바뀐다. 진나라 말, 천하가 다시 어려워지자 의협심으로 온몸이 가득찬 호협이 많은 유협의 무리를 장악하여 기꺼이 죽음으로 돌진하도록 한다. 호협은 생업도 없이 부랑하는 유협들을 규합하여 그들의 의식(衣食)을 해결하고, 법을 어기면서라도 그들의 위난을 구제해주어야 한다. 유협은 이 은혜에 보답하기 위하여 호협이 하는 일에 생명을 건다. 그러나 그들 사이를 묶어두는 줄은 단순히 주고받는 거래가 아니다. 여하한 지배관계도 재력이나 권력만으로 유지되는 법이 아니다. 지배당하는 자의 자발적인 충성심을 유도하고 또한 지배와 피지배의 관계를 망각케 하는 무엇인가가 개재되지 않으면 안 된다.

▶▶▶강효백, 『협객의 나라 중국』(강효백의 중국역사인물기행)

호협이 유협들을 규합할 수 있었던 것은 그들 사이에 세칭 '의리義理'라는 존재론적 규범이 존재했기 때문이었습니다. '협객행'이나 '의리'에 대한 관심과 집착이 어떤 식으로든 분열적인 인간 정신의 치유와 성장에 도움을 준다는 것은 사실입니다. 꼭 의리담론이 아니더라도, 어떤 플롯plot이든 인간은 스토리를 가져야 합니다. 자기 안에 아무것도 가지지 못한 자들은 결국 이슬처럼 사라집니다. 자신뿐만 아니라, 누구도 그들을 기억하지 않습니다. 이야기가 플롯을 가져야 재미가 있는 이치처럼, 내적 규범(플롯) 없는 인생은 누구에게도 사랑받지 못합니다. 호협들이 민초들의 마음을 사로잡을 수 있었던 것도 그들이 민초들의 기대감을 만족시키는 이야기를 쓸 수 있었기 때문이었습니다. 호협이 나라를 세우는 패턴(플롯)은 두 가지입니다. 하나는 삼국지형이고 또 하나는 초한지형입니다. 전자는 한황실의 부활이라는 유전된 카리스마에 의지하여 보다 안정적인 느낌으로 세계의 갱신을 도모하자는 선동이고 후자는 '왕후장상의 씨가 따로 있나'라고 충동해서, 전에 없던, 민초들이 주인이 되는 새로운 세계를 만들자는 선동입니다. 난세를 종결시킬 이야기가 삼국지로 갈지 초한지로 갈지는 전적으로 그들 호협들이 쓰는 '의리담론'의 진정성에 달려 있습니다. 그들 이야기의 결말이 가르치듯, 결국은 무엇이 '분열'을 막고 '통합'에 기여할 수 있는지를 보여주는 이야기가 승리할 것입니다. 의리담론이 '분열'에 대항하는 유용한 수단이라는 것을 보여주는 예는 얼마든지 있습니다. 안팎으로 악전고투, 충忠과 성誠에 끝까지 매진한 우리의 '성웅 이순신'이나 주군에 대한 의리를 집단적 보복과 죽음으로 실천한 일본의 '쥬신구라忠臣藏'가 지금도 여전히 '불멸不滅'인 것만 보더라도 그렇습니다. '성웅 이순신'은 여러 가지 경로로 많이 알려져 있으니 여기서는 '쥬신구라' 이야기를 통해 일본 쪽 '협객행'이 어떤 모양인지 한번 살펴보겠습니다.

1702년경, 도쿠까와 막부의 전성기 때 일이다. 도쿄의 쇼군(將軍)은 휘하의 두 영주를 선발해 교토의 황궁에서 온 대신을 접대하기로 했다. 이들은 궁정 예절에 대해 아는 바가 적었으므로 한 대신(기라)

에게 예법에 대한 조언을 듣게 되었다. 그들은 수업료로 작은 선물을 마련하였는데, 정작 기라는 그것에 대해 불만이 있었다. 우연히 그의 불만을 안 한 영주는 곧 황금 상자를 보내 호감을 사는 데 성공했으나 한 영주(아사노 다쿠미노가미)는 그것을 모른 채 그에게 멸시를 받게 되었다.

아사노는 격해지려는 자신을 계속해 자제했다. 하지만 기라의 따돌림은 계속되었다. 기라는 다른 사람들 앞에서 아사노가 궁정 의례를 이해하는데 상당히 느리다고 험담을 한 후, 그를 제외시키고 수업을 진행하기 일쑤였다. 아사노는 이런 모욕에 대해 오직 한 가지 생각밖에 나지 않았다. 명예를 지켜야 하는 엄격한 일본 무사의 규율에 따르면 이 문제의 유일한 해결책은 기라의 죽음뿐이었다.

결국 아사노는 쇼군의 앞에서 기라에게 검을 뽑아 들었으나 살인은 미수에 그쳤다. 이러한 무례에 대한 처벌로 할복자살이 명해졌다. 그는 변명 없이 법과 전통에 따라 할복자살을 하였다.

아사노 영주는 휘하에 46명의 무사를 거느리고 있었다. 주군이 사망함으로써 그들은 졸지에 로닌(浪人)이 되었다. 그들은 이에 분개해서, 주군을 모욕한 탐욕스런 기라 영주에게 복수를 하기로 맹세하고 치밀한 계획을 짠다. 쇼군과 다른 영주들이 자신들의 계획을 알아차리면 모든 것이 수포로 돌아갈 것을 염려한 그들은 1년 동안 완전히 각자 서로를 찾지 않으며 지냈다. 세상을 완전히 등진 것처럼 행동하였다. 세상 사람들은 그들을 비웃었으며, 의를 존중하는 한 무사는 그들을 신랄하게 비난했다. 그러나 그들은 그러한 세상의 평가에 전혀 아랑곳하지 않았다. 복수는 사건이 일어난 지 정확히 1년이 지난 날 밤에 이루어졌다. 1703년 12월 14일, 46명의 로닌들은 밤을 틈타 은밀하게, 방심하고 무방비 상태였던 기라 영주의 집을 급습한다. 땅에 쌓인 눈 때문에 그들의 움직임이 둔해져 결국 발각되고 집안은 온통 난장판이 되고 만다. 격렬한 전투가 끝났을 때 기라 영주 측은 영주 한 사람만을 제외하고 모두 살해당해 있었다. 벽장 뒤에 숨어 있다 발각된 기라는 할복을 강요당하였지만 이를 거부하고, 구라노스케라는 무사가 칼을 뽑아 그의 목을 벤다. 잘려진 기라의 목은 센가쿠지 사원의 마당에 있는 아사노 영주의 무덤으로 옮겨져 그 앞에 놓인다. 복수는 종료되었고, 무사들은 모두 할복자살한다. 뒤늦게 이를 안 앞의 그 '의를 존중하는 무사' 역시 자신의 불찰에 대한 책임을 지고 할복자살한다.

주군 옆에 안장된 그들 47인의 무사는 그렇게 해서 '불멸(不滅)'이 되었다. 지금도 도쿄에서는 이들의 '의리'를 기리기 위해 매년 12월 14일을 기념일로 정하고 있다.

▶▶▶피터 루이스, 김일현 옮김, 『무도의 전설과 신화』, 98~101쪽 참조

세월이 흐르고, 세상이 바뀌어도, 난세를 이끄는 호협豪俠들의 '협객행'은 여전합니다. 그들 호협 곁에서 힘과 명성을 기웃거리는 유협들의 행색도 변함이 없습니다. 예나제나 힘없고 불쌍한 것은 민民입니다. 대의도 명분도 실리도 없는데도 그들은 호협들의 힘겨루기에 목숨을 잃는 졸卒로 동원됩니다. 그게 민초들

의 숙명입니다. 그러나 그렇게 비관적으로만 볼 필요도 없을지도 모르겠습니다. 길게 보면 주인은 역시 민입니다. 공연히, 초한지나 삼국지에서처럼, 그들 호협들의 의리 경쟁에 때 없이 부화뇌동附和雷同하는 것 같기도 하지만, 그래도 결국 이야기를 선택하는 것은 민民입니다. 어쩔 수 없이 세상은 그들이 좋아하는 이야기 쪽으로 흘러갑니다. 삼국지 이야기로 갈지, 초한지 이야기로 갈지, 민초들의 플롯이 호협들의 흥망성쇠를 결정합니다. 그게 역사지 싶습니다.

# 때를 알아야

## : 질도 이야기

사마천의 『사기』 「열전」은 중국의 역사서지만 그것 이상의 가치를 지닌 책입니다. 구술口述, 구전口傳으로만 이어지던 이야기가 비로소 기록적 가치를 지닌 것으로 인정받는 결정적 계기를 마련한 것이 바로 『사기』 「열전」입니다. 비유하자면, 이른바 작금의 성인 가요라는 것들이 유선 방송에서만 떠돌다가 '가요무대'와 같은 지상파 방송으로 진출하는 것과 같은 이치라고 할 수 있습니다. 그야말로 이야기 문화의 새 장章을 연 것이지요. 그런 연유로 동아시아 서사문학은 『사기』 「열전」에서부터 본격적으로 시작된다고 해도 과언이 아닙니다. 그 이후의 모든 전기傳記,

전기傳奇류는 한결같이 그것에 뿌리를 둡니다. 당연히 소설도 그렇습니다. 소설이 점차 신변잡기적 사적私的 글쓰기로, 신기新奇와 진설珍說 쪽으로만 치우치는 세간의 정황을 볼 때마다 수구초심 首丘初心,『사기』「열전」생각이 자주 나는 것도 어쩌면 당연한 일인지도 모르겠습니다. 역사적 안목을 통한 인간탐구라는 이야기의 본령이 거기에 있기 때문입니다.

『사기』「열전」은 탁월한 인간탐구의 기록입니다. 인간은 사회적 동물입니다. 그래서 사마천은 한 인간의 삶을 통해 그와 함께 했던 시간(역사)을 평가합니다. 그게 전傳입니다. 전을 통한 사마천의 인간탐구에는 '어떻게 살아야 하는가?'라는 물음이 항상 잠복되어 있습니다. 물론 사마천에게는 나름의 답이 있습니다. 때를 만나면 그것을 놓치지 말아야 하고, 인간에게 요구되는 도리는 하늘이 무너져도 지켜야 합니다. 다양한 해답이 있을 것 같지만, 그 두 가지 원칙이 사마천이 제시하는 근본根本 해답입니다. 그것을 강조하기 위해 그는 여러 가지 인물형을 묘사합니다. 때를 아는 자와 모르는 자, 시간을 비껴가는 자와 거스르는 자, 시대를 타고 솟는 자와 그것을 뒤흔들고 바꾸어 놓는 자, 그러면서 성공하고 실패하는, 인간 군상의 삶들을 고스란히 나열합니다. 그렇게 나열된 것들이 서로 비교될 때 그가 생각하는 두 개의 근본 해답, '때와 도리'의 변증법도 자연스럽게 돌출될 것이라고 여긴 듯합니다. 그것이 또 열전列傳의 근본 취지이기도 하기 때문입니다.

사마천은 인간 사회에서 흔히 있을 수 있는 대립과 갈등, 배반과 충정, 이익과 손실, 물질과 정신, 도덕과 본능, 탐욕과 베풂 등 양자택일의 기로에 선 인간을 제시한다. 그런 인물 묘사를 통해 선택과 갈등 자체가 삶의 본연의 모습임을 강조한다. 〈위기-해결〉의 갈등 구조, 그러한 열전의 소설적 구성 역시 그런 사마천의 인생관에 따라 이루어진 것이다.

『사기』 130편 가운데 인물 전기(傳記)로 구성된 것이 112편인데, 이 중에서 57편이 비극적 인물의 이름으로 편명을 삼았다. 그리고 20여 편은 비극적인 인물로 표제를 삼지는 않았으나, 따져 보면 비극적인 이야기다. 나머지 70여 편에도 몇몇 예외를 제외하고 거의 모든 편에서 비운의 인물이 등장한다. 격동의 시대를 약 120여 명이라는 비운의 인물을 통해 그려 냈으니 결국 사마천에게는 '비극'이야말로 시대의 표징이었던 셈이다.

한 개인의 기록인 역사서 『사기』가 후대 24사(史)의 필두로 거론될 수 있었던 것은 여러 가지 이유가 있다. 중국 전설 시대부터 춘추전국 시대를 거쳐 한무제까지 이르는 유일한 통사체 역사서인 것이 첫째 이유다. 또 기전체라는 형식에 바탕을 둔 역사 서술의 정확도도 무시할 수 없는 요인이다. 그러나 무엇보다도 중요한 것은 절대 군주 위주로 재편되는 엄혹한 현실에 직면해서, 사회역사적 관점에서 인간에 대한 깊이 있는 성찰을 추구한 사마천의 역사를 보는 태도가 다른 역사서를 압도한다는 점이다. 마지막으로는 이에 더하여 『사기』가 문학서로서의 의의와 가치도 함유하고 있다는 점도 그 가치를 높이는 한 가지 이유라고 할 수 있을 것이다.

▶▶▶김원중, 「『사기』「열전」 해제」 참조

『사기』「열전」에 나오는 인물 중 제게 특히 인상적이었던 사람은 '질도郅都'라는 인물이었습니다. 질도는 중국 한漢나라 때의 충신으로 일컬어지는 사람입니다. 저는 질도 이야기를 읽으면서 그의 이야기가 사서史書에 기록된 연유가 무엇일까를 생각했습니다. 강직하고 속 깊은 충신이어서 후대에서 본받아야 할 인물로 선정된 것인지, 아니면 때를 모르고 함부로 나서다가 횡액을 입은 경박한 인물로, 타산지석으로 삼을 인물로 그려진 것인지, 판단이 잘 서지 않았습니다. 만약 그도 저도 아니라면 그건 사서史書의 기술 목적을 벗어난 이단적인 기록이었습니다. 어쩌면 문학적인 기록일 수도 있겠다는 생각도 들었습니다. 문학이라면 굳이 애써 교훈을 목적 삼지 않아도 될 것이기 때문입니다. 인생을 그저 깊게 이해할 수만 있어도 충분한 것이 문학이기 때문입니다. 그렇다면 질도 이야기는 그 자체로 읽을 만한 기록입니다.

인생은 장기판과 같을 때가 많습니다. 특히 권력 주변의 인생은 더 그렇습니다. 판 위의 장기알들에게는 모두 주어진 역할과 소임이 각각 따로 있습니다. 능력도 각기 다릅니다. 큰 역할, 작은 역할, 궁宮을 지키는 역할, 궁을 공격하는 역할, 끝까지 살아야 하는 소임, 죽어서 길을 열어야 하는 소임, 찌르는 능력, 날아다니는 능력, 갖가지 역할과 소임과 그에 따른 능력이 주어집니다. 그런데 중요한 것은 그 역할과 소임과 능력에 따라 그들의 생과 사가 결정되는 것이 아니라는 것입니다. 그들의 생사는 오직 장기판의 임자가 정하는 것일 뿐, 장기알들은 아무것도 주장할 수 없다는 겁니다. 시도 때도 없이, 판의 흐름 혹은 게임의 맥락에 따라(물론 장기판의 주인이 판단하는 것입니다) 죽을 자리가 정해지는 것이 장기알의 운명입니다. 그런 게 권력의 부름을 받은 자들의 삶이라고 질도 이야기는 전합니다. 인과응보因果應報나 사필귀정事必歸正·위국안민爲國安民 등은 그런 장기판의 임자가 따로 있는 '인생의 장기판'에서는 적용되지 않는 룰입니다. 그것보다는 이판사판理判事判·임기응변臨機應變·인면수심人面獸心·오리무중五里霧中이 더 적용률이 높은 룰이 되는 것이 상례입니다. 아시다시피, 그런 '게임의 법칙'이 어제 오늘에야 생긴 것이 아닙니다. 고래로 권력이 스스로를 주장하고 유지하는 수단으로 자주 써온 것입니다. 권력의 행사와 유지에 필요한 새로운 세력이나 조건이 나타나면 그것을 포섭하기 위해서 멀쩡한 '팔 다리'를 그냥 잘라냅니다. 그래서 새로운 판을 짭니다. 질도 이야기가 전하는 것은 그것만이 아닙니다. 또 있습니다. 흔히 정치는 명분 게임이라고도 말합니다. 범박하게 말하면 말싸움이지요. 말싸움에서 지는 자는 '권력의 장기판'에서 살아남을 수가 없습니다. 어떤 일이 있더라도 말싸움에서 져서는 안 되는 것이 그쪽 장기판의 룰입니다. 한두 번의 선거에서 지는 일이 있더라도 거시적인 차원의 말싸움에서는 절대 지면 안 됩니다. 질도 이야기의 숨은 교훈이 바로 그것입니다.

질도 이야기를 읽고 나서 남는 소회는 쉽게 말로 드러내기가 어렵습니다. 마치 잊었던 악몽을 다시 꾸는 느낌이라고나 할까요? 요즘 젊은이들 말로 '쩐다'라고나 할까요? 제게는 그렇습니다. 제가 얼마 전 그 비슷한 경험을 된통 겪은 일이 있었기 때문일 겁니다. 제가 그 당시 본 것은 말로만 듣던 '악의 실체'였습니다. 악마(사탄)는 과연 존재했습니다. 인간은 그 자체로 언제든지 악이었습니다. 크든 작든, 권력이라는 권력은 모두 다름 아닌 인간의 악성惡性을 밖으로 끄집어낸 것 그 이상도 이하도 아니었습니다. 폭력을 행사하는 자들과 그 폭력이 두려워 비굴을 택하는 자, 그리고 무엇이든 구경거리만 찾아서 몰려다니는 야비한 구경꾼들로 이 세상은 꽉 차 있었습니다. 멀쩡한 사람이 하나, 질도와 같이 백성을 위해 살고자 했던 사람이 하나, 백주대낮에, 마치 도살꾼과도 같은 무뢰배들에게, 도살장屠殺場으로, 소처럼 끌려가는 장면이 연출되는데도 모두 팔짱끼고 구경만 하고 있었습니다. 어디든 이기는 쪽에만 줄을 서면된다는 영악한 구경꾼들의 심보가 저를 더 절망케 하였습니다. 그게 인간들이었습니다. 저 혼자 저항해 봐야 속수무책이었습니다. 오히려 저에게도 깊은 상처를 남기는 파편만 날아올 뿐이었습니다. '세상이 본디 그런 것인데, 그것도 모르고 함부로 나서는 자가 못난 자다' 모두 그렇게 '말없이' 말하고 있었습니다. 그 표정들이 또

저 같은 '못난 자'의 기분을 아주 상하게 하는 것이었습니다. 이렇게라도 글로 적으니(불안의 대상화?) 좀 기분이 풀리는 것 같기도 합니다. 말이 길어졌습니다. 제게 그런 사정이 있다는 것을 말씀드리고 싶었을 뿐입니다. 그래서 질도 이야기를 소개하고 싶었다는 것을 말씀드리는 것입니다. 그럼 질도가 어떤 사람인지 같이 한번 볼까요?

한나라 고후(高后, 유방의 아내 여씨)의 측근으로 후봉(侯封)이라는 자가 있었는데, 황족들을 가혹하게 능멸하고 공신들을 함부로 욕보였다. 그러나 여씨 일족이 망하자 드디어 후봉 일족도 주멸되었다. 효경제 때에는 조조(晁錯)가 법을 각박하고도 가혹하게 만들고 법가의 술책을 운용하여 자신의 재능을 발휘했다. 오, 초 등 일곱 나라의 난은 조조에 대한 분노가 폭발하여 일어난 것이며 조조는 결국 처형되었다. 그 뒤에 질도(郅都)와 영성(寧成)의 무리가 있었다.

질도는 양(楊) 땅 사람으로 낭이 되어 효문제를 섬겼다. 효경제 때는 중랑장이 되어 과감하게 직간하고 조정 대신들을 눈앞에서 꺾어 눌렀다. 그는 일찍이 효경제를 따라 상림원(上林苑)에 간 적이 있었다. 그때 가희(賈姬)가 변소에 갔는데 갑자기 멧돼지가 변소로 뛰어들었다. 효경제는 질도에게 [그녀를 구해 주도록] 눈짓을 했으나 질도는 꼼짝도 하지 않으려 했다. 효경제가 몸소 무기를 들고 가희를 구하려 하자, 질도는 황제 앞에 엎드려 이렇게 말했다.

"희 한 명을 잃으면 또 다른 희를 얻으면 됩니다. 천하에 어찌 가희 같은 여자가 없겠습니까? 폐하께서 만일 스스로를 가볍게 여기신다면 종묘나 태후는 어떻게 합니까?"

황제는 몸을 되돌렸고 멧돼지도 달아나 버렸다. 태후는 이 소문을 듣고 질도에게 황금 백 근을 내렸으며, 이 일로 인하여 황제는 질도를 중용했다.

제남군의 간씨(瞷氏)는 300여 가구나 되는 호족이다. 간씨 일족은 법을 무시하고 제멋대로 행동했지만 2000석의 관리 중에 이들을 다스릴 수 있는 자가 아무도 없었다. 그래서 효경제는 질도를 제남군 태수로 임명했다. 질도가 부임하여 간씨 일족 중 가장 포학한 자의 일가를 주멸해 버리니 나머지 간씨들은 두려워 벌벌 떨었다. 일 년 남짓 지나자 제남군에는 길에 물건이 떨어져 있어도 주워 가는 사람이 없었다. 근방 십여 군의 태수들은 질도를 대부(大府) 사람을 대하듯 외경했다.

질도는 사람됨이 용감하고 기개와 힘이 있으며 공정하고 청렴했다. 그는 사사로운 편지를 받으면 열어 보지 않고, 남이 보내온 선물도 받는 법이 없으며, 남의 청탁이나 안에서 의뢰하는 말을 들어준 적이 없었다. 그는 이렇게 말했다.

"이미 어버이를 등지고 벼슬살이하는 이상 이 몸은 맡은 일에 책임을 다하고 절개를 지키다가 관직에서 죽을 뿐이다. 처자식조차 돌보지 않겠다."

질도는 중위로 전임되었다. 당시 승상 조후(條候) 주아부(周亞夫)는 매우 고귀한 신분이었으나 질도는 그를 만날 때마다 가볍게 읍할 뿐이었다. 당시 백성은 순박하여 죄를 받을까 두려워하여 스스로 조심했다. 그러나 질도만은 엄하고 가혹한 법을 제일로 여겨 [법을 적용할 때는] 귀족이나 외척도 꺼리지 않았다. 그래서 제후나 황족들은 질도를 볼 때마다 곁눈질로 보고 보라매(융통성이 없는 가혹한 관리라는 뜻)라고 불렀다.

임강왕(臨江王) 유영이 조서에 의거하여 중위부(中尉府)로 소환되어 취조를 받게 되었다. 그때 임강왕은 도필을 빌려 천자께 사죄하는 글을 쓰려고 했으나, 질도는 법에서 금하는 것이므로 부하에게 주지 못하게 했다. 그런데 위기후 두영이 몰래 사람을 시켜 임강왕에게 도필을 넣어 주었다. 임강왕은 천자께 사죄하는 글을 쓰고 나서 스스로 목숨을 끊었다. 두 태후는 이 소식을 듣고 노하여 죄를 꾸며 질도를 중상했다. 결국 질도는 면직되어 집으로 돌아갔으나, 효경제는 사자에게 부절을 주어 질도의 집으로 보내 그를 안문군(雁門郡) 태수로 임명하였다. 조정에 들러 하직 인사를 할 것 없이 직접 임지로 떠나게 하고, 아울러 임지에서는 [조정의 명을 기다릴 것 없이] 편의대로 일을 처리하게 했다.

흉노는 평소 질도의 지조를 들어 알고 있으므로 변경에 있던 병사를 이끌고 돌아갔다. 그들은 그 뒤로 질도가 죽을 때까지 다시는 안문군 가까이 오지 않았다. 흉노는 질도의 생김새를 본떠 만든 인형을 놓고 말을 달리면서 활을 쏘게 했으나 아무도 맞히지 못할 정도로 질도를 대단히 두려워했다. 질도는 흉노의 근심거리였다. 그 뒤 두 태후는 끝내 질도를 한나라 법에 걸어 처벌하려 했다. 효경제가 말했다.

"질도는 충신입니다."

이렇게 말하고 그를 용서하려 하자 두 태후가 말했다.

"임강왕은 충신이 아니었다는 말씀이십니까?"

결국 질도는 목이 베이고 말았다.

▶▶▶사마천, 김원중 옮김, 『사기 열전』 중에서


자기가 고작 장기알이란 것도 알고, 자신의 주인이 누구라는 것도 알고, 자신을 구속하는 '게임의 법칙'도 아는 자는 '장기판'에서 도망가서 목숨을 구합니다(유방의 책사 장량이 그랬답니다). 그러나 한 사람 목숨 주기週期에 불과한 그 알량한 '장기판' 따위는 아예 무시하고 인과응보因果應報·사필귀정事必歸正·위국안민爲國安民, 제 뜻을 마음껏 펼친 자는 죽어서 이름을 남깁니다. 목숨은 잠시지만 이름은 영원합니다. 그 영원해진 이름들이 새로운 '게임의 법칙'을 만듭니다. 그들의 죽음을 담보로 하나씩 새로운 룰이 첨가됩니다. 원래 도박판에서는 돈 잃은 자들에게는 새 룰을 첨가할 권리가 주어지는 법이지요. 그 이름들이 쓰리고도 만들고 설사도 만들고 싹쓸이도 만들고 피박도 만들고 독박도 만들고 흔드는 것도 만듭니다. 이름을 남긴 자들은 그렇게 죽어서 세상을 바꿉니다. 오직 죽은 자들만이 세상을 바꿀 수 있습니다. 질도와 같은, 이 생면부지의 고대 인물이 지금 제 글의 주인공이 되고 있는 것만 보더라도 그렇습니다.

# 망한 나라에는 반드시

: 이사와 조고

망한 나라의 역사에는 반드시 악인惡人이 등장합니다. 중국 진秦나라의 이사李斯와 조고趙高도 그런 '역사의 죄인'입니다. 그들은 진나라가 망하는데 크게 기여한 '실패한 영웅', 간웅奸雄들입니다. 그중에서도 단연 조고가 최악입니다. 지록위마指鹿爲馬(사슴을 가리켜 말이라 함)의 고사성어를 만들어낸 장본인이기도 한 그는 시황제始皇帝가 사거死去하자 승상 이사李斯와 짜고 황제의 유지를 조작합니다. 태자 부소扶蘇가 황제가 되면 자신들의 안위에 심각한 문제가 생길 것을 염려한 그들은 부소의 동생 호해胡亥와 작당해 진시황의 가짜 조서를 만듭니다. 진시황의 죽음을 숨긴 채였습니다. 그들이 변방에 가 있던 태자 부소에게 조작해 보낸 조서의 내용은 다음과 같았습니다.

지난 하(夏) 은(殷) 주(周) 시대에는 효도로써 천하를 다스리고 화옥으로 국본을 삼았노라. 그러므로 누구나 여기에 위배되면 그 윤리와 도덕이 땅에 떨어지고 마는 것이다. 그런데도 너 부소는 나라를 위하여 공훈을 세울 생각은 하지 않고 광패한 글을 올려 함부로 군부(君父)를 비방하였다. 이는 도저히 용서할 수 없는 일이라 부자간의 정의로 보아서는 안 되었다만 나라의 법률을 무시할 수 없기 때문에 호해로 태자를 책봉하고, 너에게는 독주와 단검을 내리노니 두 가지 중에서 한 가지를 택하여 자결하도록 하라. 그리고 장군 몽염(蒙恬)은 대군을 거느리고 외방에 있으면서 지엄한 국법을 문란시킨 죄가 있어 마땅히 엄벌에 처할 것이나, 아직 장성을 구축하는 대업이 끝나지 않았기에 그대로 유임시키는 바이니 조서대로 시행할지어다.

▶▶▶김길형 편저, 『本 초한지』 참조

뜻대로 부소의 자결, 몽염의 숙청을 이루어낸 조고는 나중에 이사까지 처단하고 홀로 제왕적 권세를 가지고 잠시 동안이나마 온갖 부귀영화를 다 누립니다(그래도 환관이 누리는 것에는 한계가 있습니다). 누구든 그의 눈 밖에 나면 무사하지 못했습니다. 공포 정치로 천하를 옴짝달싹하지 못하게 합니다. 그러나 그 기간은 오래가지 못합니다. 하늘(민심?)의 추인을 받지 못한 권력이었기에 이내 좌절하고 맙니다. 복심腹心의 추종자들이 많지 않았던 그는 곧 반역에 부딪치게 됩니다. 결국 자신이 키운 자가 보낸 자객의 칼에 목숨을 잃습니다. 그의 일생은 전형적인 악인의 행로, 오직 살아남기 위해 발버둥쳤던 죄 지은 자의 말로를 잘 보여줍니다. 조고가 어떻게 후대의 역사가들에게 평가되는지도 한번 살펴보겠습니다.

조고는 통일제국 진(秦: BC 221~206)의 제1대 황제인 시황제(始皇帝)가 죽고 난 후 정권을 장악하려는 음모를 꾸몄다. 그 결과 진이 몰락하게 되었다. 시황제를 모시는 환관 책임자였던 그는 황제와 외부 세계 사이의 모든 연락을 맡고 있었으므로, BC 209년 여행 도중에 일어난 시황제의 죽음을 별 어려움 없이 감출 수 있었다. 시황제의 큰아들 부소(扶蘇)는 이단적인 사상이 씌어 있다는 이유로 서적들을 모두 불태우게 한(분서갱유) 승상 이사(李斯)의 조처에 반대한 까닭에 북쪽 변방인 상곡군(上谷郡)에 유배되어 있었다. 시황제는 부소에게 보내는 유조(遺詔)를 남겼는데, 이 조서에서 그가 부소를 후계자로 지명한 것 같다. 이사와 조고는 만약 부소가 제위를 잇는다면 자신들의 관직을 박탈함은 물론 죽일 것이라고 생각하여, 부소와 그의 친구이자 상곡군의 장군인 몽염(蒙恬)에게 가짜 조서를 보내 자살할 것을 명령했다. 편지가 위조되었다는 사실이 밝혀지지 않은 채 두 사람은 죽었다. 이사와 조고는 죽은 시황제의 시체에서 냄새가 심하게 나자, 포어(鮑魚: 소금에 절인 냄새가 심한 생선) 한 가

마를 수레에 같이 실어 시체의 냄새를 숨겨 수도로 돌아왔다. 그리고 나서 시황제의 막내아들 호해(胡亥)로 제위를 잇게 한다는 억지 조서를 꾸몄다. 얼마 후 이사와 조고는 서로 사이가 나빠졌고, 조고가 이사를 처형했다. 그 후 전국에서 반란이 일어났으며, 얼마 가지 않아 반란군들이 수도에까지 들어왔다. 조고는 허수아비 황제 호해를 처형하고 호해의 아들 자영(子)을 제위에 앉혔다. 그는 다시 자영까지도 처형하려고 했으나 음모가 발각되어 황궁에 들어서는 순간 암살당하고 말았다.

▶▶▶Daum 백과사전


제가 악인惡人 조고를 처음 만난 것은 어릴 때 본 한 홍콩 무협 영화를 통해서입니다. 영화 제목은 기억에 남아있지 않습니다만 그는 무소불위의 힘을 가지고 많은 사람들을 도륙했습니다. 어린 마음에 큰 공포로 각인되었습니다. 그때의 인상이 여태 또렷합니다. 무협지 속에 등장하는 중국 환관들의 영화 속 캐릭터가 늘상 '조고 스타일'이라는 것은 한참 뒤에 알게 되었습니다. 어쨌든 '조고 스타일'은 그 후 오랫동안 뇌리 속에서 사라지지 않았습니다. 권력 유지를 위해서 온갖 수단과 방법을 가리지 않는 냉혈한이면서, 밑에 있으면서 위엣 것을 능멸하는 그 악인은 정말이지 치를 떨게 하는 '보기 싫은 스타일'이었습니다. 그렇게 '간웅 스타일'이 하나의 고정관념을 형성했습니다.

어쨌든, '실패의 역사'에는 어디서든 그들 간웅들의 악행이 등장합니다. 저 역시 그런 역사 인식에 스스럼없이 동조할 수밖에 없습니다. 텍스트의 리얼리티는 어디까지나 텍스트 내적 '응결성과 응집성' 여부에 달려 있는 것이니까요. 그들이 왜 등장하는 것이며, 어느 선까지 그들에 관한 역사적 악평을 용납해야 하는가 따위의 '의도성과 용인성'까지 고려할 입장은 아니었습니다. 그러다가 언젠가부터, '조고는 과연 악인(역사의 죄인)인가?'라는 의문이 들기 시작했습니다. 그는 진시황이 한 것을 그대로 답습했을 뿐인데 왜 그만 악인 취급을 받아야 하는가, 문득 그런 생각이 들기 시작했습니다. 본디 권력의 속성이 그런 것인데 진시황이 잡으면 정당한 것이고 조고가 잡으면 부당한 것이라는 것은 왠지 '불편한 진실'일 것만 같았습니다. 만약, 그런 역사적 진술들이 가진 '텍스트 무의식'이 '권력을 가질 수 있는 자는 본디 정해져 있다'라는 것을 강조하는 것이라면 더욱더 수긍할 수 없는 일이었습니다. 그것은 결국 당대의 지배층(무력지배층, 테크노크라트, 족벌 귀족 등)들의 '싸움의 기술'에 속아 넘어가는 일일 공산이 큰 것이었습니다(그래서 평생 '밑엣 것'으로 살아가야 되는 것인지도 몰랐습니다).

전해지는 조고의 고사에도 반발심이 들기 시작했습니다. 그 때문에 부소가 억울한 죽음을 당했다고 하는데 과연 그런 것인가라는 의문이 들었습니다. 부소가 그렇게 죽은 일이 왜 우리에게도 '억울한 일'로 각인되어야 하는가에 의문이 들었던 것입니다. 부소라는 진시황의 아들은 그런 심약한 태도로 어떻게 천하의 패자가 되겠다고 욕망할 수 있었단 말인가, 천하의 맹장 몽염과 그의 수십만 군사를 제 곁에 두고 있었으면서도(진시황이 그를 그곳으로 보낸 이유도 다시 한번 생각해 볼 수 있는 것입니다. 진시황은 겉으로는 부소를 책망하면서 멀리 내쳤지만 그에게 막강한 몽염 부대의 감군監軍 직책을 부여함으로써 힘을 갖고 조정의 실세 권력들과 맞서기를 원했던 것이었다고 생각할 수도 있는 것입니다), 정당한(?) 반역도 꿈꾸지 못하고, 그렇게 겁에 질려 자결을 한 자라면 마땅히 조고에게 무릎을 꿇는 것이 당연한 것이 아니겠는가라는 생각도 들었습니다. 그런 심약하고 무능력한 임금은 어차피 만백성들에게는 해로운 존재일 것이 뻔하기 때문입니다. 그러니 조고라는 존재는 다름 아닌 '역사가 보낸 메신저'였을 뿐이었다는 겁니다. 중국 고대 왕조사에서 환관들의 역할 중의 하나가 강대한 귀족(문벌, 족벌) 세력을 견제하는 것이었다는 것을 고려할 때도 그러한 역사인식이 전혀 틀린 것만은 아니라는 생각이 듭니다. 역사를 기록하는 자들이야말로 '조고 스타일'을 가장 싫어하는 자들일 것이라는 생각도 듭니다. 그리고 저 역시 그들 중의 한 사람이 아닌가라는 반성도 드는 것이었습니다.

그래서 드리는 말씀입니다. "조고는 통일제국 진秦(BC 221~206)의 제1대 황제인 시황제始皇帝가 죽고 난 후 정권을 장악하려는 음모를 꾸몄다. 그 결과 진이 몰락하게 되었다."라는 백과사전에서의 기술은 다음과 같이 수정되어야 할 것 같습니다.

"조고는 통일제국 진秦(BC 221~206)의 제1대 황제인 시황제始皇

胡가 죽고 난 후 처절한 권력투쟁 끝에 정권을 장악했다. 그러나 끝내 조정의 기득권층과 지방의 토호세력들을 완전히 제압하지 못하고 좌절하고 말았다. 스스로 제위에 오르지 못하고 허수아비 황제 아래서 전권을 휘두를 수밖에 없었던 대리 권력, 환관 권력의 한계였다. 진의 몰락은 그의 좌절과 함께 가속화된다.”

# 환상 혹은 환멸

: 『산해경』

환경, 특히 장소場所가 인간의 상상력에 미치는 영향에 대해 생각해 봅니다. 세계관이란 것도 결국은 인간이 자신의 환경에 대한 해석을 꾀한 것 아니겠습니까? 장소에 대한 그의 생각이 그가 만드는 모든 문화적 상징물에 어떤 식으로든 침투하지 않을 수 없다는 게 제 생각입니다. 문화적 상징물 중 문자나 그림으로 기록되는 것들에 반영된 이른바 '장소 이미지'에 대해서 한번 생각해 보겠습니다. 그것이 문학이나 예술, 혹은 신화나 전설 속에서 자신을 드러내는 방식은 아마 환상幻想 아니면 환멸幻滅일 것입니다. 그냥 그런 생각이 들었습니다. 아직은 아무런 통계나 유추가 없는 실정입니다. 물론 그 중간지대도 있을 겁니다. 이를테면 '애증병존'의, 장소에 대한 그리움과 경멸이 마치한 작품 안에서 이종격투기처럼, 혹은 엉거주춤하게, 뒤엉켜있을 수도 있습니다. 그러나 그런 경우는 넓은 의미의 '환상' 쪽으로 편입시켜야 한다는 것이 제 생각입니다. 그렇게라도 기억이존재한다는 것은 아무래도 '환상' 쪽일 것 같아서입니다.

알기 쉽게 예를 들어서 설명해 보면 이렇습니다. 미지의 장소에 대한 동경이거나, 잃어버린 고향에 대한 간절한 그리움이라면 '환상'입니다. 학창 시절의 꿈이 배어있는 모교의 교정이나첫사랑과의 추억이 맺혀있는 장소를 추억하는 것들이 그런 겁니다. 중국의 『산해경』, 최인훈(「구운몽」)이나 이제하(「태평양」)황석영(『개밥바라기』) 박완서(『그 많던 싱아는 누가 다 먹었을까』) 등의 몇몇 작품들, 그리고 첫사랑을 그린 몇몇 영화들이(〈러브레터〉, 〈건축학개론〉) 생각납니다. 반대로, 전쟁이나 피난의 장소가등장하는 이야기와 영화들, '떠나야 할 곳'으로의 장소를 그린것들은 '환멸' 쪽입니다. 제임스 조이스의 『더블린 사람들』, 황석영(「탑」) 김승옥(「무진기행」) 윤흥길(「기억 속의 들꽃」)의 소설, 그리고 몇 편의 전쟁영화(〈태극기 휘날리며〉, 〈고지전〉)와 사이코드라마(〈셔터 아일랜드〉, 〈디 아더스〉)가 생각납니다. 그런 작품들은장소(공간)에 대한 환멸이 뚜렷합니다. 그런 작품들은 당연히'환멸의 플롯'을 가집니다. 윌리엄 포크너(『음향과 분노』), 헤밍웨이(『노인과 바다』), 이문열(『그대 다시는 고향에 가지 못하리』), 이순원

(「은비령」) 등의 몇 작품은 '애증병존'일 것 같습니다. 그들은 겉으로는 '환멸의 플롯'을 내세우지만 항상 그리움의 반서사反敍事를 안으로 감추고 있습니다. 그래서 앞에서 말한 대로 넓게 보면 '환상' 쪽입니다. 그렇게 보면 인간의 머릿속에서 기억되는 공간은 둘 중의 하나가 됩니다. 환상 아니면 환멸의 대상입니다. (페이스북 독자분들의 이해를 돕기 위해 간략하게, 생각나는 대로 작가와 작품들을 나열했습니다. 나중에 본격적인 작품론을 쓸 때 다시 예의를 갖추어 인용하겠습니다.)

『산해경山海經』은 그 표제에서 밝히고 있듯이 산과 바다, 인간의 발길이 잘 닿지 않는 장소에 대한 기록입니다. 아마 '장소에 대한 환상'으로서는 세계 굴지의 기록일 것 같습니다. 현실에서는 볼 수 없는 동물들의 그림도 세세하게 첨부해서 '우리가 직접 보고 듣는 것만이 세상의 전부가 아니다'라는 뜻을 강하게 전달합니다. 미지未知에 대한 호기심은 삶의 중요한 원동력입니다. '환상'이 그래서 아마 지금껏 그 효용을 인정받고 있는 것인지도 모르겠습니다. 책 제목에 '경經'이라는 말이 붙은 것도 의미심장합니다. 지금 보면 그 내용은 한마디로 허황된 것 일색인데 (그때도 아마 비슷한 사정이었을 것입니다), 그걸 경전으로 내세우고 있습니다. 그 가치를 높게 쳐달라는 요구일 겁니다. 옛날에는 지금처럼 '세계에 대한 지식'이나 '삶을 설명하고 도리를 가르치는 말씀'들을 쉽게 접할 수가 없었습니다. 그런 것들을 가진 '스승'도 만나기가 어려웠습니다. 옛날이야기를 보면 그 시작은 대개 '스승을 찾아 떠나기'로 이루어집니다. 그만큼 '기록된 것들의 가치'도 필요 이상으로 과대평가되었을 수도 있었겠다 싶습니다. 산해경은 '기록'으로 본다면 전혀 가치가 없는 책입니다. '환상'의 가치만 있습니다. 개중에 재미있는 대목이 하나 있어 소개합니다. 우리 단군 신화의 화소話素가 거기서도 얼핏얼핏 그 모습을 드러내고 있습니다.

다시 동쪽으로 10리를 가면 청요산이라는 곳인데 바로 이곳은 천제(天帝)의 숨겨둔 도읍이다. 여기에는 가조(駕鳥)가 많이 산다. 남쪽으로 바라다 보이는 선저는 우 임금의 아버지 곤이 누런 곰으로 변화했던 곳이며, 그곳에는 달팽이와 대합조개가 많다. 산신(山神) 무라가 이 지역을 맡고 있는데 그 형상은 사람의 얼굴에 아름다운 표범무늬, 가는 허리에 흰 치아를 하고 귀를 뚫어 고리를 해 달고 있다. 그 부딪히는 소리가 구슬이 울리는 듯한 것이 이 산은 정녕 여인네의 산이다. 진수가 여기에서 나와 북쪽으로 황하에 흘러든다. 산속에 이름을 요라고 하는 새가 있는데 오리 같이 생기고 붉은 눈과 빨간 꼬리를 하고 있다. 이것을 먹으면 아이를 많이 낳게 된다. 이곳의 어떤 풀은 간초(葌草)와 같이 생겼는데 줄기는 모나고 꽃은 노랗고 열매는 붉으며 뿌리는 고본(藁本)과 같다. 이름을 순초(筍草)라고 하며 이것을 먹으면 얼굴빛을 곱게 만들 수 있다.

▶▶▶정재서 엮음, 『산해경』「중산경」

주로 보지 못한 동물이나 식물을 소개하는 내용입니다. 인용문에서처럼 역사적 인물이 등장하는 경우도 간혹 있습니다. 위의 인용문에 등장하는 곰, 산신, 귀에 단 방울, 얼굴빛을 곱게 만드는 순초 같은 것들이 우리의 단군신화의 내용과 겹치는 화소들입니다. 직접적으로 현재의 우리 땅을 지목하지는 않았지만 발해의 동북쪽으로 '군자국君子國'이나 '청구국靑丘國'이라는 곳이 있다고 간략하게 소개하고 있는 부분도 있습니다. 그 대목은 '(그곳 사람들은) 의관을 갖추고 칼을 차고 있으며 짐승을 잡아먹는다. 두 마리의 무늬 호랑이를 부려 곁에 두고 있으며 그 사람들은 사양하기를 좋아하며 다투지 않는다. 훈화초(무궁화)라는 식물이 있는데 아침에 나서 저녁에 죽는다.' 정도로 기술되어 있습니다. 다른 사서에서도 많이 보던 내용입니다. 거듭 말씀드리지만, 『산해경山海經』과 같은 책들은 '기록'의 가치를 위해 존재하는 것이 아니라, '환상'의 가치를 위해 존재하는 것입니다. 그 사실을 확인하려고 여기까지 에둘러 온 것입니다. 『산해경山海經』은 언제까지나 '불패의 환상'으로 존재해야 됩니다.

우리에게는 그런 '환상'을 위해서 존재하는 것들이 필요합니다. 허랑된 '기록'들도 많이 있어야 합니다. 문학과 예술은 어쩌면 모두 다 『산해경山海經』의 후예일지도 모릅니다. 세상의 모든 것이 우리의 육체적 시야視野에 굴복한다는 것은 어쩔 수 없이 끔찍한 사실입니다. 그러고 말기에는 인생이 너무 허무합니다. 너무 인간이 보잘 것 없는 곳에 놓여있습니다. 그것을 알면 실망하지 않을 수 없습니다. 그 실망이 '환멸'을 낳습니다. 그것을 안긴 '보잘 것 없는 장소'를 나무라고, 그 장소에서 머물던 '허무한 시간'을 원망합니다.

나의 의도는 우리나라 도덕사(道德史)의 한 장(章)을 쓰는 것이었으며, 나는 더블린이 마비의 중심으로 생각되었기 때문에 이 도시를 이야기의 장면으로 택했다. 나는 무관심한 대중에게 다음과 같은 네 가지의 단계로 그 도시를 제시하려고 노력했다. 즉 유년기, 청년기, 성숙기, 그리고 대중생활이 그것이다. 이야기들은 이러한 순서로 배열되었다. 나는 대부분의 이야기들을 주도면밀하고 천박한 문체로 썼으며, 그를 제시함에 있어서 보고 들은 바를 변경하거나 (…중략…) 그 형태를 감히 망가뜨리려는 자는 대담한 자라는 확신을 갖고 그렇게 했다. 나는 이 이상 더 어떻게 할 수는 없다. 나는 내가 쓴 바를 변경할 수 없다.

▶▶▶출판사에 보내는 제임스 조이스의 편지, 인터넷 검색

『더블린 사람들』은 제임스 조이스가 22세에서 25세 사이에 쓴, 이를테면 '작가 최초의 소설' 15편으로 이루어진, 주옥珠玉같은, 금세기의 가장 대표적인 단편소설집입니다. 그러나 모든 '영혼의 혁명'이 그러하듯, 이 소설집도 처음에는 아주 강한 인습의 저항에 당면합니다. 신성모독을 나타내는 구절, 실재적인 인물과 장소의 사용, 불경스런 정치적·종교적 발언, 거침없이 쏟아내는 천박한

문체…. 독자들의 공격에 노출될 것이 두려운 출판사들은 조이스의 '보고서'를 활자화할 것을 망설입니다. 그러나 작가는 이 작품집을 '환멸의 고향-더블린'에 대한 별사別辭로 치부합니다. 떠나기를 작정한 자에게 무엇이 두려움이 될 수 있겠습니까? 조이스는 출판업자에게 보낸 편지를 통해 이 작품집의 문체와 주제, 특히 그중에서도 그의 예술적 목적에 대해 그렇게 강변强辯했습니다.

작가의 말처럼 『더블린 사람들』은 주제 면에서 일관성을 띤 분명한 공통의 근거와 배경을 갖고 있습니다. 이 작품집에 실린 소설들은 공히 세기世紀가 전환될 무렵의 더블린에서의 삶을 묘사하고 있으며 그것을 통해 아일랜드의 도덕사를 기술하고 있다고 평가됩니다. 그의 단편들이 그곳 더블린에서의 구체적인 일상적 삶을 묘사하는 것을 통하여, 정치·사회·종교를 총망라하는 정신적 마비 또는 부패의 중심지로서의 더블린의 이미지를 성공적으로 제시하고 있는 것입니다. 각 단편들은 그들 주인공들의 정신적 마비, 구체적인 삶에서 도피하려는 환상과 발버둥, 그리고 의지의 박약으로 이를 실현시키지 못하는 좌절과 환멸을 제시합니다. 조이스는 '전통적 올가미traditional noose'에 얽매인 채, 우리에 갇힌 '어쩔 수 없는 동물helpless animal'처럼 그날그날을 살아가고 있는 '더블린에서의 삶'을 '주도면밀하고 천박한 문체'로 묘파하는 데 성공한 것입니다.[1]

---

1) 이상 인터넷 검색 참조

저도 한때, 100여 년 전 더블린을 바라보던 조이스의 그 환멸 어린 시선에 크게 공감한 적이 있었습니다. 그의『더블린 사람들』에 자극 받아, 몇 편의 소설을 구상한 적도 있었습니다. 비슷한 형식으로 제가 몸담고 있는 도회의 '어쩔 수 없는 동물helpless animal'의 삶을 그려내고 싶었습니다. 물론 잘 되지 않았습니다. 조이스의 더블린이나 포크너의 요크나파토파에 대한 오마쥬는 저의 빈약한 재주로서는 불가능했습니다. 그나저나, 여전히 '나의 도회'는 조이스의 더블린처럼, 기회만 있으면 버려야 할, '환멸의 고향'입니다. 제가 페이스북에 올리는 글들 중에서도 그것과 관련된 내용들은 여전히 냉소적이거나 비판적입니다. 그러나 언제부턴가 조금씩 생각이 바뀌어 가고 있다는 것을 느낍니다. '전통적 올가미(유대감)'와 '영혼(도덕)의 마비'라고 조이스가 '더블린 사람들'을 욕하는 것을 본받는 것, 그것만이 제가 저의 '환멸의 고향'에 대처할 수 있는 유일한 방도인 것만은 아닌 것 같습니다. 이 도회에는 내가 뿌린 것들도 많이 있습니다. 그것들에 대한 최소한의 의무, 최소한의 예의, 최소한의 격려는 마다할 수 없다는 생각이 자주 듭니다. 그것이 터무니없는 환상일지라도, 어쩔 수 없다는 생각입니다. 내 두 아이를 세상에 내보낸 곳이 바로 이 도회이기 때문입니다. 세월이 아무리 흘러도, 그 아이들을 세상으로 내보낼 때의 '환상'을 결코 잊을 수가 없겠기 때문입니다. 아이들이 있는 한, 아직 이 도회는 제겐『산해경山海經』의 한 장소입니다.

# 천 개의 칼을 본 이후에야

: 『문심조룡』

대학 1학년 때의 일입니다. 평소 따르던 4학년 선배를 우연히 교정 한 가운데서(一靑潭이라는 작은 연못 주변이었습니다) 만났습니다. 평소 저를 귀엽게 봐주시던 선배라 반갑게 인사를 했더니 이 선배가 아주 흥분을 해서 분憤을 이기지 못합니다. 까닭을 들어본즉슨, '새로 부임한 젊은 교수(강사?)가 수업시간에 『문심조룡文心雕龍』의 저자인 劉勰(유협)의 이름을 못 읽어서 땀을 삘삘 흘리더라'는 겁니다. 아마 문예비평론 시간이었던 것 같았습니다. 어디에선가 『문심조룡』이 나오고 저자 이름은 한자로만 소개되었던 모양입니다. 저야 『문심조룡』이 무슨 책인지도 모르던 때였으니 그저 의아할 뿐이었습니다. 한자 이름은 본디 읽기 어려운 것이 당연하였고, 특히 고대 중국의 인물 이름은 거의 암호暗號에 가까운 것이었습니다. 그 정도의 실수는 젊은 연구자, 그것도 현대문학을 전공하는 약관의 학자에게는 충분히 있을 수 있는 일이 아니냐고 되물었습니다. 그러나 그 선배는 『문심조룡』이 어떤 책인데 문학을 한다는 이가 그 유명한 책의 저자 이름을 모르냐는 겁니다. 그건 말이 안 되는 거라고 강변했습니다. 아마 그 전에 이미 고전문학을 하시는 노교수님께 그 책에 관해서 자세하게 안내를 받은 적이 있었던 모양입니다. 그 선배에 따르면, 문학하는 이들에게는 기독교인들의 구약성서쯤 되는 책이 『문심조룡』이었던 것 같았습니다. 정재서 교수의 『동양적인 것의 슬픔』을 읽다가 문득 그 『문심조룡』과 조우했습니다. 반가운 마음에 얼른 베껴 써 봅니다(베끼기가 저의 특기라는 것은 일전에도 말씀드렸습니다).

고대 중국에 백아(伯牙)라는 거문고의 명인이 있었다. 백아가 거문고를 탈 때 항상 그 옆에는 종자기(鍾子期)라는 친구가 있어 장단을 맞추었다. 어느 날 종자기가 세상을 뜨자 백아는 거문고 줄을 끊어버렸다. 진실로 음(音)을 아는 벗이 이제는 없으니 거문고를 타도 소용이 없다는 것이었다. 양(梁)나라의 비평가 유협(劉勰, 495~552)은 그의 『문심조룡(文心雕龍)』에서 특별히 이 고사를 유념한 듯 「지음(知音)」편을 두어 비평의 어려움을 이렇게 논하였다.

작품을 정확히 평가하는 일이란 진실로 어렵다. 작품의 본질 자체가 파악하기 힘들게 되어 있지만 그것을 완벽히 이해할 사람을 만나는 일 또한 어렵다. 그러한 일이란 천년에 한 번이나 있을까? (知音其難成哉! 音實難知, 知實難逢, 逢其知音, 千載其一乎!)

　다소 신비화되고, 과장된 느낌은 있으나 견식 있는 비평가의 부재를 못내 안타까워하는 심사가 역력하다. 그러나 유협은 개탄에만 그치지 않는다. 좋은 비평가가 될 수 있는 덕목을 다음과 같이 친절하게 제시하고 있는 것이다.

　무릇 작품이란 다양해서 소박한 것도 있고 세련된 것도 있지만 보는 눈이 대개 편파적이어서 어느 누구도 전면적인 이해능력을 갖추고 있지 못하다. (…중략…) 대저 천 개의 곡을 연주해 본 다음에야 진정한 음을 알게 되고 천 개의 칼을 본 이후에야 보검을 식별할 수 있게 된다. 따라서 객관적인 관찰을 위해서는 우선 넓게 보는 공부가 필요하다.
　(夫篇章雜沓, 質文交加, 知多偏好, 人莫圓該 …… 凡操千曲而後曉聲, 觀千劍而後識器, 故圓照之象, 務先博觀) (…중략…)
　제각기 편견을 고수하면서 온갖 변화에 대응하고자 한다면 그것은 동쪽만을 쳐다보다가 서쪽 담을 못 보는 것과 같다. (各執一隅之解, 欲擬萬端之變, 所謂東向而望, 不見西牆也)

▶▶▶정재서, 『동양적인 것의 슬픔』, 63~65쪽,
인용된 예문은, 유협, 「지음(知音)」, 『문심조룡(文心雕龍)』에서 가져온 것임

'천 곡曲을 연주해 본 다음에야 음音을 알 수 있고曉聲, 천 개의 칼을 본 연후에야 보검을 식별할 수 있다識器'라는 대목이 오늘따라 진하게 가슴에 와 닿습니다. 많은 것을 본다博觀는 것이 결국 변화하는 것들의 이치萬端之變를 아는 첩경이라는 말도 심금을 울립니다. 옛날 학창시절의 그 문청文靑 선배가 왜 『문심조룡』, 『문심조룡』' 할 수밖에 없었는지도 비로소 알 것 같습니다. 젊어서는 현란한 서양의 문예이론에 경도되어, 『문심조룡』 같은 고전에는 사실 눈길이 별로 가지 않았습니다. 심리학, 사회학, 문화인류학, 구조주의 같은 것들이 마치 지식의 보고寶庫인 것처럼 느껴졌습니다. 그 탓에 지금도 논문은 늘 그런 서구식 방법론에 의지해서 끄적거립니다. 그렇지만, 다 써 놓고 보면 늘 허전합니다. 그저 한 가지 관점에서 저만의(저만 아는) 스토리텔링에 열중했다는 느낌밖에 없습니다. 늘 한 쪽만을 쳐다보며 다른 쪽으로는 눈길을 주지 못한다(東向而望, 不見西牆)는 소회를 떨쳐낼 수가 없습니다. 과연 몇 사람이나 그런 편파적인 글을 읽어줄 것인가라는 회의도 많이 듭니다. 며칠 간 논문 한 편을 끄적거린 연후라 더 그런 것 같습니다만, '보검'을 아는 경지가 언제나 도래할 것인가, 과연 생전에 그런 경지가 제게 오기는 올 것인가라는 좀 무거운 의무감(?)마저 듭니다. 오늘 만난 『문심조룡』이 제게 안긴 과제가 꽤나 무겁다는 느낌입니다.

사족 한 마디, 연전에 교생실습 지도를 나간 적이 있었습니다. 요즘은 부설학교 말고도 협력학교가 많이 생겨서 처음 나가는 학교도 종종 있습니다. 누님 같은 쾌활하고 당당하신(?) 교장선생님과 서로 명함을 교환하고 수업발표가 있는 교실로 향했습니다. 수업발표가 끝나고 교장선생님이 지도교수들을 소개하는 시간이 왔는데 첫 순서인 제 명함을 보시면서 무척 당황스러워하시는 것입니다. 처음에는 노안이시라 명함 글자가 잘 안 보이는 것이라 생각했습니다. 나중에 교장선생님이 제 성姓을 틀리게 읽으시는 것을 보고 그게 아니라는 것을 알게 되었습니다. 제 명함에 적힌 이름자가 모두 한자로만 되어 있었습니다. 그 한자로 적힌 제 성이 순간적으로 도망을 가버렸던 것입니다. 학생들이 박장대소를 하고 한 바탕 소란이 있었습니다. 거의 모두가 제 수업을 듣는 4학년 학생들이어서 더 요란스러웠습니다. 그냥 한 바탕 웃음으로 그 장면은 넘어갔습니다만, 저 또한 무척 당황하지 않을 수 없었습니다. 이제 명함에 꼭 한글과 한자를 병기해야겠다고 마음을 먹었습니다. 일본 사람들이 한자 이름 위에 자기 집안 나름의 발음을 표시하는 게 그날따라 더 공감이 되었습니다. 어쩔 수 없이, 유협劉勰만 어려운 이름이 아니라는 걸 인정해야 할 때가 온 것 같습니다.

# 따라 짖지 않으려면

## : 『분서』

명(明)나라 사상가 이탁오(李卓吾)는 예순넷에야 첫 책 '분서(焚書)'를 냈다. 30년 넘게 관리를 지낸 그는 쉰 되기 전까지는 유교 경전을 아무 생각 없이 읽었다고 털어놓았다. "쉰 살이 되기 전까지 나는 한 마리 개와 같았다. 앞의 개가 그림자를 보고 짖어대자 나도 따라 짖어댔다." 그는 노후를 준비해야 할 나이에 자신을 깨부수고 현실을 비판하는 지식인으로서 제2의 청춘을 살았다.

▶▶▶박해현, 「장년(長年)」, ≪조선일보≫, 2012. 10. 25.

나이 오십이 분수령이긴 분수령인 모양입니다. 거기서 한 번

'꺾어지는 인생'을 경험하는 이들이 많습니다. 이탁오라는 분이 '쉰 살이 되기 전까지 나는 한 마리 개와 같았다'라고 한 것도 결국 그 뜻이겠습니다. 저 같은 경우는 젊어서도 별로 '짖어댄' 경험이 없어서 굳이 쉰 살이 되어서야 비로소 눈이 뜨였다라고 말할 계제는 아닙니다만, 앞서 간 선학先學의 말씀이 그냥 하는 말씀이 아니라는 것은 알 수가 있겠습니다. 어쩌면, 아주 폐부肺腑 깊숙이 들어와 자리잡는 느낌인지도 모르겠습니다.

『분서』와 『속분서』의 저자 이탁오(본명은 이지李贄, 1527~1602)는 환갑을 넘긴 나이에 「성교소인聖敎小引」이라는 글을 씁니다('불태워 버릴 책'이라는 그의 책명은 그 후 진짜로 불태워지는 운명을 맞게 됩니다). 거기서 자신이 개였다고 말합니다. 양명좌파陽明左派의 지도자들을 만나 그들로부터 큰 영향을 받은 50세 이후의 각성이 반영된 결과였습니다. 이미 10년 전부터 새로운 길을 모색해 온 이탁오에게는 왕용계 등을 만난 그 해(50세)가 일생일대의 전환점이 되었던 것입니다.

나는 어려서부터 성인의 가르침이 담긴 책을 읽었지만 그 내용이 무엇인지 알지 못했고, 공자를 존경했지만 공자에게 어떤 존경할 만한 점이 있는지 알지 못했다. 그야말로 난쟁이가 광대놀음을 구경하다가 사람들이 잘한다고 소리치면 따라서 잘한다고 소리 지르는 격이었다. 나이 오십 이전의 나는 정말로 한 마리의 개에 불과했다. 앞의 개가 그림자를 보고 짖으면 나도 따라서 짖어댔던 것이다. 만약 남들이 짖는 까닭을 물어오면 그저 벙어리처럼 쑥스럽게 웃기나 할 따름이었다. 오호라! 나는 오늘에서야 우리 공자를 이해했고 더 이상 예전처럼 따라 짖지는 않게 되었다. 예전의 난쟁이가 노년에 이르러 마침내 어른으로 성장한 것이다.

▶▶▶『속분서(續焚書)』, 「성교소인(聖敎小引)」, 채운, 「이탁오의 『분서』」
(고전 톡톡 다시 읽기 45) , ≪서울신문≫, 2010. 12. 6에서 재인용

이탁오의 사상을 여기서 상세하게 설명할 필요는 없을 것 같습니다. 우리나라에서는 허균이 그와 유사한 주의주장을 한 것으로 알고 있습니다. 이탁오의 본성本性 중시 사상에 대해서 구체적으로 알고 싶으시면 네이버 검색창에 '이탁오'를 치시면 됩니다. 여러 전문가들의 자상한 설명을 볼 수 있습니다. 제가 그의 삶에서 주목하는 것은 두 가지입니다. 하나는 조간신문에서 발췌한 인용문으로 이 글의 모두冒頭를 장식한 것에서 알 수 있듯이 '자립自立하는 삶으로서의 장년長年(50대 이후)'이라는 것입니다. 사람이 나이가 들면 살아온 날들에 기반한 노후 대비를 하게 마련입니다만 그렇게 하는 것만으로는 진정한 제2의 인생을 만들어갈 수 없다는 것입니다. 새로운 전환점을 마련해서 오히려 살아온 날들에 대한 치명적인 배반을 꾀할 때 비로소 새로운 노후의 인생을 구축할 수 있다는 것을 이탁오의 삶에서 배우게 된다는 것입니다.

다른 하나는 그가 취한 삶의 태도가 이른바 '극좌파적'인 것

이었다는 점입니다. 당시의 시대 분위기에서 '양명좌파陽明左派'라고 하는 것은(이탁오는 왕양명과 왕용계를 가장 존경하였다고 합니다) 지금의 '좌빨'이나 '종북세력' 등과 비슷한 어감語感을 주는 말이었습니다. 전문적인 학식을 다투는 사람들 사이에서는 학문적인 토론도 가능한 것이었지만, '다스림을 받는 백성의 시선'으로 본다면 아주 불온한 사상이었던 것입니다. 당대의 지배 이데올로기와 정면충돌하는 것이어서 언제든지 정쟁政爭의 희생양이 될 수 있는 '좌파의 진로와 운명'을 지닌 '삶의 방향'이었습니다. 그는 그것을 자진해서 선택한 것입니다. 그래야 '사는 이유'가 최소한이라도 충족될 것 같아서였을 겁니다. 제겐 이 두 번째 이유가 더 절실합니다. 이탁오를 매력적인 인간으로 생각하게 된 것도 그 '진정한 자립심自立心' 때문입니다.

불온한 사상으로 지식인들에게 영향력을 행사하던 이탁오는 명(明) 말의 부패한 권력자들에게 목에 걸린 가시 같은 존재였다. 일종의 '사상범'으로 관에 압송되어 가는 도중에 잠시 머물던 옥사에서 그는 결국 스스로 목숨을 끊었다.

제자가 남긴 글에 따르면, 옥중에서도 평상시처럼 책을 읽고 시를 짓다가 '아무것도 바랄 게 없다.'는 말을 남기고는 덤덤하게 세상을 하직했다고 한다. 생을 마감하는 순간까지도 빛나는 최강 '포스'. 추측컨대, 죽음마저도 스스로 결단하고자 했을 것이다.

'분서'는 무엇보다도, 자기 자신을 자유로운 인간으로 조형하고자 했던 한 인간의 불균질적인 사유의 조각들이다. 절실한 배움의 관계가 사라져가고, 지식은 지배와 계급 관계를 더욱 공고하게 만드는 권력으로 기능하는 우리 시대에, 그의 물음은 더욱 더 사무치게 와 닿는다. 개로 살아갈 것인가, 자유로운 존재가 될 것인가.

▶▶▶채운, 「이탁오의『분서』」(고전 톡톡 다시 읽기 45), 앞의 글

세상사 어떤 것이든 끌어다 붙이면 아전인수我田引水 견강부회牽強附會, 내 일이 아닌 것이 어디 있겠습니까만 이탁오의 일생은 전혀 남의 일 같지가 않습니다. 저도 나이 오십에 들어 중언부언重言復言 쓸데없는 것들을 마구잡이로 써대기 시작하였습니다. 최근 몇 년 사이에는 매일 한두 꼭지씩의 글을 남발하고 있습니다. 모아놓고 보니 그 사이 쓴 것이 책으로 몇 권 될 정도의 분량입니다. 그러나 그것만으로 이탁오의 일생과 제 일생이 닮은꼴이라고 여길 수는 없을 것 같습니다. 저에게도 오십에 들면서 모종의 '결단'을 요구하는 상황이 있었습니다. 그때 여러 생각이 들었습니다. 불면의 밤도 여러 차례 보내야 했습니다. 마지막 결론은 '이렇게(지금까지처럼) 살 필요도 이유도 없다'였습니다. 속리俗利에 연연하며, 불편함과 불리함을 두려워해서 양심의 소리를 거슬러 진퇴를 결정하는 것은 정말 못난 짓이다라는 염이 불꽃처럼 피어올랐습니다. 그래서 가까이 지내던 몇몇 사람들에게 '이렇게(눈치 보며) 살 필요가 없다'라는 말을 던지고 제가 옳다고 여긴 일에 투신投身했습니다. 그 여파가 지금도 제 일신

에 미치고 있습니다만, 지금 생각해도 그때의 그 '극좌파적(?)' 태도는 한 점 후회를 남기지 않는 '자립自立의 행동'이었다는 것을 부정할 수 없습니다. 모르긴 해도, 제 글이 만약 조금이라도 '앞의 개가 그림자를 보고 짖어대는 것을 보고 따라 짖어대는 것'이 아닌 모양새를 보인다면, 그도 그런, 살아온 날을 배반하는, '자립의 행동'이 선행先行했기 때문일 것이라고 여기고 있습니다. 그렇게 믿고 있습니다.

# 사람들이 알아주지 않더라도

: 길 없는 길

1. 나이가 들면서 복잡한 설명을 기피하는 경향이 눈에 띄게 농후해집니다. 대화를 할 때도 그렇고 책을 읽을 때도 그렇습니다. 어려운 말로 사물의 이치를 파헤치는 말이나 글들을 가급적, 의식, 무의식적으로, 멀리합니다. 예전에는 그런 말(사람)이나 글(책)들이 안내하는 '진리의 세계'가 늘 감탄스러웠습니다. 지금은 그렇지 않습니다. 제가 쓴 것들을 다시 읽을 때에도 그런 장면들에서는 저도 모르는 사이에 눈살을 찌푸립니다. 아마 집중하는 힘이 쇠衰하였기 때문일 것입니다. 그런데도 별로 아쉽지가 않습니다. 이솝 우화의 '여우와 신 포도' 이야기처럼, 무엇이

든 가져올 수 없는 것들은 죄다 시원찮은 것이 되기 때문인지도 모르겠습니다. 그래서 그런지 나이가 제법 든 친구들임에도 불구하고 여태 '이론'을 밝히는 사람들을 볼 때면 존경심마저 듭니다. 아직도 그들에게는 우리들의 우주가 말(글)의 설명이 요구되는 '미지의 세계'라는 것이 부럽습니다. 앞에서 말씀드린 『분서焚書』의 저자 이탁오도 아마 그런 축에 속하는 이였던 것 같습니다.

　천행으로 하늘은 내게 밝은 눈을 주시어 고희의 나이에도 여전히 행간이 촘촘한 책을 읽게 하셨다. 천행으로 내게 손을 내리시어 비록 고희에 이르렀지만 아직까지 잔글씨를 쓸 수도 있다. 그러나 이런 점을 두고 천행이라 하기에는 아직 미흡하겠지. 하늘은 다행스럽게도 내게 평생토록 속인을 만나기 싫어하는 성격을 주셨다. 덕분에 나는 한창 나이 때부터 노년에 이르기까지 친척이나 손님의 왕래에 시달리지 않고 오직 독서에만 전념할 수 있었다. 천행으로 나는 한평생 가족들을 사랑하거나 가까이 하지 않는 무딘 감정을 타고났다. 그 덕분에 용호에서 말년을 보내면서 가족을 부양하거나 그들에게 핍박당하는 고통에서 벗어나 또 일념으로 독서에 전념할 수가 있었다. 하지만 이런 따위 역시 천행 운운하기에는 아직 미흡해 보인다. 천행으로 내게는 마음의 눈이 있어 책을 펴면 곧 인간이 보이곤 하였다.

▶▶▶이탁오, 『분서』, Daum 카페 '탁오랑 친해지기'에서 재인용

모르겠습니다. '평생토록 속인을 만나기 싫어하는 성격'이 과연 다행스러운 것인지, '가족을 부양하거나 그들에게 핍박당하는 고통에서 벗어나는 것'이 천행에 속하는 것인지 잘 모르겠습니다. 그 덕에 독서에 전념할 수 있었다고 이탁오는 말하고 있습니다만, 그렇게 하는 독서가 과연 무슨 공功을 세울지 궁금합니다. 이탁오도 그 부분이 좀 미심쩍었는지 그런 것보다는 '책을 펴면 곧 인간이 보이는 것'이 더 큰 천행이라고 말하고 있습니다. 그렇게 독서에 매진한 것이 그런 경지를 불러온 것인지에 대해서는 그 자신도 확답을 내리지 못하고 있습니다만, 어쨌든 '독서는 인간을 알기 위한 것'이라는 명제를 간과하지는 않고 있는 것 같습니다.

그렇습니다. 독서는 '인간을 알기(보기) 위한 것'입니다. 그리고 모든 '앎(봄)'은 공功을 세워야 비로소 제 자신의 역할을 다하는 것이라는 것도 부정할 수 없는 사실입니다. 인간을 알기 위한 '독서'가 공을 세우는 일은 결국 다음 두 가지로 수렴됩니다. 독서한 이 스스로 바른 인간이 되어 속인들의 모범이 되고 행실로 그들을 교화하는 것이 그 첫째입니다. 그게 가장 중요한 일일 겁니다. 독서를 마치 '경쟁에서 이기기 위한 지름길 찾기'나 되는 것처럼 떠드는 것은 그래서 결코 좋은 일이 아닙니다. '독서의 경쟁력'이 현실세계에서, 살아서, 그 효험을 드러내는 일은 아주 드물기 때문입니다. 이탁오만 하더라도 그렇습니다. 그의 '독서의 힘'은 수백 년 뒤에야 비로소 인정을 받습니다. 경쟁이 아니라 행실에 유용한 것이 독서입니다. 둘째는 말이나 글로 자신의 '앎'을 널리 전하는 것입니다. 그런 전파 행위를 통해 세상의 흐린 물을 조금씩 정화시켜 나가는 것입니다. 그래서 식자識者에게는 부득불 글쓰기가 중요한 것입니다. 식자들은 자신의 앎을 어떻게 표현해낼 것인가를 부단히 탐구해야 합니다. 속인들이 눈살을 찌푸리지 않게 드러낼 수 있는 방법을 찾아야 합니다. 그렇게 '독서'가 공을 세우도록 하지 못하면 그것은 그저 위안에 그칩니다. 현실의 피곤을 달래는 '한 잔의 술'에 불과할 것입니다. 그런 자기 위안의 독서에 탐닉하다 보면 결국은 간을 다쳐 제 뜻도 제대로 한 번 펼쳐보지 못하고(각광도 한 번 받아보지 못하고) 쓸쓸히 생의 무대에서 내려와야 하는 것입니다. 『논어』 첫 부분, 「학이」편의 다섯 마디의 말씀들에 그런 '독서와 행실, 그리고 앎의 전파'에 대한 유가儒家의 입장이 고스란히 담겨져 있습니다. 과연 독서 전문가들의 교과서다운 면모라고 할 수 있겠습니다. 재차 옮겨 적어서 다시 한 번 되새겨 보겠습니다.

1. 공자께서 말씀하셨다. "배우고 그것을 때때로 익히면 기쁘지 않겠는가. 동지가 먼 지방으로부터 찾아온다면 즐겁지 않겠는가. 사람들이 알아주지 않더라도 서운해 하지 않는다면 군자가 아니겠는가."(子曰 學而時習之 不亦說乎 有朋自遠方來 不亦樂乎 人不知而不慍 不亦君子乎)

2. 유자(有子)가 말하였다. "그 사람됨이 효(孝)하고 공경스럽고서

윗사람을 범하기를 좋아하는 자는 드무니, 윗사람을 범하기를 좋아하지 않고서 난(亂)을 일으키기를 좋아하는 자는 있지 않다. 군자는 근본을 힘쓰니, 근본이 확립되면 도(道)가 발생하는 것이다. 효와 제(悌)라는 것은 그 인(仁)을 행하는 근본일 것이다. (有子曰 其爲人也 孝弟 而好犯上者鮮矣 不好犯上 而好作亂者 未之有也 君子務本 本立而 道生 孝弟也者 其爲仁之本與)

3. 공자께서 말씀하셨다. "말을 좋게 하고 얼굴빛을 곱게 하는 사람이 인(仁)한 이가 적다." (子曰 巧言令色 鮮矣仁)

4. 증자가 말씀하셨다. "나는 날마다 세 가지로 내 몸을 살피노니, '남을 위하여 일을 도모해 줌에 충성스럽지 못한가? 붕우(朋友)와 더불어 사귐에 성실하지 못한가? 전수받은 것을 복습하지 않는가?' 이다" (曾子曰 吾日三省吾身 爲人謀而不忠乎 與朋友交而不信乎 傳不 習乎)

5. 공자께서 말씀하셨다. "천승의 나라를 다스리되 일을 공경하고 믿게 하며, 쓰기를 절도 있게 하고 백성을 사랑하며, 백성을 부리기를 때(농한기)에 하여야 한다. (子曰 道千乘之國 敬事而信 節用而愛人 使民以時)

▶▶▶성백효 역주 『논어집주』「학이」편

「학이」편 서두는 『논어』의 모든 것을 함축하고 있습니다. 그 이후의 모든 것들이 다시 이것들로 귀환합니다. 사람됨의 조건을 들기도 하고 사람을 평가하는 기준을 구체적으로 제시하고 있기도 하면서, 바람직한 이상적 인간 혹은 학인學人의 자질, 사회적 존재로서의 인간성, 선善한 인격자(군자)로 사는 태도와 방법, 지도자의 덕목 등등을 일목요연하게 밝히고 있는 부분입니다. '교언영색 하는 자 중에는 인仁한 이가 없다'는 공자님의 말씀은 보면 볼수록 과연 정곡에 닿아있습니다. 살면서 고비고비마다 그 말씀의 취지를 절감하지 않을 때가 별로 없습니다(오늘도 한 건 올렸습니다. 눈앞의 작은 욕심에 서슴없이 얼굴빛을 고치는 자를 보고 '너 그렇게 살면 욕 먹는다'라고 한마디 내뱉어주었습니다). 그러나 그중에서도 단연 감동적인 것은 역시 '사람이 알아주지 않더라도 서운해 하지 않는다면 군자가 아니겠는가(人不知而不慍 不亦君子乎)'라는 대목입니다. 그 말씀이 단순히 학인의 자질을 논하는 것이 아니라는 것을 아는 데는 좀 시간이 걸렸습니다. '남이 나를 몰라주더라도 개의치 않는 것', 그것 하나 실천하는 것이 얼마나 어려운지를 아는데 한 평생이 걸렸다고 해도 과언이 아닐 겁니다. 제가 만약 학인이었다면, 결국 저의 인생은 그것의 의미를 알기 위한 길고 지루한 여정이었습니다. 나이 오십을 넘기면서 마주친 '자의반 타의반'의 이런저런 세파世波들 덕분에 겨우 알 수 있었던 것이었습니다. 만약, 그런 시련이 없었더라면, 지금도 저는 누군가의 인정을 받기 위해 쓸데없는 일로, 아귀다툼을 벌이며, 고군분투하고 있을지도 모릅니다.

　지도자治者의 덕목을 '백성 사랑'에 두고 있는 말씀(節用而愛人 使民以時)도 영원한 진리입니다.

공자께서 말씀하셨다. "백성은 (도리에) 따르게 할 수는 있어도 (그 원리를) 알게 할 수는 없는 것이다." 공자께서 말씀하셨다. "용맹을 좋아하고 가난을 싫어하는 것도 난을 일으키고, 사람으로서 인하지 못한 것을 너무 심히 미워하는 것도 난을 일으킨다." 공자께서 말씀하셨다. "만약 주공과 같은 아름다운 재예(才藝)를 가지고 있더라도 가사 교만하고 인색하다면, 그 나머지는 볼 것이 없다." 공자께서 말씀하셨다. "3년을 배우고도 녹봉에 뜻을 두지 않는 자를 쉽게 얻지 못하겠다." (子曰 民은 可使由之요 不可使知之니라. 子曰 好勇疾貧이 亂也요 人而不仁을 疾之已甚이 亂也니라. 子曰 如有周公之才之美로도 使驕且吝이면 其餘는 不足觀也已니라. 子曰 三年學에 不至於穀을 不易得也니라.)

▶▶▶성백효 역주, 『논어집주』「태백」

백성들을 일일이 깨우쳐 원리를 이해시키려고 하지 말고, 난亂을 일으킬만한 자들, 재주를 믿고 교만한 자들, 오직 벼슬에 욕심을 둔 자들을 남김없이(지체 없이) 솎아낼 것을 공자님은 당부합니다. 그러지를 못하고 우유부단한 자들은 종내 백성들의 미움을 살 수밖에 없다는 것을 역사가 증명합니다. 정치에 뜻을 두고 있는 이들은 반드시 그 요체를 터득해야 할 가르침일 것입니다.

2. '호랑이는 죽어서 가죽을 남기고 사람은 죽어서 이름을 남긴

다.' 누구에게나 친숙한 속담입니다. 어릴 때부터 무수히 들어와서 아주 귀에 익은 말입니다. 그런데, 그 낯익은 속담이 요즘 들어 전혀 새롭게 들립니다. 정말이지 '이름' 하나밖에 없는 거구 나라는 생각이 자주 듭니다. 누릴 수 있는 부귀영화가 얼마나 되었든 그런 것들은 고작 뜬구름에 지나지 않는다는 것을 절감합니다. 누려나 봤느냐고 반문하실지 모르겠습니다. 만약 제가 남들이 부러워하는 부귀영화를 누려봤다면 그런 느낌은 아마 갑절로나 더 절박했을 겁니다. 틀림없습니다. 부귀와 영화에 쩐(?) 몸이라면, 오늘처럼 이른 아침, 홀로 잠에서 깨어나, 그 허허로운 심사를 다스리는 데 얼마나 더 많은 시간이 필요하겠습니까.

얼마 전에 주위의 시선을 의식하지 않는 이른바 '돌출행동'을 하는 친구가 있어서 그러지 말라고 말린 적이 있었습니다. '이름' 깨나 남길 것으로 여겨지던 친구였습니다. 그러자 그 친구 왈, '이 나이에 누구 눈치 볼 일이 무에 있느냐'라는 거였습니다. 그래도 그런 게 아니다, 결국 늙어서 하나 붙잡아야 하는 것은 이름 하나, 평판評判뿐이지 않겠느냐, 그렇게 말해 주었습니다. 특히 우리 같이 혜택을 입어 국록國祿깨나 받아먹고 살아온 자들은 더 그렇지 않겠느냐고 달랬습니다. 그러나 그 친구는 끝내 말을 듣지 않았습니다. 여전하게 마이웨이를 고집했습니다. 어쩔 수 없는 일이었습니다. 더 이상 그와 상종相從할 수 없게 되고 말았습니다. 만약 그 전처럼 그와 계속 친하게 지낸다면 그의 행실行實을 승인하는 꼴이 되고 마는 일이었기에 부득불 그와는 절교하지 않을 수 없었습니다. 그 친구도 묵묵히 그런 상황을 받아들이는 눈칩니다. 저도 그렇지만, 그 친구도 역시 완고합니다. 종내 '이름을 남길 일'이 아예 없다는 틉니다. 이제 주위 사람들이 그 친구의 눈치를 봅니다. 혹시라도 그가 불편해 할까봐 이리저리 피해 줍니다. 마치 그 친구는 호랑이처럼 살고 있습니다.

'절교 상태'로 지내는 일이 또 있습니다. 사람이 아니라 책입니다. 요즘은 통 남의 소설을 읽지 않습니다. 소설가들이 소설을 쓰지 않을 때 자주 보이는 행태이기도 합니다만, 제가 소설을 읽지 않는 이유는 그것 말고도 또 있습니다. 요즘 소설이 제 관심사를 대변해 주지 않기 때문입니다. 너무 저를 무시합니다. 늙는 것도 서러운데 대놓고 사람을 무시합니다. 마침 저의 심사를 대변하는 글이 있어 옮겨 싣습니다.

언제부턴가 소설 읽기가 거북스럽다. 특히 한국의 젊은 작가들의 작품 가운데서 소설 읽기의 즐거움을 체험하기란 점점 어려운 일이 되어간다. 비평적으로 주목을 받는 작가와 작품들뿐만 아니라 문학상 후보로 거론되는 작품들까지도 왜 이런 글들이 문학이라는 이름으로 씌어져야 하는지 의문이 들 때가 있다. 좋은 문학이라는 것이 어떤 것인지 다시 생각해 보게 된다. 분명히 소설다운 소설이 아니라고 생각하는데 소설이란 이름으로 당당하게 존재하는 작품들을 보면 나의 문학적 기준은 흔들린다. 소설이 무엇인지, 어떤 문학이 좋은 문학인지 혼란스럽다. 심지어는 문학이 싫어지기까지 한다. 문학의 미래에 대해서 비관적이 된다.

그러나 가끔 뜻밖에 좋은 소설을 만날 때가 있다. 재미중국인 소설가 하 진의 단편소설을 만난 경험이 그렇다. 단편소설이란 양식이 생명을 다한 것이 아닐까 하고 생각했는데, 하 진의 작품들은 그 생각이 잘못되었음을 알려주는 증거물로 나에게 다가왔다. 하 진의 단편들은, 최근 한국 단편소설들과 비교하면 답답해 보일 수도 있다. 배경은 늘 몇 십 년 전 중국 변두리 마을이고, 등장인물도 평범한 장삼이사(張三李四)들이다. 작가는 하나의 사건을 덤덤하게 이야기해줄 뿐, 독자들에게 어떤 심각한 의미를 강요하지 않는다. 기이하다 못해 변태적이기까지 한 우리 단편소설들에 비해서 하 진의 단편소설들은 소재, 기법, 감각 등에서 너무 평범하거나 구닥다리인 것처럼 보인다.

그러나 인생의 한 단면을 보여줌으로써 독자로 하여금 삶의 아이러니와 인간의 진실을 대면케 하는 것이 단편소설이라면 하 진의 작품들이야말로 진짜 단편소설이다. 하 진의 작품들은 구닥다리가 아니라 정통의 품격과 에너지를 지니고 있다. 그리고 그것들이 지닌 단순성의 미학들은 '삶과 세상에 대한 구체적 이해'라는 소중한 문학적 가치의 실현과 보존에 성공한 것으로 보인다.

▶▶▶이남호, 『문학에는 무엇이 필요한가』 중에서


혹시 '구닥다리 문학관'이 아니냐고, 도매금으로, 매도될지도 모르겠습니다만, 저는 위의 인용문에서 강조하고 있는 '삶과 세상에 대한 구체적 이해'가 문학의 본령本領이라고 굳게 믿어 의심치 않습니다. 그 본연의 목표나 역할에 소홀해지면 아무래도 문학의 입지가 협소해지기 마련입니다. 국수를 먹을 때 면 위에 얹는 고명에 너무 맛을 들이면 면麵 본연의 맛을 놓치기 쉬운 것과 한 가지 이치일 것입니다. 국수 매니아들은 종국에 가서는 결국 면발을 중시하게 되어 있습니다. 뜨내기손님들에게 국수 몇 그릇 더 팔려고 화려한 고명에만 신경을 쓰고 국수의 본분인 면발 잡는 일에 소홀하다 보면 결국 '조선 망하고 대국 망하게' 됩니다. 독자도 놓치고 작가적 역량도 소진시키고 맙니다. 문학의 앞길에 어깃장을 놓게 됩니다. 소재의 신기성新奇性이나 언어유희에 너무 빠져들면 '인간의 진실'에 대면하는 일을 자주 놓치게 됩니다. 아직 젊어서 내공을 쌓기가 여의치 않은 한 사람의 작가가 과욕에 사로잡혀 수많은, 인정받는, 이야기를 하려다 보면 그렇게 되기가 쉽습니다. 오늘 아침 페친 한 분의 담벼락에서 문학의 본령에 근접한 이야기 한 토막을 보았습니다. 한번 인용해 보겠습니다.

얼리버드인 애인님은 새벽시장에 가서 튀김 오뎅과 도토리묵, 고구마를 사왔고, 모처럼 집에 온 딸냄은 여즉 쿨~.. 그 시간 사이에 전달된 몇 가지 소식으로 부산한 아침이다. 서울의 젊은 친척이 투병 생활 중 간밤에 유명을 달리했고, 시골에서 친정 엄마가 아파 대구 병원에 예약을 알아보라는 소식이 전달되었다.

시어머님, 작은 아버님과의 통화가 이어졌다. 젊은 나이에 어쩌다가 그 지경이 되었는지에 대한 얘기, KTX를 예매하고, 친정엄마의 증세에 대한 장황한 통화가 이어졌다. 경대병원 전화가 안 되어 인터넷으로 예약 접수를 시도하고.. 몇 번째의 통화. 친정과 시댁 두 집안과 한꺼번에 통화하느라 아침밥 먹다가 잠시 멍~.

토요일 아침. 누군가는 새벽시장에서 뜨끈한 오뎅을 튀길 것이고, 누구는 목숨이 경각에, 지금 이 시간 아픈 증세로 고통 받는 이도 있겠고, 누구는 늦잠을 쿨~ 잘 것이며, 누군가는 내리는 비를 바라보며 외로움에 젖을 지도.. 같은 시간 속에 이어지는 각자의 삶. 그런 아침이다. 토욜 아침. 그대는 어떤 시간을 보내고 계시나요?

▶▶▶페이스 북, 박순애

인간이 겪는 일은 대동소이합니다. 화려하고 특별한 경험은 극소수의 사람들만이 소유할 수 있습니다. 그런 '특별한' 사람들이 문재文才를 지닌 채 다른 사람들에게 '이야기의 감동'을 전달할 수 있을 확률은 또 매우 낮습니다. 간혹 한두 사람 있을 뿐입니다. 그런 호사가 바람직한 것도 아닙니다. 문학이 다루는 '인간의 경험'은 그런 특별하고 신기한 경험이 아닙니다. 위의 인용문에서처럼, 휴일 아침의 신선한 식단을 준비하는 '가족을 사랑하는' 마음과 삶의 원초적인 비극성, 그것들과 또 다른 차원에서 존재하는 '현실의 번잡함'이 한 곳에서 만나는 현장을 그려내는, 그 '삶과 세상에 대한 구체적 이해'만 있으면 어디서나 문학은 자신을 구현해 냅니다. 그렇게 '삶의 아이러니와 인간의 진실을 대면케' 하면 소설이 되는 것입니다. 따로 신기新奇와 수사修辭를 만들지 않더라도 충분히 문학이 되는 것입니다.

'호랑이는 죽어서 가죽을 남기고 사람은 죽어서 이름을 남긴다'는 말로 시작해서 '이름'에 연연치 않는 한 친구와의 절교를 떠벌리다가 어줍지 않은 소설론으로까지 번지고 말았습니다. 분수를 모르는 일이 될지도 모르겠습니다. 문학은 저 같은 사람이 한두 마디로 그 목표와 역할을 다 설명할 수 있는 존재가 아닐 것입니다. 저의 볼품없는 '구닥다리 문학관'을 문학에 대한 연민을 버리지 못하고 있는 한 촌부村夫의 속 좁은 단견이라고 여겨주셔도 무방하겠습니다. 세상은 이미 몰라볼 정도로 달라져 있는데 자기들 문청文靑 때 화두만 강요한다고 하셔도 달리할 말이 없겠습니다. 마지막으로, '이름'을 중시하는 선배 한 분 이야기를 듣고 이야기를 마치겠습니다. 이제 환갑인 이 선배는 최근 '수필 아카데미'에 등록했다고 합니다. 평소에 신문에 칼럼도 가끔씩 싣는 분이라서 글쓰기에는 별다른 공부가 따로 필요할 것 같지 않았는데 굳이 그런 '번거로운 절차'를 밟고 있었습니다. 하모니카도 프로급으로 연주하는 멋쟁이인데, 노후의 '인간다운 삶'에는 문예적 글쓰기가 반드시 필요할 것 같아서 그런 '용기'를 냈다는 말씀이었습니다. 이미 문예적 독서 활동도 꽤 깊숙하게 진행시키고 있었습니다. 젊은 작가들의 동향도 세세하게 많이 알고 계셨습니다. 평소 그런 내색을 잘 하지 않으시던 분이 갑자기 '본색(?)'을 드러내시니 당황스럽기까지 했습니다. 제가 오래전부터 칩거하고 있는 문학 마을에 들어와서 같이 살고 싶다고 말씀하시는 것이 퍽이나 감동적이었습니다. 앞으로 좋은 글들을 많이 써내실 분이라는 느낌이 들어마지 않았습니다. 모르겠습니다만, 문학은 그렇게 자신의 '이름'을 남기고 있었습니다.